I0681763

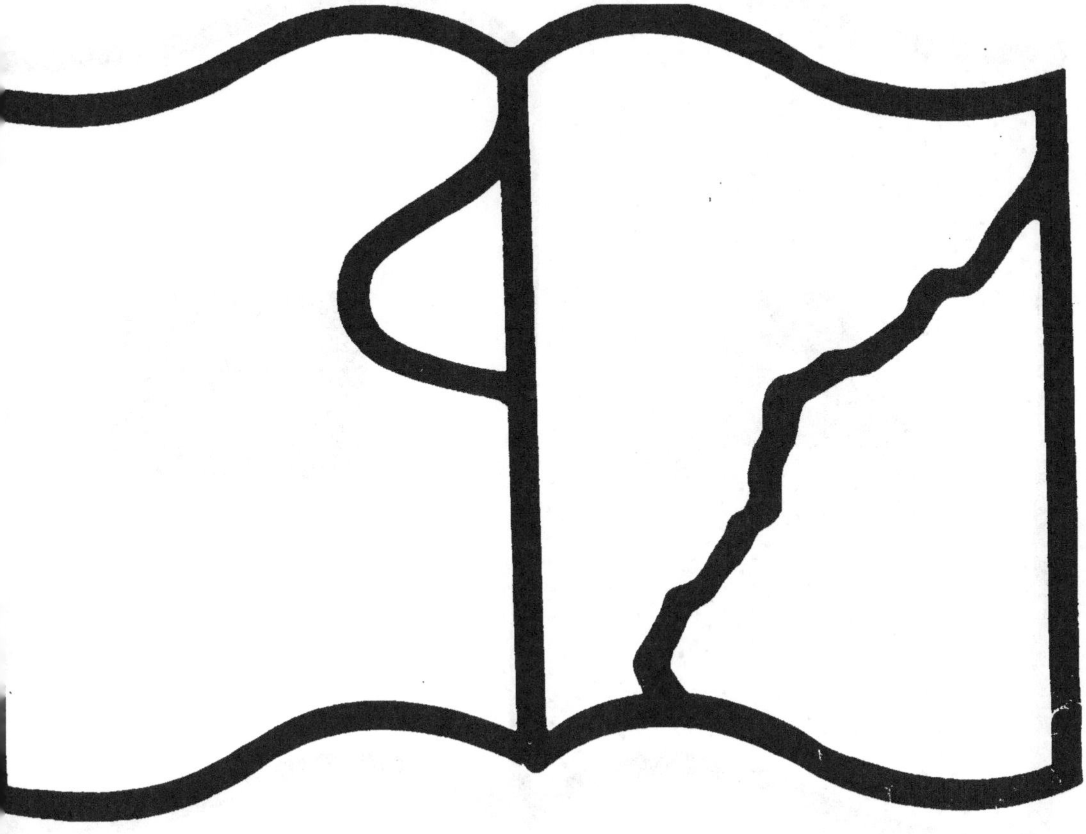

Texte détérioré — reliure défectueuse

NF Z 43-120-11

Contraste insuffisant

NF Z 43-120-14

Y. 1138.
2.

Y. 3984

R 258 277

LINDAMIRE.

HISTOIRE

INDIENNE.

Tirée de l'Espagnol.

A PARIS,
Chez PIERRE ROCOLET, Impr. & Libr.
ordinaire du Roy, au Palais, aux Armes
du Roy & de la Ville.

M. DC. XXXVIII.
Avec Priuilege de sa Majesté.

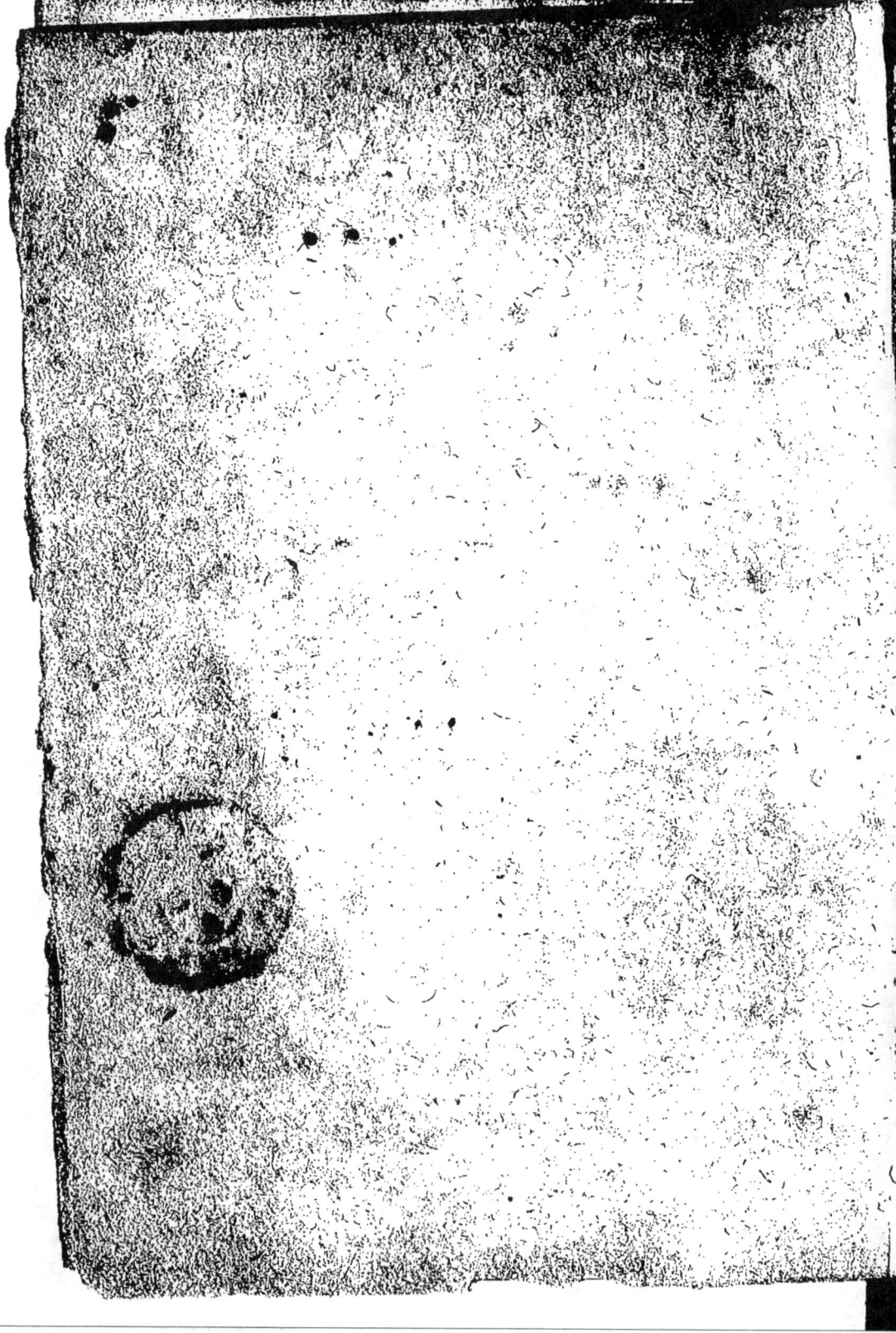

A
MADAME
LA DVCHESSE
D'AIGVILLON,

 ADAME,

Si quelque chose m'oblige à vous
offrir ce petit Ouurage, c'est que le

ã

EPISTRE.

sujet en est illustre ; Et qu'il me
semble de vous y voir depeinte en
la personne d'vne Grande Princesse, qui n'est pas moins conside-
rable pour son merite, qu'elle est
digne d'estre reuerée pour sa naissance. C'est LINDAMIRE,
MADAME, que ses hautes
qualitez ont fait nommer les Delices de son siecle, comme vous estes
l'ornement & la merueille du nostre. Aussi vient-elle admirer en
vous tout ce que la Grace & la
Beauté peuuent auoir de char-
mant ; & publier en cette Cour,
qu'elle n'a jamais rien veu de
comparable à Vous dans l'étenduë de son Royaume, d'où le bruit
de vostre Nom l'a tirée, pour vous

venir rendre hommage. Car bien
qu'elle soit Indienne, elle a sçeu
pourtant de la Renommée, que la
Vertu n'est plus Estrangere en
France, & que Vous estes du
Sang d'vn HEROS, qui par
vne Generosité sans exemple, a
pris soing de luy faire rebâtir des
Temples & des Azyles. Estant
dõc bien asseurée, MADAME,
qu'elle n'en sçauroit treuuer vn
plus saint, ny plus inuiolable que
celuy de vostre protection, elle a
voulu que ie prisse la hardiesse de
vous la demander de sa part. Ce
que ie n'aurois jamais osé entreprendre, sans l'esperance qu'elle
m'a donnée, que vostre bonté ne
luy refuseroit point cette faueur.

EPISTRE.

ny d'employer quelques heures à lire ses Aduantures. Si elles sont assez belles, pour meriter d'attirer vos yeux, & de vous entretenir, il est à croire que la personne qui les a écrittes, s'en estimera infiniment heureuse. Mais ie le seray encore plus, si en les vous presentant, j'ay l'honneur d'estre aduoüé,

MADAME,

Vostre tres-humble, & tres-obeïssant seruiteur,
BAVDOIN.

AV LECTEVR.

AVANT que vous jugiez de cette Histoire, vous sçau-
rez, Lecteur, qu'elle
m'est fortuitement tombée
entre les mains, auec quelques
autres Copies de mesme nature, que ie feray possible imprimer, comme j'ay fait celle-
cy, si ie voy qu'elle vous soit
agréable. De moy, ie la treuue
fort diuertissante, & digne de
voir le jour, soit pour la beau-

ã iij

té de sa matiere, soit pour l'excellence de sa forme. De vous
dire au reste qui la luy a donnée, cela me seroit difficile, veu
que ie n'en connois pas l'Autheur, & que par des conjectu-
res assez vray-semblables , ie
m'imagine que l'Original est
Espagnol. Ie veux pourtant
croire, que quiconque l'a fait
François, ce doit estre asseurément vne personne de condition. Car auec ce que le Cara-
ctere en est noble, & l'expres-
sion delicate , les pensées en
sont illustres , & accommo-
dées aux sentimens des plus
honnestes gens de la Cour.
Vous l'aduoüerez, sans doute,

AV LECTEVR.

fi vous donnez quelque temps de voftre loifir à la lecture de cét Ouurage ; Et ie me trompe bien fort, fi vous n'y remarquez auec moy, qu'il n'eft rien moins que Romant, en tous les endroits où il traitte des Mœurs, & des veritez Chreftiennes. Que fi, quelque foing que j'aye pris de le donner correctement au public, il s'y eft gliffé plufieurs fautes d'impreffion, comme il arriue pour l'ordinaire, vous y fuppléerez, s'il vous plaît, par les corrections que j'en ay faites à la fin du liure.

Extraict du Priuilege du Roy.

PAr grace & Priuilege du Roy, il est permis à
PIERRE ROCOLET, Imprimeur & Libraire
ordinaire du Roy, d'imprimer, vendre, & débi-
ter le present Liure, intitulé *Lindamire, Histoire
Indienne, tirée de l'Espagnol*, durant le temps &
espace de dix ans, à commencer du jour qu'il
fera acheué d'imprimer ; à la charge de mettre
trois exemplaires, deux en nostre Bibliotheque,
& vne és mains de nostre tres-cher & féal le sieur
Seguier, Cheualier, Chancelier de France, auant
que de l'exposer en vente ; Auec deffenses à tous
autres de l'imprimer, sur peine de mil liures d'a-
mande, & confiscation des exemplaires, ainsi qu'il
est plus amplement porté par ledit Priuilege.
Donné à Paris le 12. iour de Mars, l'an de grace
1638. Et de nostre regne le 28. Par le Roy en
son Conseil. Signé, IOVVENOT.

Les exemplaires ont esté fournis.

Acheué d'imprimer le 15. Mars 1638.

LINDAMIRE,
HISTOIRE
INDIENNE.

LIVRE I.

E defolé Ferdinand ar-
riua à Seuille, comme
la Lune commençoit à
éclairer la terre ; & en-
trant dans vn logis, fe
jetta fur vn lict, laffé de la pefanteur de fes infortunes. Son Efcuyer,
à qui la douleur donnoit moins de

A

vigueur qu'à luy, se mit sur vn autre, qui estoit en la mesme chambre, sans auoir la force de se mou-
uoir. Mais il n'y fût gueres, qu'vn
profond sommeil ne luy resta-
blit ce que les longues veilles
& les déplaisirs qu'il sentoit de
ceux de son maistre luy auoient fait
perdre. Il n'en arriua pas ainsi au
triste Ferdinand : Ses ennuys luy
estoient si sensibles, qu'il ne pouuoit receuoir ny soulagement ny
repos ; Et la seule apprehension
qu'il auoit, que ses plaintes n'eussent le pouuoir d'adoucir l'amertume de ses peines, luy ostoit l'v-
sage de la parole.

Dans ce silence il passa la nuict,
& ne vid pas plûtost le jour le lendemain matin ; qu'ayant esueillé
son Escuyer, il luy commenda d'aller au port, pour apprendre s'il n'y

auoit point quelque vaiſſeau preſt
à faire voile. L'Eſcuyer ne tarda
gueres à luy rapporter, qu'il y en
auoit vn de guerre, qui deuoit partir ſur le midy, pour aller aux Indes;
& qu'ayant demandé au Capitaine
qui y commandoit, s'il ne voudroit
point receuoir ſous ſa charge vn
Cheualier de haute naiſſance, & de
grande valeur, qui deſiroit faire ce
voyage; Il auoit ſçeu de luy qu'il en
eſtoit tres-content; mais qu'il luy
ſembloit plus juſte de le receuoir
pour maiſtre, que pour ſoldat; Ce
que j'ay bien reconnu qu'il m'a dit
(adjoûta l'Eſcuyer, continüant de
parler à Ferdinand) à cauſe des ti-
tres éminens que ie vous ay donnez, comme j'y ſuis obligé. Là deſſus il m'a fort preſſé de luy dire
voſtre nom; ce que j'ay creu ne
deuoir pas faire, ſans auoir reçeu

voftre commandement. Retour-
nez-y, reprit Ferdinand, & ne fai-
gnez point de me nommer, ny mefme de l'affeurer que ie vous fuy.

Le Capitaine bien eftonné de
cette nouuelle; Eft-il poffible, luy
refpondit il, que celuy dont vous
parlez, foit le Seigneur Ferdinand,
fous le commandement duquel,
mon bras a fait de fi genereux exploits? Il le vid paroiftre en mefme
temps, & en conneut la taille:Mais
comme il en fut plus prés, fa mine
démentit ce qu'il en auoit attendu; auffi n'eftoit-il pas reconnoif-
fable, d'autant que la Mort en luy
rauiffant la plus douce vie de fon
cœur, auoit laiffé fa figure fi bien
empreinte fur fon vifage,qu'il pouuoit eftre pris pour elle mefme.

Don Laurens, ainfi s'appelloit le
Capitaine du Nauire, furpris d'vn

si grand changement, fust quelque
peu en suspens de ce qu'il deuoit
faire : Mais se souuenant de la mort
de l'incóparable Bellize, & n'ignorant pas la passion que ce Cheualier auoit euë pour elle, il estima,
puis que deux ans tous entiers n'a-
uoient pas eu le pouuoir de moderer l'excez de sa douleur, qu'il deuoit l'aborder auecque respect, &
parler peu ; ce qu'il fit, & luy dit en
s'inclinant fort bas. Seigneur, vostre vaisseau est prest à faire voile, &
tout ce qu'il y a de gens ne demandent qu'à vous obeïr. A ces mots il
baissa la teste ; & entrant dedans,
Suiuez, luy dit-il, suiuez hardi-
diment vostre dessein. Comme il
fut dans la chambre de pouppe, le
Capitaine ayant commandé qu'on
haussât les voiles, on le vint aduertir que lon voyoit de loing deux

Cheualiers, dont l'vn venoit à course de cheual vers eux, leur faisant si-
gne de les attendre. Don Laurens
alla incontinent voir, si c'estoient
personnes de consideration; & ne
fut pas plûtost sur le tillac, que l'Escuyer de Don Diego ne l'abordât.
Il le pria de la part de son Maistre,
de le vouloir receuoir dans son vaisseau. Tres-volontiers, dit-il; Puis
en regardant son Enseigne, il luy
demanda; A vostre aduis, que deuons nous esperer de ces deux auã-
tures qui nous arriuent en mesme
temps? Ie ne connois, respondit-
il, ny l'vn ny l'autre de ces Cheualiers; & mon jugement ne pouuant
estre certain, ie m'en dois taire,
pour escouter celuy qu'il vous plaira d'en faire. Est-il possible, suiuit
le Capitaine, qu'estant Espagnol,
vous puissiez ignorer le nom & les

qualitez de Ferdinand, & de Don
Diego, iſſus l'vn & l'autre du ſág de
Caſtille & d'Aragon? Ie nè penſois
pas, repliqua-t'il, qu'ils deuſſent
auoir vne telle naiſſáce, ayant, cóme ils ont, vne ſi mauuaiſe fortune.

Don Laurens ſe mit à ſouſrire de
la preſomption & de l'ignorance
de ce jeune Eſpagnol : puis apper-
ceuant Don Diego auprés de luy,
il s'auança, & le ſalua auec le meſme reſpect qu'il auoit rendu à Ferdinand ; Mais pource que la cauſe
de la douleur de ces deux Cheualiers eſtoit differente, les effets en
eſtoient auſſi fort diuers ; car l'vn
auoit les ſens aſſoupis par la violence d'vn mal ſans remede ; & l'autre
enflammé de colere & de jalouſie,
eſtoit en perpetuel mouuement.
Don Laurens, qui eſtoit tres-judi-
cieux, les traitta conformément à

leur humeur; & cependant il conduifit Don Diego à la chambre de
Don Ferdinand ; qui fe fouuenant
encore des belles actions qu'il luy
auoit veu faire à fon auenement
dans l'armée de l'Empereur, le fa-
lüa courtoifement, puis fe remit en
fa place dans fon filence ordinaire.
Mais l'impatient Don Diego regardant Don Laurens ; Seigneur,
luy dit-il, eft-il bien poffible que ce
foit là ce Ferdinand, qui a remply
l'Efpagne du bruit de fon nom, &
en qui la Vertu a paru auec tãt d'ef-
clat en tous fes exploits ? C'eft luy-
mefme, refpondit-il; & par fon exemple vous pouuez juger de la foibleffe de noftre nature : Car celuy
que vous voyez ainfi abatu, ie l'ay
veu plufieurs fois, lorsqu'il nous cõ-
mandoit en Affrique, tout couuert
de feu & de fang, renuerfer des ef-

cadrons tous entiers, fans que jamais nul d'eux euft le pouuoir de
fe deffendre de la force de fon bras;
& cependant le voila fans vigueur,
& fans vfage de raifon. Don Diego,
qui auoit les fens alterez d'vne autre maniere, ne luy fit point de ref-
ponfe ; mais confidera en Ferdinand l'erreur de plufieurs, qui veulent que le Sage foit maiftre de fon
deftin, voyant le plus prudent de
tous les hommes ainfi abatu fous la
pefanteur du fien.

Don Laurens les laiffa tous deux,
& s'en alla fçauoir du Pilote fi le
vent eftoit bon : mais il ne fut pas
plûtoft à luy, qu'il vid leuer les an-
chres, auec apparence qu'il n'y a-
uoit qu'à bien efperer de cette na-
uigation. Il s'en retourna en mefme temps à la chambre des deux
Cheualiers : & pource que la jalou-

fie n'a pas moins de feu que la
mort a de glace, Don Diego ſe leua, le prit par la main, & le fit aſ-
ſeoir auprés de luy; Mais Don Laurens ayant apperçeu que la confuſion de ſes penſées l'empeſchoit de
parler, jugea qu'il eſtoit à propos
de commencer le premier, & de luy
dire. Il faut, Seigneur Don Diego,
que le motif ait eſté puiſſant, qui
vous a fait abandonner l'Empereur, en vne ſaiſon où la generoſité de ce Prince, offre tous les jours
aux Cheualiers de ſa Cour de ſi belles occaſions de ſignaler leur vertu.
Ie ne doute pas, reſpondit Don
Diego, que tous les eſprits bien
faits ne tombét dás le meſme eſtó-
nement où vous eſtes, & qu'ils
n'ayent auſſi la meſme penſée que
vous auez, qui me ſemble tres-ju-
dicieuſe : Mais comme vous ſçauez

que la premiere Prouidence, qui regle toutes chofes, produit quelquefois des effets contraires au raifonnement humain ; ce n'eft pas merueille fi les hommes font fi fouuent de faux jugemens fur les accidens qui leur arriuent. Ayant donc
à vous efclaircir de voftre doute, ie
vous diray, que puis que vous eftes
d'Aragon, ie croy que vous co-
gnoiffez mon Pere, qui n'a que
quatorze ans plus que moy; & que
vous n'ignorez point, ny l'illuftre
naiffance de Philifmene, ny l'excellence de fa beauté, ny les rares qualitez de fon efprit. La maifon de fon
pere proche de la noftre, l'amitié
de nos meres, & la familiarité que
nous eûmes enfemble en nos premieres années, me firent fentir la
puiffance de cette jeune merueille,
auffi-toft que ie fus capable de la

cognoiſtre. I'apperçeus alors, que
ſes inclinations m'eſtoient fauora-
bles, pource que ie n'approchois
jamais d'elle, que le mouuement
de ſes yeux, ou quelque autre a-
ction, auſſi douce que modeſte, ne
me fit voir que ma paſſion ne luy
eſtoit pas desagréable. Apres m'e-
ſtre aſſeuré d'vne verité ſi flateuſe,
ie fus aſſez hardy pour luy dire; Ie
ne ſçay, Madame, ſi vos beaux yeux
vous ont appris le mal qu'ils me
font: mais ie ſçay bien que s'ils me
brûlent en les voyant, ils ne me dó-
nent pas de moindres inquietudes,
lors que j'en ſuis eſloigné. A ces
mots, auec vn ſouſrire dont le ſouuenir me tuë; Et quoy, me dit-elle, vous oſez-vous plaindre d'vn
mal qui ne fait que naiſtre? Apprenez à ſouffrir, & à vous taire.

　　Finiſſant ces paroles, elle me laiſ-

ſa ſi confus, & ſi agité de penſées
contraires, que ie ne ſçauois à quoy
me reſoudre : car ſi d'vn coſté l'innocence de ſes années me faiſoit
croire qu'vn ſi ſeuere langage dé-
mentoit ſon cœur, qui m'auoit paru ſi fauorable en ſes actions ; de
l'autre, la Crainte, le plus cruel Tyran de la vie, me faiſoit apprehender, que m'ayant ainſi promptement laiſſé la liberté dont j'auois
vſé, ne luy euſt dépleu. Ie paſſay
quelques jours dans ces incertitu-
des : mais il auint pour mon bon-
heur, que la mere de cette Beauté
s'eſtant aperceuë de l'amour que
i'auois pour elle, luy permit de me
traiter plus doucemét, qu'elle n'a-
uoit fait, depuis le jour que ie luy
auois deſcouuert mon mal. Elle
auoit raiſon, repliqua Don Laurens, de luy apprendre à bien vſer

de l'honneur que la fortune luy
presentoit: car non seulement vos
maisons sont inégales par leur origine, mais encore par les richesses,
qui rendent vn Gentil-homme different de l'autre. Vous sçauez, suiuit Don Diego, que la mort & l'a-
mour nous égalét tous; Et pour ne
demantir cette verité, ie puis vous
asseurer aussi, que ma passion estoit
telle, pour la personne que ie
seruois, que ie luy rendois les mesmes vœux qu'à vne Déesse. Ie passay deux ans tous entiers dans l'a-
greable plaisir d'aymer parfaitement la plus belle fille du monde:
Car vous ne fairez point difficulté
d'auoüer, que depuis la mort de la
charmante Belize, elle s'est trou-
uée par toute l'Europe sans pareille; Et de plus, les graces qu'elle me
faisoit receuoir en cette heureuse

faiſon, ajouſtoiét vn tel poids à mes
contentemens, que ie fus aſſez hardy pour croire que le Deſtin meſme ne m'euſt oſé nuire. Mais he-
las! il ne demeura gueres à me faire
ſentir la vanité de cette penſée ; &
comme il eſt inhumain, il choiſit
celle dont ie tenois la vie, pour me
donner le premier coup de la mort.
Car ma mere, qui auoit connu l'excez de ma paſſion, & qui eſtoit plus
amie de mes intereſts, que de la
mere de Philiſmene, ſe reſolut de
ſeparer nos affections. Mais quand
elle euſt connu que ſes artifices
eſtoient inutiles, & qu'il eſtoit difficile de pouuoir rópre des fers attachez par la main d'vne ſi belle
perſonne; Elle ſe reſolut d'en auertir ſon mary, affin que d'vn commun accord, ils remediaſſent à l'effet qu'elle craignoit bien fort.

Aprés qu'ils y eurent tous deux
meurement pensé, ils conclurent
qu'il me falloit enuoyer à la Cour
de l'Empereur; Et pource que ie
n'auois pas alors plus de dixsept
ans, mon pere obtint de sa Majesté que ie serois vn an page de sa
chambre. Ce dessein me fut celé
jusques à la dépéche qui vint de la
Cour; & alors mon pere me fit entendre l'honneur qu'il m'auoit procuré, en me donnant à vn si grand
Prince, qui estoit plus digne d'e-
stre seruy pour sa vertu, que pour
son Empire; Qu'au reste il ne tien-
droit qu'à moy de me rendre vn
jour capable des premieres char-
ges de sa Cour, pource que l'exemple ny l'occasion de bien faire n'y
manquoient jamais. A ce comman-
demét ie demeuray muet, sans que
toutesfois mon pere s'en estonnât,
pour

pour auoir autresfois senty la force
de la passion, dót j'estois alors touché. Aussi sçauoit-il bien par épreuue qu'elle nous oste la raison, &
nous abandonne entierement à
nos sens Ie ne demeuray gueres
neantmoins à reuenir à moy, pource que la connoissance que j'auois
des éminentes vertus de Philismene, me fit craindre, que si le
déplaisir de perdre sa veüe me faisoit oublier ce que ie deuois à mon
honneur, infailliblement elle m'auroit à mépris. Reprenant donc de
nouuelles forces; Seigneur, luy
dis-je, l'obeïssance est fort douce,
puis qu'elle me dóne le moyen de
pouuoir imiter vos vertus, & d'es-
sayer de me rendre digne d'estre issuë d'vn tel pere. Il demeura satisfait de cette response, qu'il fit entendre à ma mere: & ie pris soin ce-

B

pendant de voir ma belle Maistresse, pour luy descouurir la nouuelle
playe de mon cœur.

Comme j'entrois dans vn jardin où elle se promenoit, elle vint
au deuant de moy, tenant ses mains
pleines de fleurs, & auec vne mine
riante, elle me dit; Vous estes arriué à propos, pour m'ayder à faire
vne Guirlande, pour me parer à ce
jour de May. Madame, luy dis je,
vostre choix ne sçauroit estre plus
juste: Car ma main qui suit le mouuement du cœur, ne sera jamais bié
employée, que lors qu'elle pourra
seruir à orner vne si belle personne,
ou à donner de l'accroissement à sa
gloire, comme j'espere faire bien-
tost. Elle qui auoit l'esprit pene-
trant, apprit de ces paroles & de
mes yeux, que j'auois vne nouuelle douleur; & lors baissant les siens,

& prenant part au mal que son
soupçon luy apprenoit; Ie deuine,
me dit elle, que la fortune ne peut
plus souffrir le calme où nous sommes, & ie croy que vous estes prest
à partir de ce lieu, ou que vos parés
ont resolu de vous marier. Madame, luy dis-je, vostre premiere pensée est certaine : mon pere me veut
enuoyer auprés de l'Empereur. Il a
raisó, reprit-elle, l'oysiueté est le tó-
beau de la Vertu; & son esprit est
trop genereux, pour souffrir que
cette partie de luy qui renaist en
vous, y demeure enseuelie. Est-il
possible, Madame, luy dis-je, que ie
sois si malheureux, que vous ayez
treuué vne raisó, qui me puisse forcer à vous quitter? Amour qui n'en
eust jamais, me deffend de m'imaginer, qu'en quelque part que j'aille, ie puisse acquerir de la gloire,

ſi elle ne vient de vous: Auſſi n'en
eſt-il point de pareille à celle que
ie reçois de vos beaux yeux, lors
qu'ils me daignent choiſir dans le
nombre de ceux qui les adorent,
pour me regarder fauorablement.
Cette penſée, me reſpondit-elle
en riant, eſt purement priſe du
ſang; l'eſprit n'y a nulle part; pource que le voſtre a trop de lumiere, pour douter que les actions
genereuſes d'vn Cheualier, encore qu'il ſoit éloigné de ſa Dame, ne luy procurent des faueurs
plus auantageuſes, que celles dont
vous faites cas.

    Ces paroles me toucherent,
d'autant que ie creus que les miennes auoient en quelque maniere
bleſſé l'eſtime que ie preſumois
qu'elle auoit de moy; ce qui fut
ſe que ie luy dis. Il eſt bien mal-

aifé , Madame , d'aimer beaucoup,
& de pouuoir dans vn éuenement
fi fenfible , garder vn jugement
affez net, pour fçauoir faire les di-
ftinctions que vous me propofez ;
auffi ie confeffe hardiment que jufques à cette heure, ie n'ay efté capable que de fentir & de craindre
les cruelles douleurs, qui fuiuent
l'abfence. Il y a,me redit-elle,quel-
que chofe qui me peut plaire dans
le déplaifir où ie vous voy , pource
qu'il m'affure de beaucoup d'a-
mour, & m'oblige à vous rendre
capable de fçauoir, que la Fortune
ne vous pouuoit faire receuoir rien
de fi auantageux que l'occafion
qui vous trouble; La verité en eft
manifefte : Car fi la beauté enfla-
me les premiers defirs , vous ne
pouuez defaduoüer, qu'ils ne foiét
de peu de durée , fi l'eftime n'y

ajoûte vne impreſſion plus forte; &
par la meſme raiſon, vous auriez
tort de preſumer, qu'vne aſſiduité
auprés de moy, vous fût auſſi vtile qu'elle vous ſeroit agreable ;
puis qu'il eſt tres-certain, que la
valeur d'vn Cheualier ne peut éleuer ſa gloire, ſans en meſme téps a-
joûter vn nouuel éclat au luſtre
des beautez de celle qu'il ayme ;
qui ſeroit trop injuſte, ſi elle ne le
priſoit ſelon ſa vertu. Nous en
eſtions dans ce diſcours, quand il
fut interrompu par l'arriuée de ſa
mere. Elle n'ignoroit pas ma paſſion, & auoit appris déja les apprehenſions de la mienne ſur le
mariage de ſa fille, & le voyage que
ie deuois faire.

Comme elle auoit donc l'eſprit
tres-adroit, vſant enuers moy de
toute ſorte de flatteries & d'artifi-

ces imaginables, elle me dit que ſa
fille eſtoit tres-heureuſe, d'auoir eu
aſſez de beauté pour m'aſſujettir:
& qu'elle m'eſtimoit digne d'vne
immortelle, s'il en deſcendoit ſur la
terre ; mais que ie deuois bien veil-
ler ſur ma conduitte durant cette
abſence, & me ſouuenir toûjours
que ſon moindre effet eſtoit d'a-
tiedir les plus ardentes paſſions, &
que peu ſe deffendoient de la perte
entiere. Madame, luy diſ-je, auec
vne verité innnocéte, les ſoins que
vous me propoſez ſeroient inutiles : Car ie ſçay bien que toutes les
puiſſances de mon ame & de ma
vie, ſont tellement d'accord à de-
pendre de la belle Philiſmene, qu'il
n'y a point d'accident aſſez fort,
pour ſeparer vne ſi juſte vnion :
Mais ie prie le Ciel qu'il me deffende d'vne crainte plus raiſonnable

que ie puis auoir ; qui eſt que durant mon éloignement, il n'arriue
quelque Cheualier plus heureux &
plus honneſte homme que ie ne
ſuis, qui me rauiſſe cette belle. Elle
me dit en m'interrompant, qu'elle
ne pouuoit ſouffrir ce blaſpheme,
qui la touchoit égalemét auecque
ſa fille, pource qu'elle ſçauoit bien
qu'en toute l'Eſpagne, il n'y en a-
uoit jamais eu de pareil à moy :
Qu'il falloit eſtre peu judicieuſe
pour l'ignorer, & fort ennemie de
ſoy-meſme. A ces paroles, elle a-
joûta mille flatteuſes loüanges, dót
le ſouuenir me tuë, & de la force
deſquelles il n'eſtoit pas poſſible
de ſe deffendre, à moins que d'a-
uoir vn eſprit auſſi ruſé que le ſien.

Durant qu'elle parloit ainſi, ma
Maiſtreſſe l'écoutoit ; & me regardant à tout moment, auecque des

yeux auſſi modeſtes que doux,
m'apprenoit par ce muet langage,
que ſa mere m'auoit declaré ſes
plus agreables penſées. Il m'eſt impoſſible, mon cher Laurens, de
vous exprimer le ſentiment de
mon cœur ſur ces éminentes faueurs; Il me ſuffit de vous dire qu'il
fût ſi embraſé par ces viues ſources
de flame, que ie n'eus autre pouuoir que de l'admirer & de me taire. Dans ce rauiſſement, ie fus contraint de me ſeparer d'elle, & de
m'en retourner au logis, ſi ſatisfait
& ſi contant, que ie m'imaginois
déja d'eſtre dans le Ciel auecque
les Bien-heureux. Ma mere, qui
m'obſeruoit auec ſoin, s'apperçeut
incontinent de l'excez de ma joye;
& comme la crainte des choſes que
nous apprehendons, porte fort aiſément au ſoupçon les eſprits ſub-

tils : elle s'imagina , ou que ie m'e-
ftois lié de promefle auec Philifmene & fa mere , ou qu'elle m'auoit
donné quelque moyen de ne m'en
aller point. Elle en communiqua
auec mon pere , qui en fit peu de
conte , pource qu'il prifoit bien
fort la beauté & les vertus de Philifmene , & qu'il eftoit amy de fa
mere ; & mefmes du jour que ma
paffion luy fut connuë , il me fembloit qu'il m'auoit en beaucoup
meilleure eftime que de coûtume ,
jugeant à mon auis par cette belle
élection , que mes inclinations
eftoient genereufes. Mais enfin elle le preffa tant , que le defir de luy
plaire luy fit auancer mon voyage ,
fi bien qu'il me falut partir deux
jours apres.

C'eft affez de vous dire , qu'a-
uant mon partement ie les vis tou-

tes deux dans leur jardin. Ce fut là
qu'auec des fermens dont la penfée m'effraye, elles me promirent
de ne fouffrir jamais la recherche
de perfonne jufques à mon retour.
A cette proteftation elles adjoûte-
rent des larmes ; & moy qui en ré-
pandis de plus enflammées, ie ju-
ray dans les belles mains de Philifmene, que jamais autre puiffance
que celle de la mort, ne me pourroit feparer d'elle; Surquoy elle me
donna fon pourtrait, & vn braffelet
de fes cheueux; Mais en voyla trop;
ie ne puis qu'à leur plus grande
honte acheuer le refte de ce difcours. I'ay aymé Philifmene auec
tant de refpect, que ie choifis plûtoft d'eftre tenu pour lâche, que
de vous dire à fa confufion le fujet
qui m'a fait quitter l'Empereur.
Remettons-en doncques le dif-

cours à vne autrefois ; Et poſſible
qu'alors le ſouuenir de l'injure ſera
plus puiſſante que mon amour.

    Don Laurens ſe fuſt volontiers
fâché de cette remiſe : neantmoins
comme il eſtoit fort reſpectueux, il
ayma mieux ceder à ſa volonté,
que la contredire. Ils furent depuis
dix jours ſur la mer, durant leſquels
il ſembloit que ce Cheualier n'euſt
plus la penſée d'acheuer ce qu'il
auoit commencé; ce qui eſtonnoit
vn peu Don Laurens, & luy faiſoit
conſiderer auec plus de ſoin les
mouuemens de ſon eſprit, qu'il
trouuoit ſi plein d'inquietude ,
qu'on euſt dit que ſa douleur deuenoit muete. Il douta s'il n'auoit
point pris ce mal par contagion, à
la veuë de Don Ferdinand ; Mais
l'occaſió qui ſe preſenta, le tira de
cette penſée, & Don Diego de ſon

aſſoupiſſement : Car en meſme
temps ils furent aſſaillis par deux
vaiſſeaux de Corſaires. A l'apro-
che il y euſt force coups de canon
tirez:& la Fortune qui vouloit châtier ces voleurs, porta ſi heureuſement les boulets Eſpagnols ſur
leurs Nauires; que le plus éloigné
ſe treuua incontinent percé en diuers endroits, & peu apres coulé à
fonds. Le premier, qui ne s'en
eſtoit pas aperçeu, ſe fiant au ſecours du ſecond, les joignit; & alors
les Pyrates ſe jetterét dedans, pouſ-
ſez de l'eſperance du butin. Ils en
furent d'abord repouſſez aſſez foi-
blement; mais quand Don Diego
y fut arriué, ce ne fut pas vn amour
en peinture ſur l'Eſcu du Grec élá-
çant des foudres; mais le bras d'vn
eſprit amoureux, qui donnoit la
mort à tout çe qui paroiſſoit deuát

luy. Le Corſaire fût le premier qui tomba ſous la fureur de ſa main ; Si bien que les ſoldats ſe voyant ſans Chef, ſe rendirent à Don Laurens; & ſur l'eſperance qu'ils eurent d'en eſtre fauorablement traittez , le ſupplierent d'arreſter la fureur de ce Cheualier, qui ne les vouloit point entendre : ce qu'il fit auec tant de douceur & d'humanité , qu'il appaiſa le violent mouue-ment de Don Diego , & remit ſon eſprit en ſa premiere aſſiete.

La premiere choſe qu'ils firent, fut de viſiter le vaiſſeau, où ils treu-uerent quantité d'or & d'argent, auec pluſieurs marchandiſes fort belles & precieuſes. Mais comme les paſſions de Don Diego por-toient ſes deſirs à des choſes meil-leures , il ne fit pas conte de les re-garder ; & paſſa dans les priſons du

Corſaire, pour déliurer les captifs.
D'abord il y rencontra le jeune frere de Philiſmene, qui luy reſſem-
bloit extrêmement; Et pource qu'il
l'auoit autrefois cherement aymé,
il faillit à mourir en le voyant : dequoy Don Laurens ne s'eſtonna
pas, mais courut promptement au
remede , craignant que par leur
violence exceſſiue , ces deux paſſions côtraires, qui ont leur ſource
au cœur , n'en diſſipaſſent tellement les eſprits, qu'il ne finit la vie
entre ſes mains.

Ferdinand y arriua en meſme
temps ; apres qu'au bruit des ca-
nons, il ſe fut éueillé de ſon profond aſſoupiſſement. Bien à peine
euſt-il appris de ſó Eſcuyer que les
Corſaires eſtoient aux mains auecque leurs gens, qu'il témoigna que
ſa vertu ſurmontoit ſon malheur;

pource qu'aussi-tost il prit ses armes; & auec vne genereuse émotion, il courut où estoit le danger:
mais comme il auoit peu duré, il
treuua qu'il n'y auoit plus rien à faire; Et d autant qu'il apperçeut Dó
Diego extrêmement pâle, il creut
qu'il estoit blessé, & le voulut sçauoir de Don Laurens, qui l'asseura
du contraire ; & que le frere de Philismene qu'il auoit treuué entre les
prisonniers du Corsaire, luy auoit
fait plus de mal que le glaiue ennemy. Don Ferdinand, qui en sçauoit
la cause; Est-il bien si lâche, luy
dit-il, de souffrir qu'vne injuste
douleur le mette en l'état où je le
voy? N'a t'il point de honte de vouloir accroistre par sa mort, la gloire
de cette Ingratte? Ayez pitié de
luy, cher amy, & le rendez capable, ie vous prie, de connoistre que
                                    s'il

s'il a tant soit peu de raison, il peut treuuer son remede dans son mal mesme.

Apres ces paroles, il s'en retourna droit à sa chambre ; & alors Don Diego estant reuenu de l'effort violent de cette surprise ; Vous sçauez trop bien, dit-il à Don Laurens, que par le droit des armes, ie dois auoir part à vostre butin ; Aussi ne douté-je point que vostre courtoisie ne m'accorde le choix de ce qu'il y peut auoir dans le vaisseau. Seigneur, luy répondit Don Laurens, disposez de tout comme il vous plaira : ceux qui sont icy vous obeïront. Don Diego le remercia bien fort ; puis fit appeller le jeune Cheualier, qui s'estoit retiré de sa presence, ayant creu que par la force du sang, il estoit associé au crime de sa sœur. Comme on l'eust esté que-

C

rir ; Cheualier, luy dit-il, prenez le
vaiſſeau que nous auons gaigné, &
allez dire à Philiſmene que ie vous
ay donné ce que ie n'ay pas ; Que les
peines qui ſont infaillibles au peché qu'elle a fait, m'apportent plus
d'inquietude que les miennes propres, & qu'il ne ſera jamais au pouuoir du temps, ny au ſouuenir de
l'injure que j'ay reçeuë, d'en moderer les ſentimens.

　　Ce Cheualier, qui auoit fort
priſé les vertus de Don Diego, lors
qu'il recherchoit ſa ſœur, touché de
ce nouueau bien-fait, luy répondit
auec action. Ie prens le Ciel à témoin, ſi le mariage de ma ſœur ne
m'a fait ſouffrir vne douleur auſſi
mortelle que vous la pouuez auoir
ſentie ; & ſi auec plus de liberté que
la nature ne m'en diſpenſoit, ie ne
dis alors à ma mere ; Qu'il eſtoit

bien deshonnefte à vne perfonne
comme elle, qui auoit eu tant de
conduitte en fa vie, de faillir ainfi
à foy-mefme dans vne occafion fi
importante; Qu'au refte ie ne pouuois croire qu'elle euft oublié, que
vous eftes le fils de celuy qu'elle
auoit choifi pour le mary de fa fille, & le mefme qu'elle auoit trompé auec tant d'artifices & de fermens: & que j'apprehendois extremément de la voir vn jour confumer du feu qu'elle allumoit dans
voftre maifon; n'eftant pas poffible qu'vn répantir fans remede ne
la touchât viuement, lors qu'elle
verroit la fienne toute pleine de
fcádales, & de malheurs, que la Ia-
loufie y femeroit. N'en parlons
plus, dit Don Diego, ma main, ny
mes defirs, ne feront jamais parrici-
des: laiffez-les joüir auecque repos

de leurs nouueaux plaisirs, & les asseurez que ie m'en vay en chercher
d'autres, où le Destin me conduira.
Il prit congé de luy là-dessus, &
s'en alla dans sa chambre, si abatu
par la violence de ses ennuys, qu'il
n'eust pas la force de luy en dire
d'auantage.

Il se passa bien vingt-quatre
heures dans ce silence. Mais la Fortune, qui les vouloit conduire jusques au dernier point de malheur,
fit éleuer vn orage si impetueux,
que les esprits les plus asseurez &
les plus accoustumez à tels accidens, en estoient tous éperdus de
frayeur. Cét orage dura trois nuicts,
& autant de jours. Le matin du
quatriéme, le Ciel au leuer de l'Aurore commença à s'éclaircir. Mais
comme le Pilote eust apperçeu vne
terre, où il sembloit que le vent les

vouloit conduire, il commença de
bien esperer de son salut: Cét es-
poir neantmoins ne fut pas bien
long, pource que la tempeste estát
encore violente, il vit vn Escueil, où
il jugea bien-tost que leur vaisseau
s'alloit briser. Alors auec vn cry af-
freux, & vne parole tremblante, il
les auertît tous du danger où ils
estoient, & les conuia de se mettre
en prieres. Au bruit de ces confuses clameurs, Ferdinand s'éueilla
du profond sommeil, où ses ennuys auoient tenu si longuement
son ame endormie : il se jetta de
son lict sur le plancher, & courut
vers le Pilote, où il treuua Don
Diego déja arriué. On pouuoit aisément découurir en la personne
de ces deux Cheualiers, de puissans
effets de la peur: Elle leur fit oublier leurs douleurs: Ils n'ont plus

d'autre penſée que de ſauuer leur vie; & d'vne action non cómune, elle dóna vne tèlle agilité à leurs ſés , & les conduiſit ſi heureuſement aux deux endroits du Rocher où ils pouuoiét mettre les pieds, qu'au premier élan qu'ils firent , tout à meſme temps que le vaiſſeau fut briſé, ils ſe treuuerent deſſus.

Mais ce monſtre effroyable n'é demeura pas là. Ils tentent vn plus grand danger ; & ſans conſiderer ce goufre profond, qui eſt à leurs pieds, ils attachent leurs mains à des arbres qu'ils apperçoiuent au deſſus de leur teſtes. Leur effort fut ſi heureux, & leurs branches ſi fermes, que montant de l'vne à l'autre, ils ſe treuuerent au deſſus du rocher, où il y euſt aſſez d'eſpace pour s'y aſſoir, & y prendre haleine. Alors la peur les abandonna à l'é-

tonnement: ils fe regardoient l'vn
l'autre, & ne pouuoient comprendre comme ils eftoient là , ny le
moyen qui les y auoit conduits.
Apres cela, Ferdinand tournant
tout à coup fa veüe fur vne grande eftenduë de pays , il dit à
Dó Diego; Cheualier, admirez les
merueilles de Dieu , qui nous a tirez d'vn danger fi apparent, pour
nous faire aborder à ce nouueau
Paradis. Il eft vray, dit Don Diego;
ie croy que les Anges nous y ont
portez , pour nous faire oublier
nos peines paffées. En mefme téps
l'impatience les prit: Ils veulét voir
de plus prés ce qui les rauit de loin:
Confiderát le chemin par où il falloit paffer pour y arriuer , ils ne
le treuuent pas plus aifé, que celuy
qu'ils venoient de faire ; mais d'vn
pas hardy ils defcendent fort heu-

reufement, & entrent dans vne prairie de longue étenduë, au milieu de laquelle on voyoit rouler vn beau fleuue, & aux deux coſtez par égale diſtance, il y auoit de petites collines couuertes d'arbres differens, tous chargez de fleurs ou de fruits.

Le Soleil commençoit alors d'émailler les fleurs par ſon retour; & eu ſans ſe ſouuenir de leur vaiſſeau perdu, ny moins encore de leur amy qu'ils y auoient laiſſé, ſe reſolurent de paſſer outre; preſumant qu'il eſtoit impoſſible que les ames de ceux qui habitoient ce pays là, ne fuſſent diuines, puis que Dieu leur auoit choiſi vn ſi agreable ſejour. Ils firent bien quatre cens pas auparauant que d'arriuer au bas de la colline: mais au lieu de ſe laſſer, ils prenoient comme vn

autre Anthée autant de nouuelles
forces, qu'ils faisoient de pas sur la
terre. Ils s'aresterent au milieu du
chemin, pour jouyr de la douceur
de l'air, & admirer les beautez de
cette longue prairie, où l'herbe
estoit toûjours verte, fort épaisse,
& émaillée d'vn nombre infiny
de belles fleurs, toutes differentes
en couleur & en odeur. Alors ils
crurent estre enchantez, & n'estre
là que par esprit, & que la matiere
n'y auoit nulle part. Apres suiuant
leur chemin, ils entrerent dans vne
Allée, qui estoit au bas de la Colline, large à proportion de l'estenduë de la veuë, qui ne pouuoit aller jusqu'à la fin. Ils regardent les
arbres qui la bordent des deux costez, & qui leur sont inconnus; Ils
se couchent sur l'herbe, affin de
mieux considerer les merueilles de

C v

ce grand Ouurier en la perfection
de ſes ouurages, & prennent vn tel
plaiſir à voir diſtiller le Baume,
la Myrrhe, & l'Encens, qu'ils en ou-
blient toutes les neceſſitez où les
ſens nous rendent ſujets. Ils s'eſti-
ment eſtre de nouueaux Phenix, à
qui le feu & les parfums ont redon-
né vne nouuelle vie, & tiennent aſſeurément qu'ils n'ont beſoin de
rien, pourueu qu'ils demeurent où
ils ſont.

Mais comme ils jouyſſoient de
cette douce penſée, Don Diego
apperçeut aſſez pres d'eux vn bon
Hermite, qui les auoit veus décendre du Rocher, & qui eſtoit ſorty
de ſon hermitage, pour ſçauoir qui
ils eſtoient. Les deux Cheualiers ſe
leuerent auſſi-toſt, pour aller au
deuant de luy : Et pource que ſa
robe & ſa douce grauité les obli-

geoient au respect, ils le saluerent
fort courtoisement, & luy les reçeut auec grande humilité. Ils se
remirent par son aduis en leur premiere place ; puis l'Hermite prit la
parole & leur dit. La descente que
ie vous ay veu faire par vn lieu af-
freux, où le cœur & la force hu-
maine vous eussent perdus, si l'Ange ne vous eust conduits ; ensemble vostre parole, & vostre habit,
m'asseurent que vous estes estrangers en cette terre, mais non pas de
la mienne, à mon auis : Car comme
me ie croy que vous estes Espa-
gnols, ie vous asseure que ie le suis
aussi. Il est vray, luy répondit Don
Ferdinand, ce Cheualier & moy y
sommes nez, & le sort par diffe-
rents malheurs nous y a menez dás
vn mesme naufrage. I'ay couru, suiuit-il, la mesme auenture : mais

non pas peut-eſtre par vn ſemblable motif. Ie ſuis né dans Seuille,
où dans mes jeunes années ayant
veu reuenir de la conqueſte des Indes, tant de Capitaines & de ſoldats chargez de richeſſes, ie me reſolu de faire ce voyage, & m'embarquay pour cét effet auec vn de
mes parens. Mais cette premiere
Prouidence, qui m'auoit reſerué à
quelque choſe de meilleur, que la
poſſeſſion de ce que ie cherchois,
me voulut ſauuer ; & par vne fu-
rieuſe tempeſte me jetta dans le
port de ſalut où vous me voyez
ſeul, car tout ce qui eſtoit dans noſtre vaiſſeau perit. Ie paſſay par le
chemin que vous auez tenu ; &
comme ie fus au bas du Rocher, ie
m'aſſis ſur l'herbe, tant pour me
delaſſer, que pour conſiderer le
lieu où mon Deſtin m'auoit jetté.

Au mefme moment il me tomba dans l'efprit, que cette terre estoit facrée, & que la maniere dont i'y auois abordé, m'étoit déja vn Augure certain de mon élection. La pureté de l'air, & le mélange des odeurs dont il estoit embaumé, changerent tellement l'estat de ma vie; que ie n'eus plus d'autre desir que de considerer les merueilles de Dieu. Alors cette Bonté suprême me donna de nouuelles lumieres, pour aperceuoir cét éclatant rayon de Diuinité, qu'il auoit répandu sur tous les diuers objets qui m'étoient prefens. Aussi-tost ie me leuay, & pris mó chemin le lóg du fleuue; Et pource que le Soleil ne cómençoit encore que fort peu à paroistre, j'allois d'vn pas lent & mefuré considerant toutes ces beautez. I'aperçeu que ces eaux

claires & belles, (qui sembloient
craindre que l'abondance de
l'or que les ruisseaux qui sortent
de ces montagnes, que vous
voyez vn peu éloignées, leur
aportoient, ne soüillast leur pureté) le rejettoient sur leurs riues,
où j'en vis comme des cailloux vn
tres-grand nombre entassé. Vous
pouuez juger, Cheualiers, combié
cette connoissance fit honte aux
premieres intentions que j'auois
eües: l'arriuay par apres au lieu où
ie vous ay treuuez n'aguere. Là
mesme estant pressé de la faim, ie
mágeay des fruits de cét arbre, (dit-
il en le leur montrát) & leur en ayát
apporté, il les assura, qu'ils leur seroient aussi agreables au goust,
qu'vtiles à leur santé.

Ils en mangerent tous ensemble; & apres le bon Hermite ayant

connu que leur visage estoit plus
gay que lors qu'il les auoit treuuez, s'adressa à Ferdinand, & luy
dit. N'est-il pas vray que vous n'e-
stes pas celuy que vous estiez tan-
tost, & que vous me pouuez racompter sans beaucoup de peine
l'auanture qui vous a fait sortir
d'Espagne, où les prodigieux effets de vostre valeur vous auoient
rendu si celebre? Il seroit injuste de
vous le refuser, répondit le Cheualier, puis que vous me donnez la
force de le pouuoir faire, par la vertu du fruit que j'ay mangé. Vous
sçaurez donc qu'à la Cour de l'Imperatrice, il y auoit vne fille de
maison tres-illustre, & la plus belle
du monde, que j'ay aymée trois
ans durant. Que si ie faisois alors
quelques exploits dignes de loüa-
ge, ou contre les Mores, ou con-

tre les Allemans, la gloire luy en
eſtoit deüe toute entiere; pource
que ſes vertus qu'amour m'auoit
fait connoiſtre, m'empéchoient
d'ignorer qu'il eſtoit impoſſible,
ſi ie ne ſurpaſſois en eſtime
ceux de ma profeſſion & de mon
âge, qu'elle daignât ſeulement
treuuer bon de me voir mourir
pour elle. L'Empereur, que vous
ſçauez eſtre auſſi juſte que genereux, ſe plaiſoit ſouuent à loüer
mes ſeruices, auec des termes ſi a-
uantageux, que ie remplis la Cour
du haut bruit de ma faueur. L'excellente Bellize, qui s'eſtoit déja
apperceuë que j'eſtois amoureux
d'elle, commença à me regarder
plus obligeamment; & comme ie
l'eus reconnu, ie demanday per-
miſſion de parler à elle en vne audience

dience que donnoit l'Imperatrice,
laquelle me fut accordée. I'auoüe
que la crainte, que ie ne connus
jamais que deuant elle, me fit étó-
ner en l'abordant, dont elle ne fit
pas vn jugement à mon defauanta-
ge, mais creut que cette action
l'affuroit que ie l'aimois bien fort.
Alørs elle adoucit vn peu cette graue feuerité dont elle m'auoit reçeu; & moy plus hardy j'entrepris
de luy dire; Diuine Bellize, ie ne
puis douter que mes foins ne vous
ayent déja appris le mal que ie ne
puis plus celer, & qu'il ne vous fera pas nouueau de fçauoir que ie
meurs pour vous. Il eft vray, me
dit-elle, que ie vous ay veu fouuét
paffer fous nos feneftres, foûpirant
& leuant les yeux pour nous regarder. Mais comme ie n'y fuis jamais
feule, ie n'ay point confideré pour

D

qui vous preniez ces peines. Le
mépris de cette répóce me piqua,
& me fit luy dire; Vous ne pouuez
ignorer ce que vous faites, & mes
pensées portent trop de respect à
voltre jugement, pour me laisser
douter qu'il puisse faillir à connoistre, que toutes les adorations qui
se font où vous estes, ne peuuent
estre que pour vous. Ie serois injuste, me dit-elle, si pour cette vanité, qui ne me déplaît pas, ie ne vous
donnois la liberté de les continüer,
& ie vous asseure que deformais i'y
prendray garde.

　　Ie fus si rauy de treuuer vn commencement si fauorable, qu'apres
m'estre incliné deuant-elle, ie luy
dis; La nature & le Ciel ne vous ont
point faite plus belle, que vous me
faites heureux d'auoir mes soins
agreables. Ie les luy rendis depuis

auec tant d'assiduité, qu'il ne se passoit pas vne heure du jour, où elle
ne reçeut quelque preuue de l'excez de mon amour : & si l'ocasion
de la guerre méloignoit d'elle, de
tous les combats où ie me treu-
uois, & où ie pouuois faire quelque action genereuse, ie luy en de-
ferois la gloire, & tenois toutes les
autres felicitez du monde bien au
dessous de celle que j'auois de l'aimer. La Belle étant asseurée de la
pureté de ma passion, ne me refu-
soit pas aussi les honnestes faueurs
dont sa modestie la pouuoit dispenser. Ie passay comme cela vn an
tout entier. Mais comme l'Empereur fut de retour de Madrid, &
que l'occasion me donna lieu d'o-
ser demander ma Maistresse à son
pere, i'y employay vn de mes On-
cles; qui me rapporta qu'il auoit

reçeu cette proposition à beaucoup d'honneur: qu'il falloit parler
à l'Imperatrice , & qu'il luy en feroit par apres vne réponse plus re-
soluë. Huit jours se passerent ainsi
en continüelles remises; ce qui me
fit apprehender quelques reuers
de fortune. Alors poussé par mes
inquietudes, ie le dis à mon Oncle,
& le priay de sçauoir sa derniere
volonté; ce qu'il fit, & peu apres il
me vint dire que mes soupçons
étoient veritables, & que le pere
de Bellize luy auoit dit auec apparence de deplaisir, que l'Imperatrice luy auoit commandé de ne
marier pas encore sa fille : Qu'elle
estoit si jeune & si belle, qu'elle
pouuoit toûjours attendre des
partis aussi auantageux que le
mien , & que les rares qualitez dót
elle surpassoit celles de son âge, luy

deuoient faire esperer mieux.

Ie ne vous dis point les douleurs
que me fit sentir cette réponse:
Les esprits genereux comme les
vostres, ne le peuuent ignorer. Me
voyant donc ainsi offensé par ce
mépris en la plus viue de mes passions, & en la haute opinion que
j'auois de moy, je me resolus de
mourir, ou de sçauoir qui auoit
osé entreprendre de me rabaisser
dans l'esprit de cette Princesse; Et
pource que tous les mouuemens
de mon cœur se regloient par ceux
de Bellize, ie voulus premieremét
luy faire entendre ce qui s'estoit
passé entre mon Oncle & son pere,
& remettre à sa volonté la disposition absoluë de ma conduitte. Elle
me fit dire, que mon obeyssance
estoit si flateuse, qu'elle estoit forcée d'auoüer que les peines que ce

cōmun malheur luy faiſoit eſprou-
uer, ne luy eſtoient pas moins ſéſi-
bles que les miennes ; Qu'elle me
commandoit de prendre bien garde de ne tomber en vne faute commune aux affligez, qui eſt d'eſtimer leur mal ſans remede ; Et que
l'incōuenient en eſtoit dangereux ;
d'autant que le deſeſpoir empéchoit les puiſſances de l'ame, de
treuuer l'expedient d'y remedier ;
Qu'elle auoit appris que l'Imperatrice auoit eſté gaignée par vn
Cheualier Portugais, de haute naiſſance, & qui auoit vn meſme deſſein que luy : mais que ſi j'auois patience & ſecret, elle me promettoit
dans peu de temps d'en oſter la
difficulté.

Ces paroles, qui me furent fi-
dellement rapportées, agiterent
mon eſprit par des effets fort diffe-

rens: ſes promeſſes, qui m'étoient
ſacrées, me faiſoient ſentir des excez de joye que ie ne pouuois expliquer; & d'autre coſté le commá-
dement qu'elle me faiſoit d'endurer mon mal, & de me taire, ne m'é-
toit pas moins inſuportable; Mais
comme elle eſtoit toute diuine ,
j'eus raiſon de croire que mon
obeyſſance luy ſeroit plus agreable, que tous les autres témoigna-
ges d'amour que ie luy pouuois ré-
dre , & conclus de me tenir dans
l'aſſeurance de ſes promeſſes. Ie fus
trois jours, qui furent trois Siecles,
en ces impatiences, & ſans auoir de
ſes nouuelles. La nuict du dernier
ayant aſſez longuement penſé à la
preſomption de celuy qui auoit oſé
aymer Bellize, & me trauerſer, ie
me reſolus de ſortir, & d'aller ſous
les feneſtes eſſayer de la voir. Ie pris

D iiij

quatre Gentilshommes des miens,
dont ie cónoiſſois la valleur, & m'y
en allay. L'vn d'eux, que j'auois enuoyé le premier, me rapporta, que
difficilement ie pourrois parler à
elle; pource qu'aſſeurément quelque Cheualier fort conſidera-
ble luy donnoit la Muſique, qui
eſtoit excellente, & accompagnée
de gens de fort bonne mine. Comme j'en fus plus prés, ie reconnus
aux rais de la Lune que c'eſtoit mó
Rival; & leuant les yeux à la feneſte, où eſtoit vne compagne de
Bellize, l'émotion où j'étois, trou-
bla tellement ma veuë, que ie la
pris pour elle-meſme. Alors la jalouſie fit pleinement ſon effet; Elle me fit oublier les vertus de Bellize, & croire qu'elle m'auoit trompé. Cette penſée, & la veuë de ce
temeraire Portugais, m'enflamme-

rent d'vne telle fureur, que foudain
ie mis l'épée à la main, & m'en allay droit à luy. Comme il m'euſt reconnu animé de pareille flanime, il
vint courageuſement à moy. Le
combat fut furieux ; la Muſique
s'enfuit, & nos gens ſans dire mot
ſe mirent à regarder , duquel de
nos deux, la fortune prendroit le
party. Ils en furent bien-toſt éclair-
cis : car mon épée luy paſſa au milieu du cœur, & le jetta par terre.
Soudain ſes gens emporterent le
corps, auec le meſme ſilence qu'ils
auoient veu battre leur Maiſtre. Ie
fus bleſſé en diuers endroits aſſez
legerement ; & encore que la chaleur du combat fît abondamment
couler le ſang par mes playes, ie
me reſolus de mourir là, & d'attendre ſi Bellize ne viendroit point à
la feneſte. Elle y parût en meſme

temps, plus belle que n'eſt le jour,
& me dit; Quelle manie vous a có-
duit icy; & pourquoy ſi hardiment
auez vous paſſé l'ordre que ie vous
ay donné? Ces paroles, & les regards ardens de ſes beaux yeux
courroucez, me donnerent vn tel
eſtonnement, que ie demeuray
muet. Elle ayant apperçeu mon
ſang couler ſur la terre, pâlit auſſi-
toſt, & cria à mes gens. Mon Dieu!
ſecourez-le, il ſe meurt. Ce mouuement de pitié me redonna de
nouuelles forces, pour luy dire; La
ſeule aprehenſion que j'ay euë de
vous auoir offenſé, eſt le plus dangereux de tous mes maux. Vne autrefois, ſuiuit-elle, nous deméle-
rons ce different. Retirez vous cependant, pour remedier à ceux
que vous auez cherchez, & en meſme temps elle ferma ſa feneſtre.

Ie m'en allay à mó logis, où apres
que ie fus arriué , & que les Chirurgiens eurent veu mes playes, ils
affeurerent mes amis que ie ferois
bien-toft guery , pourueu qu'ils
euffent foin d'empécher que perfonne ne parlât à moy; pource qu'il
eftoit à craindre, apres cette prodi-
gieufe quantité de fang que j'auois
perdu, que la moindre émotion ne
me mît en tres-grand danger. Il fût
aifé de leur obeyr ; d'autant que la
neceffité leur impofoit le mefme
ordre ; Car le jour n'euft pas fi-toft
paru , que cette nouuelle fe fçeut à
la Cour , d'où elle s'épandit par
toute la Ville. Et comme vous fçauez que les efprits populaires font
touchez d'vne fauffe pitié , j'eus
non feulement les amis du mort &
les indifferens pour mes ennemis :
mais ceux mefmes qui ne connoif-

soient ny l'vn ny l'autre, se decla-
rerent entierement contre moy.

Dans ces premieres émotions
ie m'endormis, & ce sommeil dura jusques à midy: Le silence &
l'obscurité où ie me vis, me firent
croire qu'il estoit nuict; quand ne
pensant à rien moins, ie vis ouurir
tout à coup vne feneftre, & entrer
dans ma chambre vn de mes amis,
qui s'approcha de mon lict pour
me dire; Qu'il venoit sçauoir si
j'aurois assez de force pour changer de lieu, pource que ie n'estois
pas asseuré dans ma maison. Que
les Portugais auoient gaigné l'esprit de l'Imperatrice, luy faisant accroire que j'auois assassiné leur parent, & qu'ils esperoient qu'estant
appuyez de so authorité, il leur seroit aysé d'en tirer raison. Elle mesme, continüa-t'il, leur a promis

d'en faire justice; Et sur sa parole,
ils ont incontinent exposé ce corps
tout sanglant, à la veuë du peuple,
qui s'en est émeu auecque tant de
fureur, que ie crains que vous ne
soyez icy dans vn peril éminent.
L'ayant écouté sans m'émou-
uoir; Ie ne pense pas, luy répondis-
je, auoir jamais apprehendé le dâ-
ger : neantmoins puis que c'est sagesse de l'éuiter en pareils sujets, ie
feray ce qu'il vous plaira, & ie me
treuue assez fort pour vous obeyr.
Il s'en alla tout à l'heure, & me laissa fort troublé d'estre contraint de
partir sans en auertir ma Maistresse.

Comme j'étois dans ces fâcheu-
ses inquietudes, elle m'enuoya
vne femme son amye, qui auoit vn
libre accez dans le Palais, pour apprendre l'état de ma santé : (car

pourceluy de mes affaires, elle le
fçauoit au pire où elles pouuoient
eftre) & pour m'affeurer auffi que
la plus agreable nouuelle qu'elle
luy pouuoit apprendre, eftoit de
luy dire, que mes playes pouuoiét
fouffrir fans danger, qu'on me
tranfportaft hors de la Ville. La
douce faueur de fes foins me fit
dans ce momét oublier mes maux
prefens,& confiderer fort peu ceux
dont j'étois menacé ; ce qui fit que
ie luy répondis. Ma volonté ne
confulte point auec mes forces,
lors que ie luy dois obeyr; Puis
qu'il luy plaît que ie parte, cela
fuffit ; ie le feray aujourdhuy,& cependant ie luy protefte de n'auoir
point de playe fi mortelle,que celle que me fait la douleur dé m'éloigner d'elle, jointe à la crainte que
j'ay, que les artifices de mes enne-

mis ne m'y tiennent trop long
temps. L'apprehenſion où vous
eſtes, répondit-elle en riant, me
fait bien eſperer de voſtre fortune,
pource qu'il me ſemble qu'elle ſe
plaît à nous decouurir la vanité
de nos penſées, lors que nous
croyons pouuoir juger de ſes effets. Souuenez-vous, ie vous prie,
qu'au poinct où les maux ſemblét
les plus éloignez de leur guerifon,
ils en ſont ſouuent les plus proches. Il eſt vray, luy répliquay-je,
que par cét éuenement inopiné,
j'ay appris à mon dommage combien eſt traîtreſſe la fortune : Car
me pouuoit-elle conduire auec
plus de bonheur qu'elle fit hier,
lors que ſans autre deſſein que celuy de voir ma Maiſtreſſe, elle me
fît rencontrer ce malheureux Cheualier, & châtier ſon audace ? & à

cette heure par vn cruel reuers, elle me force d'éloigner Madame ;
douleur que j'auoüe estre incom-
parablement plus grande , que n'a
esté la joye que ie receus d'vn succez si glorieux.

M'ayant ouy parler de la sorte ;
La Fortune , me répondit-elle , n'a
pas esté la seule ouuriere de vostre
malheur ; l'enuie y a la meilleure
part, laquelle non seulement change le bien d'autruy en son mal propre , mais s'attache toûjours aux
vertus qui ont le plus d'éclat. Ses
effets qui vous sont connus, m'empeschent de vous celer qu'elle
vous a fait des ennemis si puissans
dans la Cour, qu'il vous faut du
temps pour remedier à ce que leur
méchanceté a gaigné dans l'esprit
de l'Imperatrice. Mais ie vous ad-
uoüe, ajoûta-elle, que ce qui me
donne

donne plus d'étonnement, c'eſt
d'auoir veu cette fureur paſſer juſques à Bellize, qu'on accuſe de
vous auoir conſeillé de faire cét aſ-
ſaſſinat : car ils ne nomment point
autrement voſtre combat. Eſt-il
poſſible, luy diſ-je, que l'enuie ſur-
monte ainſi la Raiſon ? Et que Bellize, l'ornement de ce ſiecle, que
tout ce qui ſuit ſon ordre neceſſai-
rement reſpecté, puiſſe eſtre of-
fenſée? Ces inſenſez oſeroient-ils
bien la blâmer? Elle deuant qui j'ay
veu ſouuent les plus furieux ani-
maux s'incliner, & les Oyſeaux arreſter leur ramage, pour l'écouter
lors qu'elle chantoit. On peut bien
dire, reprit-elle, que leur cruauté
ſurpaſſe celle de Megere & de Tiſi-
phone, puis que le moindre ſuppli-
ce dont on l'a menacée, c'eſt d'eſtre
enfermée dás vn auſtere Conuent,

loing de toute compagnie. Elle en
voulut dire d'auantage; mais cóme
elle me vit pâlir, elle cónut qu'elle
mefme eftoit indifcrette, de me declarer en l'état où j'étois des veritez fi importátes. Alors auec vn efprit adroit, feignant croire qu'elle
ne s'é eftoit pas apperçeuë, elle me
dit; Le bien fuit le mal, & la vertu
qui eft toûjours foûtenuë par cette
main qui arrefte ce grand Ocean
dans fes bornes, a pris fa deffenfe,
& luy a fufcité vn fi puiffant & fi genereux amy, que fans apprehender la difgrace de l'Imperatrice, il a
gagné l'Empereur, & l'a fait refoudre qu'elle ne bougeroit du Palais,
cependant que la Iuftice feroit fes
diligences, pour auoir des preuues
fuffifantes qui la peuffent conuain-
cre du crime dont on l'accufoit.

Ces paroles m'ayant donné de

nouuelles forces ie luy répondis;
Encore que l'innocence de Bellize me deût faire esperer la fin de
vostre discours, mes sens ont esté
foibles, pour souffrir vne si cruelle
pensée, que celle de l'auoir veuë
dans le hazard que vous proposez :
Mais Dieu ne l'a pas creée si belle,
pour l'abandonner à la rage des
monstres qui la persecutent. Son-
gez seulement, me dit-elle, à vous
mettre en seureté, & ne doutez
point que ie n'aye vn fidelle soin
de vous auertir de tout ce qui tou-
chera vos interests. Le principal,
luy dis-je, est qu'en cét éloignement ma passion soit toûjours presente aux beaux yeux de Bellize, &
c'est à quoy ie puis estre estroitte-
ment obligé.

L'amy qui m'auoit déja veu, reuint, & nous interrompit, pour me
E ij

rendre compte de ce qui ſe paſſoit
contre moy ; Mais auant qu'elle
s'en retournât, nous reſolûmes
tous trois enſemble du lieu où ie
deuois aller, & du moyen qu'elle
auroit de me donner de ſes nouuelles : puis elle ſe retira, & ſi toſt
qu'il fût nuict, cét amy m'emmena dans ſon logis auecque mes
Chirurgiens. Là ie fus bien-toſt
guery des playes que j'auois re-
ceuës de la main du Portugais :
Mais quand il me falut partir de ce
lieu-là, pour eſtre trop proche de
la Cour, les bleſſures du cœur en
furét plus enflammées. Mon amy,
fort ignorant dans le ſentiment de
la plus diuine de nos paſſions, me
voyant affligé, creut que l'ambition dont il connoiſſoit mieux la
puiſſance, en eſtoit le ſujet ; ce qui
l'incita de me dire. Vos déplaiſirs

me font d'autant plus fenfibles,
que ie les treuue fort raifonnables:
neantmoins ie veux efperer que
cette haute vertu, que les deftins
ont fi heureufement conduite en
voftre combat, vous releuera bien-
toft au mefme degré de faueur où
vous auiez accouftumé d'eftre : Car
la bonté de Dieu n'abandonnera
jamais à la malice ny à la tyrannie
de l'enuie, vne valeur fi entiere, ny
vne action fi nette que la voftre. Ie
voy bien, luy dif-je, que mon mal
vous eft inconnu: mais fçachez que
la caufe qui m'éloigne de mon
Maiftre, me donne tant de fatisfaction, qu'elle me deffend aux inquietudes affez ordinaires en pareils fujets à vn malheureux Courtifan : Amour, dont les traits
font plus penetrans, me met en l'é-
tat où vous me voyez : Car depuis

que j'ay appris ce qui s'eſt paſſé
contre la belle Bellize, ie ne puis ny
voir ny ſentir que les maux dót elle
eſt menacée.　Que pouuez-vous
craindre pour elle, ſuiuit-il. Hé mó
Dieu!luy diſ-je,ne ſçauez-vous pas
tous les injuſtes tourmens qu'elle
reçoit, lors qu'elle entéd la voix de
ces inſenſez qui la blâment, & qui
diſent rout haut qu'elle eſt coûpable de la mort du Cheualier Portugais? Elle eſt bien ennemie d'elle-
meſme,repliqua t'il, ſi elle s'é ſoucie, eſtant deffenduë, comme elle
eſt, de ſon innocence & de ſa beauté. Mais peut-eſtre, diſoit-il, apprehendez-vous que voſtre abſence ne donne de l'auantage à quelqu'vn, qui puiſſe auoir vn deſſein
pareil au voſtre. Elle eſt auſſi égale
en toutes ſes actions, comme elle
eſt Belle; & ſa parole qui ſuit la pu-

reté de son cœur, me donne seureté
contre ces craintes. Lors il me répondit d'vn ton moqueur; Est-il
possible qu'vne si agreable pensée
n'ait pas le pouuoir de vous tirer
de la tristesse où vous estes? Ie voy
bien, luy dis-je, qu'vn esprit libre
ne peut juger qu'auec bien de la
peine, d'vn sentiment si delicat que
le mien; allons-nous-en, & n'en
lons plus.

Il se passa bien trois mois sans
que j'eusse que fort rarement des
nouuelles de la Belle, tant pour la
longueur du chemin, qu'à cause
qu'on la tenoit étroittement reser-
rée dans le Palais. Cependant il se
faisoit de grandes informations côtre moy; & mes ennemis appuyez
de l'authorité de l'Imperatrice, n'é-
pargnoient point leur argent, pour
gaigner des témoins, & leur faire

E iiij

dire que ie l'auois affaffiné ; Mais
j'éprouuay heureufement, qu'il eft
vray que la malice de l'homme ne
fait pas tout le mal qu'elle veut,
d'autant que les gens mefme du
Portugais, lors qu'ils furent deuant
le Iuge, par vn fecret mouuement
qui leur eftoit inconnu, & contre
leur intention propre, confefferent
la verité, dont les Iuges firent le
rapport à l'Empereur, qui en fut
extrémement aife. Neantmoins
encore qu'il defirât de me rapprocher de luy, le refpect de l'Imperatrice le fit refoudre de le differer,
jufques au retour du voyage qu'il
s'en alloit faire, & de laiffer mes affaires en l'état où elles eftoient.

　Toutes ces chofes me furent fi-
dellement rapportées. Mais fi d'vn
cofté elles redoubloient mes impatiences, me voyant faillir aux

occafions de fon feruice; de l'autre
vne lumiere interieure commençoit à me prefager, que ie deuois
bien-toft receuoir vn bon-heur
plus entier, comme il aduint en effect; & ce fuccez commença par
la mort de l'Imperatrice. Peu de
temps apres j'eus ma grace, & fus
rappellé aupres de l'Empereur,
qui me reçeut fauorablement. La
Fortune qui me traittoit bié alors,
m'offroit depuis des occafions fi
grandes & fi glorieufes, & ie les
employay fi heureufement, qu'il
me fut aifé d'obtenir de mon Maiftre vne deffenfe au pere de Bellize, de ne marier fa fille à qui que
ce fût jufques à fon retour. Si vous
auez jamais aymé, il vous fera facile de juger du tranfport de joye
où j'étois, voyant arriuer tant de
fuccez flateurs aux deux plus diui-

nes paſſions de nos ames; Auſſi
faut-il que j'auoüe, que ſi ie cherchois la mort dans les occaſions les
plus perilleuſes, ie la craignois bien
autant, de peur de perdre la belle,
veuë de Bellize. A ces mots il s'arreſta, pource que l'abondance de
ſes larmes luy empéchoit la parole.

Le bon Hermite en fut touché
de pitié, & luy dit; Que l'homme
feroit heureux, s'il ſçauoit connoiſtre l'état de ſa condition ! Elle luy
apprendroit la vanité de ſes pro-
jets, lors qu'il les appuye ſur ſoy-
meſme. Il a tous les jours des exem-
ples de ſa foibleſſe, & ne la croit
pas : mais ſon deſir, qui ſuit ſon raiſonnement, demande ſouuent ce
qui le deſeſpere, lors qu'il arriue :
Car n'eſt-il pas vray que depuis voſtre retour à Madrid, la vie que

vous craignez perdre, vous a esté
vn supplice ? Ferdinand reprit vn
peu ses esprits, & luy répódit; Il est
vray : mais le Ciel auec grande raison me la conserua, puis qu'vn autre que moy ne pouuoit estre digne de plaindre la mort de Bellize, & la Nature eust esté injuste, si
elle n'eust conserué mon cœur
pour en estre le tombeau. Ie voy
bien, suiuit le bon Hermite, que
vainement on voudroit vous diuertir de l'opinion où vous estes : mais
pource que l'heure de ma retraitte
me presse, s'il vous plaist vouloir
acheuer ce qui vous reste à dire de
vos infortunes, vous m'obligerez
bien fort.

Ce m'est hóneur de vous obeyr,
luy répondit Ferdinand; Ie vous
diray donc, puis qu'il vous plaît,
que l'Empereur estant de retour à

Madrid, enuoya querir le pere de
ma Maiftreffe, & le pria de me dóner fa fille ; Ce Prince incompara-
blement genereux, me fit en mefme temps de tels auantages, que
ce bon homme en me l'accordant,
fembloit fe plaindre de n'auoir pas
les fentimens affez vifs, pour goûter delicieufement les plaifirs de
ce Mariage. Deux jours apres nous
fûmes Fiancez, & l'Empereur qui
ne fe laffoit point de me faire du
bien, commanda aux principaux
Cheualiers de fa Cour, de fe preparer à faire des tournois & des
joûtes, affin d'honorer le jour de
mes nopces, leur donnant pour
cét effet jufques au quinziéme de
May. Ie paffe fur l'excez de joye
que ie reçeus alors, pource que
mes malheurs prefens m'en empéchent le fouuenir ; & puis c'eft af-

fez vous les dire, que de fçauoir
que j'étois à la veille de poffeder la
plus vertueufe & la plus belle perfonne du monde, qui m'eftoit dó-
née de la main d'vn Prince fi excellent & fi jufte. Mais comme l'éclair
paffe à l'inftant deuant nos yeux;
de mefme en arriua-t'il à mes contentemens: Car deux jours apres
que ie fus affuré de l'entiere pof-
feffió du cœur de ma Belle, il auint
que s'étant allée promener dans
vn Iardin auec fes compagnes, le
Soleil, qui tuë comme il viuifie, luy
donna fur la tefte, à l'heureoù fes
rayons eftoient encore fort ardans,
& luy alluma vne fievre fi violente
en fon commencement, qu'à la
premiere veuë des Medecins, elle
fut tenuë en danger. A mefme téps
elle m'enuoya querir à la Cour, où
j'étois allé par fon commande-

ment. Ie connus au vifage de celuy
qui eftoit venu de fa part, qu'il
eftoit arriué quelque finiftre accident en fa maifon ; Mais comme il
m'euft appris que c'étoit à elle-
mefme , ie partis foudain pour y
aller, & trouuay fon pere à la porte de fon logis, qui me conduifit
en fa chambre, & me compta fon
mal'auec vn efprit affez calme; auffi ne le croyoit-il pas tel qu'il eftoit.
Ie m'approchay de fon lict, où ie
vis dans fes beaux yeux , au lieu de
ces belles & claires flámes, viues
fources de mes felicitez paffées, vn
feu étranger, fi ardemment allumé, que ie doutay auffi-toft de fa
vie, & de la perte de mon repos.

Cette apprehenfion me glaça
le cœur, & me fit pâlir ; ce qui fit
que me voyant changé; Genereux
Ferdinand, me dit-elle, vous ne

vous eſtónez pas ſans cauſe, de me
trouuer en l'état où ie ſuis, & de
vous voir bien fort éloigné de l'eſ-
peráce que vous deuiez auoir d'vn
effet cótraire. Mais puis qu'il plâit
à Dieu d'en ordonner de la ſorte,
reſoluez-vous de ſupporter courageuſement ma perte. Ce dernier
mot me toucha ſi fort, que ie luy
dis, tout hors de moy-meſme. Eſt-
il poſſible, Madame, qu'il ſoit tóbé en voſtre penſée, qu'vn cœur
qui vous oſe aymer, fût ſi lâche
que de vous ſurviure? Elle me regarda aſſez fixement; Puis auec vn
eſprit reſolu; Ne ſçauez-vous pas,
me répondit-elle, que le temps eſt
paſſé, où les Demons puiſſans ſur
les eſprits des hommes, leur auoiéc
gliſſé cette erreur, d'eſtimer que
c'étoit vne éminente vertu de ſçauoir courageuſement s'affranchir

de la tyrannie d'vn mauuais Deftin; & que celuy qui aymoit
mieux fouffrir que mourir, eſtoit
tenu parmy eux pour tres-lâche.
Mais depuis que ce grand Soleil de
verité a paru ſur la terre, les Ames
mieux éclairées ont connu, que le
vray courage d'vn Chreſtien eſt de
ſupporter conſtamment les maux
qui luy arriuent: auſſi les plus auan-
cez en la perfectiſn, les ſçauent
bien ſouffrir, & s'en taire.

    Ces diſcours, ſi détachez des
ſens, redoubloient mes craintes, &
il me ſembloit la voir déja dans le
Ciel. Les Medecins, qui ne con-
noiſſoient pas la trempe de ſon eſprit, & qui apprehendoient que
ſon émotion ne ſe redoublât par
ma preſence, auec ce qu'on l'en-
gageoit à parler beaucoup, me
prierent de m'en retirer; ce que ie
                    fis,

fis sans sçauoir ce que ie faisois. En
ce déplorable état, où ie fus cinq
jours, ie ne bougeay de sa chambre. Là de temps en temps, j'approchois de son lict pour la seruir,
lors qu'on luy bailloit quelque remede, pource qu'elle en prenoit
plus agreablement de mes mains,
que de celles d'vn autre. A raison
dequoy les Medecins me rappel-
loient souuent pour la diuertir. Le
cinquiéme jour d'apres , enuiron
le soit, il luy suruint vne Crise, qui
éueilla soudain tous nos esprits, &
nous fit croire qu'elle estoit sau-
uée; Car quoy que la sueur ne fût
pas entiere, les Medecins presume-
rent que c'étoit vn commencemét
qui s'accompliroit. Le septiéme
estant donc vn peu soulagée, elle
m'appella , & me commanda de
m'aller coucher; par où elle sem-

F

bloit auoir oublié son mal, pour
apprehender que les penibles veilles, & la douleur que j'auois, m'en
pourroient causer vn aussi dangereux. Ie luy obeys pour luy plaire :
& ne pouuant m'éloigner d'el-
le, ie me jettay sur le lict d'vn Gentilhomme, qui auoit vne chambre
entre la sienne & celle de son pere,
où pressé de lassitude, ie m'endormis. Mais incontinent que ie fus
sorty, ses maux redoublerent, &
cette apparence de guerison passa
comme vn éclair. Cónoissant alors
qu'elle approchoit de sa fin, elle
commanda à ses gens d'appeller
son pere, & leur deffendit expres-
sément que lon ne me dit mot.
Apres auoir reçeu sa benediction,
elle prit ses Sacremens, auec toute
la deuotion qu'on deuoit attendre
d'vne personne parfaittement ver-

tueufe. Mais comme elle euſt ſatisfait à ces premiers deuoirs , elle
pria ſon Confeſſeur de me venir
querir. Il me treuua au ſortir de la
chambre, tout émeu d'vn ſonge
qui m'auoit éueillé, ſans me ſouuenir que c'étoit. Ce bon Pere
auoit les yeux ſi baignez de larmes,
que ſans luy donner temps de parler, ie le pris par la main, & entray
auecque luy.

Comme elle nous euſt apperçeus, l'ardeur de la fievre , & ſon
grand courage, luy donnerent la
force de ſe releuer ſur ſon cheuet,
& de me tendre la main. Ie la pris à
l'inſtant: mais comme ie vis que
ſes beaux yeux commençoient déja d'éteindre leur viue lumiere, ie
me jettay à genoux deuant elle; &
ſans pouuoir parler ie la moüillay
de mes larmes. Alors en me regar-

dant, elle me dit; La douleur que
ie remarque en vous, mõ cher Ferdinand, me fait beaucoup plus de
mal que celle qui me doit bien-
toſt ſeparer d'vne ſi cheré perſonne: mais ſi mes ſouhaits & mon
exemple vous ſont auſſi vtiles que
ie deſire, vous aurez autant de
conſtance à ſouffrir ma mort, que
j'en auray à la receuoir. Ie ſçay bien
que dans l'ardeur de vos paſſions, il
eſt mal aiſé de treuuer vne raiſon
qui vous deffende au ſentiment
d'vn effet ſi éloigné de vos eſperances; & que voyant ma vie
comme ces belles fleurs du Prin-
temps, plûtoſt cloſes qu'épa-
noüies, il eſt impoſſible que l'objet ne vous en ſoit inſuportable:
Mais pourtant la connoiſſance des
foibleſſes & de l'imperfection de
noſtre nature, dont les effets paſſent ſouuent par deſſus nos plus

ſoigneuſes precautions, vous oblige en cette occaſion de recourir à
l'Autheur de la grace, de vous hu-
milier deuant luy ; & pour vne entiere reſignation à ſa volonté, luy
demander la force de ſurmonter à
ſa gloire l'excez de vos déplaiſirs.

    Le mal qui la preſſoit m'inter-
rompit, & me permit de luy dire;
Madame, ſerois-je bien aſſez malheureux de voir aujourdhuy ſeparer deux cœurs que l'amour auoit
ſi étroittement vnis ? Elle reprit vn
peu de force, & me répondit; Donnez vous repos ſur cette penſée,
& aſſeurez-vous qu'ils ſotindiuiſi-
bles; Ils viurót dans le Ciel à l'eternité, & ſur la terre, tant que vous
y ſerez; Et pource qu'il ne me déplaît pas à cette heure que ie dois
rendre compte des actions de ma
vie, de répaſſer en ma memoire

tous les fentimens de mon cœur,
depuis le jour que voftre amour
me fut connüe ; ie vous diray qu'il
eft vray que la reputatió de voftre
valeur , & la gloire que vous auez
emportée par deffus tous les Cheualiers de noftre Cour, me dône-
rét la premiere difpofitió que j'eus
à écouter voftre paffió. Ma cónoif-
fance m'obligea depuis à de plus
juftes fentimens , en me faifant
voir l'excellence de vos vertus, &
la pureté de vos flammes. Il me
femble auffi que ie dois cette verité à voftre gloire, de vous auoüer
que ie vous ayme fi fincerement,
& que mes fens y ont fi peu de
part, que vous deuez croire que
mes flammes feront à l'épreuue
des glaces de la mort : Mais l'heure
me preffe : il s'en faut aller ; adieu
mon cher Ferdinand. Cela dit, elle

ſe tourna du coſté de ſon Confeſſeur, & luy demanda ſa derniere
benediction: puis penchant ſa te-
ſte ſur mó bras, elle rendit l'eſprit.

En acheuant ces paroles, il s'é-
uanoüit. Don Diego voulut courir à la riuiere, pour aller chercher
de l'eau : mais l'Hermite qui la
treuuoit vn peu trop éloignée, luy
dit qu'il cueillit des fleurs d'vn arbre qui eſtoit aſſez prés de luy, &
qu'il les luy baillât; ce qu'il fit diligemment, & le bon Religieux les
ayant preſſées entre deux cailloux,
en fit diſtiller le jus en vne petite
écuelle, qu'il portoit pour l'ordinaire dans ſa pochete, & le luy fit
prendre. Il reuint à l'heure meſme,
ſi bien que l'Hermite qui n'ignoroit pas que les conſolations, comme toutes les autres choſes du mó-
de, veulent leur temps, & que le

F iiij

diuertissement en est le plus vtile
remede , s'auisa de conuier Don
Diego à luy racompter la fin de
ses auantures : car pour le commencement il en estoit assez sçauant, & luy dit à cét effet. Ie croy,
Cheualier, que vous ne me refuse-
rez pas la mesme faueur que j'ay
receuë de Don Ferdinand ; mais
auparauant que de vous obliger à
nous racompter vostre auanture,&
le motif de vostre voyage , ie vous
diray premierement ce que j'en
sçay. Vous sçaurez donc que ie me
treuuay dans Aragon , lors que
Monseigneur vostre pere épousa
la belle Philismene ; Et d'autant
que j'apprenois par le murmure de
beaucoup de voix differentes , que
cette Belle n'en estoit pas satisfaite , ie fus curieux d'en sçauoir la raison , pource que les choses appa-

rentes deuoient donner aux plus
auifez vne creance contraire. Mon
bonheur me fit rencontrer auec
vne de fes amyes dans vn lieu particulier, & où il n'y auoit aucun de
fufpect. Alors me feruant de l'oca-
fion, ie la fuppliay de me dire, s'il
eftoit vray, comme on en faifoit
courir le bruit, que la belle Philifmene époufât auec regret vn Cheualier de fi haute naiffance, & de fi
éminente vertu; Et pource, luy dif-
je, que la raifon m'en eft inconnuë, vous m'obligerez bien-fort
de me l'aprendre. Tres-volontiers,
me dit-elle : car ie ferois fâchée de
vous voir partir de cette Ville auec
vne mauuaife impreffion de fon efprit. Ie demeure d'acord auec vous,
que tous ceux qui ne penetrent
pas dans le fecret de cette affaire,
doiuent eftre eftonnez de la voir fi

trifte, & receuoir de la fortune vne
condition fi releuée ; & cependant
le fujet en eft fi jufte, que lorsque
vous l'aurez appris, vous jugerez
auecque moy , que la vertu d'o-
beyr à fa mere, a paffé celle qui l'o-
bligeoit à ne le faire pas.

Vous fçaurez donc qu'au Prin-
temps de fes années, comme les
rofes & les lys commençoient à
s'éclore fur fon beau vifage, Don
Diego, fils de Don Alonce, deuint
éperduëmét amoureux d'elle: Mais
fi ce Cheualier vous eft inconnu,
ie vous affeure que c'eft vn des
plus accóplis du fiecle; Sa perfonne eft bien faite, fa valeur fans pareille, & toures fes vertus telles
qu'elles fe peuuent defirer en vn
Cheualier. Il peut auoir deux où
trois années plus qu'elle ; Leur
voifinage , & l'amitié de leurs me-

res leur donnerent vne affez libre
frequentation , qui ne dura gueres fans commencer à fe plaire en
la compagnie l'vn de l'autre : Mais
comme ils eurent plus de connoif-
fance , il s'aluma vn defir plus ar-
dent au cœur de Don Diego. Les
foins qu'il auoit de fe rendre aupres d'elle , fon admiration en la
regardant , fes foûpirs & les impatiences où il eftoit, lors qu'il s'en
voyoit éloigné , firent que fa mere
en reconnut le mal la premiere.
Cette femme , dont l'efprit eft
adroit , mais fort déreglé en fon
ambition , deuint elle - mefme
idolatre des beautez de fa fille ,
prefumant par ce moyen de releuer leur maifon aux premiers rágs
de la Ville. Elle conduifit auec tant
d'artifice cette jeune Beauté, qu'elle mit l'amour de ce nouuel amant

au poinct où elle la desiroit. La
mere du Cheualier, qui n'étoit pas
moins finé qu'elle, s'aperceuant
aussi de la passion de son fils, prît
vn dessein contraire à celuy de la
mere de Philismene; pource qu'elle sçauoit bié qu'il falloit vn própt
remede à ce nouueau mal. A mesme temps elle pria son mary de
l'enuoyer à la Cour; ce qu'il luy
accorda, plûtost pour luy plaire,
que pour apprehender qu'il se
deût marier contre son gré; soit
pour le croire trop bien né, pour
luy oser desobeyr dans vne ocasion
si importante, ou que déja ses sentimens propres ne le preslassent à
la souhaiter dans sa maison ; Ce
voyage fut debatu quelque temps.
Enfin la femme l'emporta, & Don
Diego partit, le plus amoureux, &
le plus affligé Cheualier qui fut ja-

mais. Mais d'autant que la mere de
Philifmene n'ignoroit pas le peu
de feureté qui fe treuue ordinairement en ceux de fon âge dans vn fi
long éloignement, elle leur fit faire des promeffes de mariage l'vn à
l'autre, dont elle demeura gar-
dienne; Et de plus la veille de fon
depart, elle leur fit encore donner
leur foy en fes mains, auec des fermens fi facrez d'vne part & d'autre, que'ie ne m'en puis fouuenir, fans craindre qu'il ne leur arriue quelque remarquable châtiment.

Depuis fon depart, ces Dames vifitoient plus fouuent qu'elles n'auoient fait la mere de Don
Diego; fe promettant que fi leurs
foins ne la pouuoient gaigner abfolument, du moins ils la pourroient adoucir, pour fouffrir l'effet

de la refolution de fon fils. A fon
retour ie l'ay veüe mille fois re-
prédre fa fille de la modeftie qu'elle tenoit aux flateries que luy faifoit Don Alonce, l'appellant ingrate enuers Don Diego, qui mou-
roit pour elle, de negliger ainfi le
moyen qu'elle auoit de l'époufer.
Elle ajoûtoit à cela, qu'vn mary
deuoit eftre abfolu fur les volontez
de fa femme, & que c'étoit affez
de l'auoir pour eux, affin de s'en
affeurer apres: Elle blâmoit en fuitte fon jugement, qui ne confide-
roit pas, que fi elle perdoit vn party fi auantageux, au prejudice de fa
beauté, tout le monde l'en mépri-
feroit.

Il auint vn jour que l'ayant treuuée feule en fa chambre, la tefte
appuyée fur fa main, & fon beau
fein bagné de larmes, ie luy de-

manday; Belle Philiſmene, que
vous peut-il eſtre arriué, que ie
vous voy ſi preſſée de douleur? Dó
Diego a-t'il changé d'amour, ou ſa
vie eſt-elle tombée ſous le ſort des
armes? Il eſt vray, me dit-elle, qu'il
eſt le ſujet de ma peine, mais non
pas la cauſe preſente; neantmoins
vos penſées ſont judicieuſes : car il
eſt certain qu'il y a peu d'éuenemens en la vie, capables de me porter dans le déplaiſir que ie ſens, s'il
n'y prenoit quelque part : mais
puis que ie vous tiens pour mon
amie, plus que perſonne du monde, & qu'il eſt veritable que de ſe
fier à tous, ou de ſe deffier de ſon
amy eſt vn vice égal; ie ne vous celeray pas le mal qui me preſſe, qui
eſtonneroit vne autre que vous,
qui auez appris aux dépens de voſtre repos, qu'il nous arriue ſou-

uent des accidens, où les plus sub-
tilles preuoyances ne peuuét remedier. L'origine du mien est plus
malheureuse, pource que la rigueur de mon sort a permis, que la
bonté de ma mere, ses soins & les
adresses de son esprit ayent trauaillé contre son intention, à ourdir
la trame du plus desastré inconuenient qui me pût jamais arriuer.
Vous sçauez, chere Doris, la passion qu'elle a de me faire épouser
Don Diego, & les plaintes qu'elle fait d'ordinaire que ie l'ayme
trop tiedement. Elle le croit ainsi,
dit-elle, pource que ie n'ay pas assez de soin de me rendre aimable à
son pere, sans s'apperçeuoir qu'il
m'eust esté fort vtile que ie le fusse
moins que ie ne suis : Car il est deuenu si fort amoureux de moy,
que non seulement la raison en est
alterée,

alterée, mais ſes plus legitimes affections en ſont entieremét eſteſn-
tes. Ie le fuis, pource que ſes diſcours bleſſent la pureté de mon
ame. Ainſi dans l'excez de ſa fureur il m'épouuâte ſi fort, qu'il me
ſemble que ie le vois déja tout for-
cené déchirer ſon fils; & cependant
ie cele ce malheur à ma mere.

Ie l'auois écoutée auec attention, me dit elle : mais comme elle euſt finy ſon diſcours, ie luy répondis; Vous auez raiſon de vous
plaindre , belle Philiſmene , puis
qu'il n'y a point de mal plus perilleux que celuy où le Medecin eſt
aueugle , & à qui le remede de-
uient poiſon ; Mais ie ne com-
prens pas pourquoy vous ne dites
librement à voſtre mere ce qui eſt
arriué par ſon auis; Il y a ce me ſemble plus d'inconuenient à la taire,

G

que de raisonnable crainte à ne le
faire pas. Ha! chere Doris, reprit-
elle, qu'il est difficile de former
vn prudent auis dans vn esprit si
confus que le mien! Deux raisons
m'empéchent d'en parler à ma mere. La premiere, est qu'elle m'a
toûjours nourrie dans vn tel respect, qu'il ne m'est jamais échappé
parole ny action qui luy peût de-
plaire; & ie sçay bien qu'elle sera
au desespoir de sçauoir les mauuais
effets que ie reçois de ses conseils,
& que son esprit glorieux prendra
ce que ie luy en diray, pour vn ta-
cite reproche que ie feray à son jugement, de s'étre aueuglé dans
vne affaire si importante. La seconde; Que j'auancerois en vain le
temps du déplaisir qu'elle en rece-
ura, puis qu'il n'y a point de neces-
sité aux choses impossibles, ny

moins encore de moyen de pouuoir empécher que tout ce qui eſt
fait ſoit à faire. Il ſemble, luy repar-
tis-je, que vous auriez regret de
ſoulager vos peines ; Ne ſçauez-
vous pas que le bien & le mal que
lon communique à vn vray amy, ſe
ſentent auec plus de plaiſir, & ſe
portent plus doucement ? Voſtre
mere n'eſt elle pas vne autre vous-
meſme ; & en cette occaſion auſſi
intereſſée que vous ? Changez voſtre reſolution, belle Philiſmene, &
quãd vous ne ferez autre choſe que
vous déliurer des juſtes perſecutiõs
qu'elle vous fait, de flatter l'ennemy de voſtre repos, encore vous
gagnerez beaucoup. Ie ſuis bien
loin de cette penſée, ſuiuit-elle ;
car mes déplaiſirs eſtant ſans eſperance de remede, j'en dois deſ....
l'excez ſi violent, qu'il en ſ
ſujet.

Peu de temps apres, la mere
de Don Diego mourut, & ce fut
alors que ses déplaisirs n'eurent
plus de bornes. Aussi-tost que ie
l'eus appris, i'allay à son logis, & la
treuuay seule dans sa chambre, car
sa mere estoit apres à consoler Don
Alonce. Elle vint au deuant de
moy; & toute éplorée elle m'embrassa. Voyant alors qu'elle ne
pouuoit parler; Belle Philismene,
luy dis-je, ie sçay trop bien que les
paroles sont de foibles moyens
pour consoler vn esprit affligé: aussi
ie ne viens icy que pour vous demander vn iuste partage à tous
vos ennuys. A ces mots, releuant
ses beaux yeux sur les miens, elle
me répondit; Ie n'ay jamais douté
de l'effet de vostre bonté; Il est
vray aussi qu'elle ne pouuoit choi-
sion où elle me fut plus

neceſſaire qu'en celle-cy, où toutes les puiſſances de mon ame m'a-
bandonnent au deſeſpoir. Ie la fis
raſſoir, & luy dis; Mon affection,
qui ne ſe peut ſeparer de vos ſentimens, m'a fait aprehender que la
mort de cette ſage Dame, ne vous
engageaſt à de nouueaux déplaiſirs.

Elle demeura vn peu ſans me
répondre: puis elle me dit; Ie ne
croy pas que dans l'hiſtoire du paſſé, ny parmy toutes les perſonnes
viuantes, il ſe ſoit rencontré iamais
vne image de malheur ſi acheuée
comme elle eſt en moy, qui treuue
des peines par tout, & de la con-
ſolation en nulle-part. Ie m'étonne, belle Philiſmene, luy repartiſ-
je, que vous, à qui Dieu a donné de
ſi viues lumieres, & qu'il a éleuée
dás les connoiſſances des diuers eſ-

fets de sa Prouidence, tombiez ainsi
dás vn desespoir dont il est offéce.
Ne sçauez-vous pas que la suprême justice égale le châtiment au
crime : Vous n'en auez point fait
qui vous doiue donner de si viues
apprehensions ? Prennez garde
qu'vne vapeur melancolique ne
vous fasse apprehender ce qui
n'arriuera jamais. Ie sçay bien,
me dit-elle, qu'il n'y peut auoir
à la veuë de Dieu de conscience
qui soit assez nette ; mais ie n'ignore point aussi, qu'aux yeux du
monde, la mienne ne me sçauroit
faire craindre le mal, que ie
preuoy m'estre certain. Sur quel
motif, luy dis je, fondez-vous ces
craintes ? Sçachez, me repliqua-
t'elle, que l'extrême passion de
Don Alonce, & la déreglée ambition de ma mere, me porteront af-

feurémét dans vn malheur, qui me
fera plus amer que la mort. Seroit-
elle fi injufte, luy dif-je, de vous
contraindre à violer la foy qu'elle
vous a fait donner à Don Diego?
N'en doutez nullement, fuiuit-elle: la vanité a tant d'empire fur fon
efprit, que fes defirs ne treaue-
ront rien d'affez difficile, ny d'affez
déraifonnable, qu'elle n'entreprenne pour me marier dans cette
maifon, & ne pouuant l'vn, elle
voudra l'autre. A ce que ie voy, re-
prif-je, ce n'eftoit donc pas la per-
fóne de Don Diego qu'elle aymoit
fi fort, puis qu'il eft à croire, que fa
naiffance, & les biens aufquels il
deuoit fucceder, luy ont fait prendre tous les foins dont ie fuis témoin. Affeurément, me dit-elle,
fes affections n'ont jamais trauaillé que pour elle; & la feule enuie

G iiij

qu'elle a euë d'eſtre la premiere de
la contrée, m'a reduite au malheur
où ie me voy. Car encore que ie fuſ-
ſe bien jeûne, au temps que Don
Diego commença de m'aimer, &
que mes inclinations fauoriſſant
ſon deſſein ; Dieu m'auoit donné
vne ſecrette crainte, dót ie ne connoiſſois pas le motif, qui me faiſoit
apprehender de m'y engager ; ſi
bien que les difficultez que j'y
r'encontrois, me trauailloient ſouuent l'imagination ; Et ie puis bien
dire, que c'eſt le ſeul commandement de ma mere, qui m'a portée à
receuoir ſa recherche. I'auoüe que
ſon merite & ſes ſoins, ont gaigné
depuis vn tel auantage ſur mon eſprit, qu'il me ſeroit impoſſible
d'effacer en faueur d'vn autre, l'impreſſion qu'il en a receüe ; Et de
plus, ie ne le dois ny ne le puis: Car

la Foy eſtant ce qu'il y a de plus eſ-
ſentiel au Mariage ; ie luy ay donné la mienne, que ie ne puis violer
à moins que de faire vn ſacrilege.

Ces paroles luy tirerent des
yeux vne abondance de larmes,
qui m'obligerent à luy dire. Ceſſez
de pleurer, belle & diuine Philiſmene ; & vous ſouuenez que les
liures ſacrez nous aſſeurent, que
Dieu ſe treuue toûjours aupres du
juſte affligé. Voſtre conſcience eſt
ſans reproche, & vous pouuez leuer les yeux au Ciel, ſans rougir.
Demandez auec des prieres d'a-
mour & de foy, à Celuy qui arreſte
& qui conduit le Soleil côme il luy
plaît, qu'il vous regarde fauorablement, & ne doutez pas qu'il ne
change l'état de voſtre fortune ; &
que par vn effet non preueu, il ne
ramene ſur vous la lumiere de ſa
grace.

Nos difcours furent interrom-
pus par l'arriuée de fa mere , qui
reuint de chez Don Alonce, l'efprit fi enchanté de fes propres
opinions, qu'elle nous voulut perfuader, qu'elle l'auoit laiffé en vn
tel defordre , à caufe de la mort de
fa femme , qu'il eftoit refolu de
marier Don Diego à Philifmiene ,
de leur donner tous fes biens, & en
fuitte, de choifir vn lieu où il n'euft
d'autre foin que celuy de fon falut.
Ie me mis à foûrire , & luy dis ; On
tient que les paroles deguifent la
verité , auffi bien qu'elles la mon-
ftrent ; dans fix fepmaines nous
fçaurons fi les fiennes auront fuiuy les fentimens de fon cœur.

Il fe paffa bien fix mois qu'il
trompoit toûjours la mere par fes
efperances ; & cependant par vn
artifice non commun , il effayoit

de gaigner fa fille, & luy faire con-
fentir de le receuoir au lieu de fon
fils : Mais apres auoir connu que
l'entreprife eftoit impoffible, il fe
refolut de faire entendre par vn de
fes amis à cette vieille ambitieufe,
la paffion qu'il luy auoit longuement celée, auec charge expreffe
de luy demander fa fille ; qu'il pre-
fumoit ne luy deuoir pas eftre re-
fufée, eftimant auoir plus de merite & plus de bien prefent que fon
fils, qu'elle auoit tant defiré. Cette
propofition luy fut amere d'abord,
pource que fon jugement, qui agif-
foit encore dans fa liberté, ne pouuoit fupporter la penfée de ce
changement. Elle répondit neantmoins auec grand refpect ; Qu'elle
prifoit bien fort l'honneur qu'il
faifoit à fa fille ; mais qu'à vray dire, comme l'affaire luy eftoit pro-

pre, il eſtoit juſte auſſi qu'elle en ſçeut la volóté, auant que luy donner ſa parole. Elle en porta la nouuelle à ſa fille, qui n'en fut pas ſi ſurpriſe qu'elle auoit eſté ; & ainſi le deplaiſir qu'elle témoigna, en luy racontant ce qu'on luy auoit dit, donna cœur à Philiſmene de luy répondre. Don Alonce confirme l'opinion vulgaire, qui croit que la folie ſuit l'âge auancé d'vn Eſpagnol; N'a-til point de honte de penſer à moy, qui ſuis plus jeune que ſon fils? Madame, ie vous ſupplie, ſouuenez-vous de la foy que vous m'auez fait donner à Don Diego : ie ne la puis violer ; on ne ſe marie pas deux fois ; au nom de Dieu ne luy déguiſez point vne verité ſi importáte. Mais j'apprehende, luy redit ſa mere, que ſi ie luy parle ſi franchement, il ne porté

ſon deſeſpoir ſur ſon fils, & qu'il ne
le ruïne. De deux maux ineuita-
bles, ſuiuit-elle, il faut choiſir le
moins important ; Ne doutez pas
que ſi vous ſouffrez qu'il continuë
ſa pourſuitte, il ne vous engage
dans vn malheur plus fâcheux que
celuy que vous preuoyez. Que ſi
vous aymez Don Diego, vous ne
le pouuez mieux témoigner qu'à
cette heure ; il ne faut jamais craindre de mettre le feu à la playe, qui
ne ſe peut guerir autrement. Encore que ſa mere fut eſtonnée de
la voir parler ſi hardiment, elle ſe
reſolut neantmoins de la croire, &
d'aller treuuer l'amy de Don Alonce, & luy faire entendre l'engage-
ment où eſtoit ſa fille auec Don
Diego.

Ie ne vous puis raporter, me
dit-elle, tout ce qui ſe paſſa en-

tr'eux deux mois durant, parce
que nous n'en auons pas le temps.
Mais pour conclure, ie vous diray,
que la mere ayant connu qu'elle
ne deuoit plus s'attendre à Don
Diego, & que son pere se porte-
roit à toutes les violences possibles, plûtost que d'en souffrir le
mariage; Elle prit son party, & se
mit contre sa fille, qui de desespoir
luy reprocha vn jour en la presence de Don Alonce, que l'excez de
son ambition l'auoit perduë: mais
si elle pretendoit par vne authorité violente la forcer de rompre sa
foy, que l'entreprise en seroit vaine; qu'il n'y auoit point de supplice
ce qu'elle ne choisist, plûtost que
de blesser sa conscience, & d'offen-
ser vne personne, qu'amour & son
commandement luy auoient ren-
duë si cheré.

Don Alonce ne fit point de cópte
de ſes paroles, ny de ſon mépris;
mais continüant ſa pourſuitte les
preſſa ſi fort, qu'à la fin la triſte
Philiſmene fut forcée de ceder
au deuoir, & de conſentir aux volontez de ſa mere : Mais comme
elle fut preſte à ſigner ſon Contract, elle regarda Don Alóce auec
des yeux de dedain, & luy dit; Quel
bonheur deuez-vous attendre de
m'épouſer? Sçachez que ſi vous ra-
uiſſez ma perſonne à Don Diego,
vous ne luy pourrez jamais oſter le
cœur; & ie me promets que Dieu
me vangera bien-toſt de l'impieté
que vous faites aujourdhuy, eſtant
en cette occaſion parâtre, & non
pere du plus honneſte homme du
monde. Ces paroles enflammées
ne firent pas leur effet ſelon ſon intention: car Don Alance au lieu de

s'en offencer, luy dit : Ie fuis rauy
que vous l'aymiez toûjours, & vous
promets qu'à voftre confideration, il me fera deformais plus cher
qu'il ne l'a efté par le paffé. Il l'é-
poufa cinq ou fix jours apres; & depuis il luy a rendu tant de refpect,
& s'eft rendu fi foigneux de luy
plaire, que ie croy que le temps,
maiftre de toutes nos paffions,
changera fa haine en amour; & déja mefme elle commence de viure
en fort honnefte femme. Ie le croy
ayfément, luy redif-je, ayant les
vertus dót vous l'auez loüée : mais
vous fçauez que les orages violens
paffent, & ne durent pas en nos
fens. La Raifon, comme le fage Pi-
lóte, lors qu'il a commencé à voir
le calme, repréd fes premiers foins,
& donne force à la prudence de
trauailler felon le befoin. Il eft
vray,

vray, me dit-elle, qu'entre toutes
ses belles qualitez, elle en a deux
qui paroissent tres-excellentes en
sa conduitte : car c'est le jugement
le plus net, & la plus discrete personne que ie vis jamais. Apres que
ie l'eus laissée, ie ne demeuray gueres à partir d'Aragon, pour me rendre à Seuille, ny à suiure le dessein
que m'auoit donné ce lâche
desir d'aller chercher des thre-
sors.

Ferdinand apres auoir écouté
le discours de l'Hermite, luy dit en
regardant Don Diego; Me dispen-
sez-vous de vous dire, qu'il me
semble que pour vne personne d'v-
ne vertu éminente au dessus de
toutes celles de son sexe, elle en
fit beaucoup, pour en demeurer là.
Cette libre declaration qu'elle fit à
Don Alonce, ayant la plume à la
H

main pour figner vn Contrat, fût à
mon auis peu judicieufe; pource
que l'amour, qui fe compare toûjours au feu, fe rend plus violent
plus on luy refifte; & par cette raifon, elle ne deuoit attendre de ce
qu'elle fît, que de redoubler la
hayne qu'il auoit déja côtre só fils,
qu'elle difoit aymer. Voftre penfée, redit l'Hermite, feroit raifonnable, fi la perfonne dont nous
parlons l'euft efté: mais ie paffe outre, & fouftiens, que les ames les
plus judicieufes euffent efté auffi
empéchées qu'elle, dans vn malheur femblable au fien; Elle a fait
comme font bien fouuent ceux
qui fe noyent, qui ne craignent
point de porter leur main fur vn
glaiue trenchant, ou fur vn fer ardant, pourueu qu'ils croyent auoir
treuué vn fecours qui les fauue.

Ainſi a-t'elle fait, en ſe perſuadant
qu'vn homme de ſon âge ſeroit
plus prudent,& qu'il ne feroit pas,
apres eſtre certain de ſa volonté,
vne cruauté ſi injuſte, ny à ſon fils
ny a elle, que de les vouloir ſeparer.

Alors en s'adreſſant à Don Diego, il luy dit; C'eſt à vous maintenant, Cheualier, de nous acheuer
ce que nous ne ſçauons pas du reſte de voſtre fortune. Quel moyen
en puis-ie auoir, répondit-il, puis
que celuy dont j'ay reçeu la vie,
m'a donné le coup de la mort? Il y a
des maux, ſuiuit il, qui ſont tels,
que s'ils ne ſe gueriſſent, du moins
ils ſe ſoulagent en les racontant. Ie
me châtierois, (ſi j'en auois le deſir:) mais purement pour vous
obeyr, luy dit Don Diego, ie vous
declareray les artifices de cette

trompeufe. Le temps où elle eftoit
d'acord auec mon pere , fût celuy
auquel elle me témoigna plus
d'impatience & de defir de me voir
de retour. Ie fus bien fix fepmaines, fans receuoir des lettres de
Philifmene , dont cette Pipeufe me
faifoit des excufes , fi apparem-
ment veritables , que ie ne pris
nulle deffiance du malheur qui
m'eft arriué depuis. Tantoft elle
me faifoit accroire , qu'elle auoit la
fievre quarte, dont les accez eftoiét
longs & fâcheux. Tantoft qu'elle
eftoit toûjours dans fa douleur où
dans le remede ; & ces menfonges
dont elle me trompoit , me tenoient d'autre part en perpetuel-
le inquietude.

Cependant l'Empereur victo-
rieux de fes ennemis, fe refolut de
retourner en Efpagne. Cette nou-

uelle adoucit mes déplaisirs, mais
pour peu de temps : car comme
nous fûmes arriuez à Naples , la
veille de l'embarquement, j'étois
seul dans ma chambre, ag té diuersement de joye & de crainte ; l'vne
par l'esperance de la reuoir, & l'autre par l'apprehésion de la treuuer
plus mal que lon ne me l'auoit má-
dé. Comme j'étois agité de ces contraires pensées, vn de mes amis me
vint voir ; Nous passâmes assez de
temps à parler des heureuses victoires de l'Empereur, & puis il me
dit. Nous prisons beaucoup peu de
chose, & n'écoutons pas ceux qui
nous disent, que depuis que l'homme est sur la terre, ses loüanges, sa
gloire & ses plaisirs sont petits, &
durent fort peu. Cette verité, fait
que ie me moque de cét honneur
qu'il estime si fort, & qu'il achepte

par la perte de tant de milliers
d'hommes. Ie ne luy répondis pas,
fi bien que me voyant penfif, il me
dit. Auez-vous quelque nouueau
déplaifir , qui vous empéche de
fentir l'agreable contentemét d'e-
ftre fi proche de reuoir voftre patrie? Il eft vray , luy dif-je, que depuis dix ou douze jours, j'ay appris
que la belle Philifmene eft malade , & c'eft-ce qui me trouble : car
vous fçauez combien j'ay le fentiment delicat pour ce qui la touche. Si la fâcherie de l'ame, me répondit-il, eft comme on dit, vne
maladie contraire à fa nature, vous
auez raifon de la plaindre : car elle
l'eft bien fort. Ie pâlis, & luy demanday d'vn ton effrayé ; Mon
Dieu que luy eft-il auenu ! Vn déplaifir, fuiuit-il, que vous partage-
rez auec elle ; & ie m'étonne que

vous l'ignorez, veu qu'il y a déja
plufieurs mois qu'elle a combatu
conftamment contre les perfua-
fions de fa mere, & la paffion de voftre pere, qui la recherche depuis
qu'il eft veuf.

Ie ne vous puis expliquer ce
que ie fentis en oyant cette nouuelle, & puis il me déplaît de me
fouuenir des blafphemes que la rage me faifoit dire. Mais comme
tous les mouuemens violens ne
peuuent durer auecque la vie, cette
fureur s'étant vn peu appaifée; Eft-
il poffible, luy dif je, que cette
femme m'ait trompé, & que Don
Alonce foit le parricide de Dó Diego? O fiecle malheureux, où la nature peruertie fe plaît à deffaire
fon ouurage! Mais dites-vous vray?
Quelqu'vn ne vous a-til point apporté cette fauffe nouuelle? Ie ne

H iiij

suis pas si peu voftre amy, me répondit-il, ny affez imprudent, pour
vous donner vn auis de cette importance, fi ie n'étois affeuré qu'il
fût certain; Apres cela, il n'oublia
rié à me dire de ce qu'il creut pouuoir adoucir l'aigreur de mon mal;
Mais comme ce font des chofes
inutiles à rapporter, ie les tairay,
& vous diray que ie m'embarquay
le lendemain, l'efprit enflammé de
fureur & de rage. Mon amy, qui
eftoit encore de cette vieille trempe de ceux qui fçauent garder
l'amitié inuiolable, ne m'abandonna point, fçachant bien qu'à
tous les momens du jour, ma paffion auoit befoin de remede, & ainfi nous arriuâmes en Efpagne.

Le premier que ie rencontray
defcendant du port, fut vn parent
de la belle Philifmene. A fon

abord, le fang me gella, & ie faillis
à m'éuanoüir : Mais comme ie fus
vn peu remis de cette premiere
émotion, ie le priay de venir à mon
logis ; fa courtoifie me l'accorda.
Apres que nous fûmes tous trois
enfemble, (car comme ie vous ay
dit, mon amy ne me quitta point,)
ie parlay le premier, & luy dis ; Eft-
il poffible qu'vne fi belle & fi diuine perfonne, comme eft Philifmene, m'ait fauffé fa foy? Ne connoift elle pas la honte qu'elle reçoit, d'auoir trompé vn Amant, à
qui on ne peut imputer d'autre
crime, que celuy d'auoir efté trop
idolatre de fa beauté? Et cette vieille Tifiphone, qui a porté le tifon
fatal dans noftre maifon, peut-el-
le viure, & fe fouuenir de la trahi-
fon qu'elle m'a faite? Ce Cheualier, qui n'ignoroit pas les juftes

raiſons de ma plainte, oublia le deuoir du ſang, pour accorder auecque moy, que la mere de Philiſmene auoit fait la plus lâche malice
qu'vn Demon euſt ſçeu inuenter,
d'auoir auec tant d'artifice pris peine de conſeruer ma paſſion, au
temps où elle ſçauoit bien qu'elle
ne pouuoit durer ſans me perdre.
Apres il me dit vne grande partie de ce que vous m'auez ra-
conté : Mais comme l'eſtime &
le reſpect ſuiuent les belles choſes,
ce Cheualier n'oublia rien à dire
en faueur de Philiſmene ; & ſi jamais il m'eſt arriué d'auoir fait
action digne de blâme, ç'a eſté de
ne mourir pas, lors qu'il animoit
par des paroles preſſantes le diſcours du deſeſpoir où elle eſtoit,
quand elle ſe deffendoit des violences de ſa mere. Vous auez rai-

son , luy dit Ferdinand ; l'effet qui suiuit de pres vn si genereux sentiment, ternit sa gloire, & vostre satisfaction , d'où depend le repos de la vie : Ie l'ayme auec vn tel respect , luy dit Don Diego, que ie ne veux pas me plaindre du consentement qu'elle a donné, quoy qu'il me soit mortel.

Le bon Hermite s'en mit à rire , & luy dit ; Puis que vous sçauez souffrir sans murmurer, vous me pouuez bien dire, s'il vous plaît, comme elle a vécu en son mariage? Fort bien , repliqua Don Diego : sa vertu a tellement reglé sa conduite à son deuoir, qu'il n'y a rien paru de ses premiers sentimens. Ie m'étonne, suiuit-il, qu'à son exemple vous ne soyez deuenu sage , puis que l'Amant se doit transformer en la chose aymée. Ie ne le suis,

luy repartit-il, que pour fouffrir
tout ce qu'il luy plaift, & pour me
taire: mais ie ne le puis eftre pour
refpecter celuy qui me l'a volée; &
c'eft pourquoy pour empécher que
le defefpoir ne me fit romber dans
le malheur d'Orefte, foudain apres
eftre arriué ià Madrid, j'en partis
par le confeil de mes amis, refolu
de venir chercher vn meilleur deftin dans ces terres neufues. Vous
ne deuez point douter, luy dit le
bon Hermite, que la Prouidence
diuine n'ait vn particulier foin de
voftre falut, puis qu'elle vous a
conduit icy par la voye qu'elle a te-
nüe: Car puis que Iefus-Chrift a
ouuert le Ciel par la Croix, il le faut
fuiure en la portant. Vous auez &
l'vn & l'autre, difoit-il, en regardant Ferdinand, affez connu la folie du monde, pour n'en eftre plus

trempez ; Il vous faut deformais
prendre des defleins plus releuez,
laifler les foins de la terre aux efprits terreftres , & vous arrefter à
Celuy qui feul peut donner les
vrays contentemens , & le repos le
plus cerrtain. Il eft vray, luy répondit Ferdinand , que l'étude que i'ay
faite auec la mauuaife fortune , m'a
plus feruy que tout ce que j'ay jamais veu dans les liures des Stoi-
ques, ny dans ceux des plus fçauans des fiecles paflez. Ie fçay bien
auffi que nos jours roulent fur des
momens, qui font plûtoft paflez
qu'aperçeus, & que ce qu'on a toûjours dit , eft tres-veritable ; Que
noftre vie n'eft que mifere, & que
les afflictiós qui s'y diftribuent par
le fort, fuiuent les âges & la bonne
ou la mauuaife naiflance des hommes. Mais quelque difference qu'il

y puiſſe auoir par le plus ou le
moins, ie ſuis certain que tous les
reçoiuent fort ameremēt; & neantmoins il y a vne telle attache de l'a-
me auec le corps, que ie ſçay bien
par la reſiſtáce que ie ſens en moy-
meſme, qu'il eſt impoſſible de
nous éleuer au Ciel, ſi la main de
la grace ne nous ayde.

l'accorde auec vous, ajoûta
l'Hermite, que l'eſprit enueloppé
dans les ſens, peut mal-ayſément
rapprocher de ſó Principe ſans ſon
ſecours : mais ie vous prie, dites-
moy ſi vous faites reflexion ſur le
ſouuerain bóheur, dont vous auez
joüy, aymant bien & eſtant bien-
aymé de la plus acomplie fille de
ſon âge; & apres, conſiderez la maniere dont elle vous a eſté rauie ;
pourrez-vous deſauoüer que Dieu
ne vous appelle à luy en vous mon-

trant que les plaisirs du monde
passent comme des lueurs sur la
terre, & qu'ils ne peuuent estre
pleins & entiers que dàns l'eternité ? Ne soyez point prodigue du
temps, qui est si court, & tenez
pour certain qu'il ne vous a point
vainement fait aborder en cette Isle sacrée : C'est vne grace qui sera
infailliblement suiuie d'vne autre
plus éminente, si vous y apportez
de la disposition. Ie l'ay toute entiere, répondit Ferdinand, & suis tellement détaché des affections du
monde, que me voyla prest à châtier les desirs qui m'y voudroient
rappeller.

Ce commencement est fort bon,
luy dit l'Hermite ; mais pour vous
le faire voir clairement, il faut que
ie vous fasse entendre les qualitez
de la terre où vous estes. Vous sça-

uez que toutes les chofes creées,
ont l'impreffion de leur Createur;
mais j'ofe bié dire, qu'en toutes les
parties du monde , on ne les voit
point en leur perfectió, cóme elles
font en ce liëu , que i'ay comparé
mille fois depuis que i'y fuis, au Paradis terreftre; ou du moins ie penfe que ç'en eftoit vne image que
Dieu auoit referuée pour le féjour
d'vn nombre de Predeftinez, pour
en joüyr par fucceffion de l'vn à
l'autre, jufques à la fin des temps.
C'eft pourquoy , mon fils , Dieu
vous a fair vne gráde grace, de vous
y auoir appellé de fi loin: mais vous
n'en deuez pas abufer, & il vous
faut fouuenir, que les châtimens
font pefez auecque le peché , &
que l'ingratitude fe mefure à la
grandeur du bien-fait & de Celuy
dont on le reçoit. Ie crains , mon
pere,

pere, luy redit Ferdinand, que tant
d'objets si rares & si beaux que
vous me figurez, ne soient si flateurs à mes sens, que ie n'en puisse
retirer ma pensée contre vos auis
& ma volonté. Ie croy, suiuit l'Hermite, qu'il y a quelque chose à
craindre en ce commencement:
mais ie suis asseuré, que si vous
auez vne droite intention, vous
n'aurez pas longuement consideré toutes les merueilleuses beautez de cette Isle, que vous serez
plus zelé que moy à suiure la voye
de vostre salut; Et pource que lon
dit qu'il est bon quelquefois de
laisser Dieu pour Dieu, ie passeray
mon heure de retraite, pour vous
faire en peu de mots la description
de cette Isle.

Sçachez dóc qu'elle a vne scituation tres-commode; vn circuit de

I

quatre cés lieües du costé du Leuāt
au Ponant, & de cent cinquáte du
Nord au Sud. L'abord en est difficile, pource qu'elle est entourée d'é-
cueils & de bancs de sable. Il y a
peu de Ports, dót le plus aisé est du
costé du Midy. La scituation de la
terre est assez semblable à ce que
vous auez veu ; seulement il y a des
endroits où il y a de grands Cháps,
où les Laboureurs sement le Fro-
ment & le ris, & par tout sur ses
bords, il y a des collines comme
celles cy ; les vnes couuertes de vi-
gnes, & les autres de toute sortes
d'arbres differens en leur espece, &
en la proprieté de leurs vsages ; &
semble que les Elemens y agissent
fort approchant de leur premiere
creation. La terre n'est point ingrate, & rend à l'homme le centu-
ple de ce qu'il luy donne. Elle ne

fouffre ny plante ny befte veni-
meufe : les Eaux y font nettes & legeres, l'Air ferain, & les Vents qui
la purifient, fi doux, que toutes les
chofes tant animées qu'inanimées,
en font agreablement rafraichies.
LeCiel qui les couure n'a point d'é-
toille maligne : toutes regardent
l'Ifle d'vn bon afpect: le Soleil mefme fe couure fur le midy, d'vne legere nüée, pour la deffendre de la
trop viue ardeur de fes rayons,& la
nuict qui égale le jour, arroufe la
terre de fon humidité fi fauorablement, que le ferain qui fait mal à
beaucoup de perfonnes dans les
autres Climats, leur fert icy de remede. Les faifons y font fort peu
inégales: les arbres & les prez toûjours verds ; & les fleurs & les
fruits dans le premier luftre de
leur beauté. Il y a plufieurs fleuues

I ij

qui arroufent la terre : mais le plus
beau eft celuy que vous auez déja
veu.

Don Diego l'interrompit, &
luy dit ; Eft-il poffible, mon pere,
que ce lieu dont vous nous faites
vne fi auantageufe defcription, foit
habité par des hommes ? Ouy, repliqua l'Hermite, mais des hommes qui viuent dans l'innocence
des Anges ; Admirez Dieu en fes
œuures, & n'abufez pas de fa grace. Ie le croy ayfément, dit lors Ferdinand, car ils font formez & nour-
ris d'vne qualité fi pure, & fi accor-
dante, qu'ils ne peuuent eftre fujets aux mouuemens extraordinaires, qui troublent nos fens, & em-
pefchent la conduite de la raifon.
Vous dites vray, répond l'Hermite, car ie vous affeure que les infirmitez que j'y ay connües, feroient

des vertus aux autres nations. Le
gouuernement eſt Monarchique;
ils ont pluſieurs Villes, mais la
principale eſt à douze lieuës d'icy,
ſelon le compte de noſtre pays. Elle eſt fort belle, grande, & bien bâ-
tie : tous les ouuriers y ſont excellens, & la matiere riche : car ce n'eſt
que marbre, & que porphire; Mais
ſur tout on n'oſeroit voir ſans étonnement, l'excellence du bâtiment
de la grande & ſuperbe Egliſe de la
Trinité, où l'art & la richeſſe ne ſe
peuuent aſſez admirer : auſſi paſſe-
t'elle toute imagination. Que vous
puiſ-je dire de plus, ſinon qu'eſtre
là, c'eſt eſtre au Paradis du monde.
Cette Egliſe eſt Cathedralle, ſeruie par vn Eueſque, & par cent
Chanoines, auec tant de ſainteté
& de reuerence, qu'il eſt impoſſible de les voir, ſans eſtre touché

d'vne fainte amour. Il y a vne autre
Eglife affez proche , dediée à faint
Thomas , qui n'eft gueres moins
belle ; auffi l'ont-ils en grande ve-
neration , pource qu'il fut le premier qui leur donna la lumiere de
l'Euangile , qu'ils ont gardée depuis fort exactement. Il y a plu-
fiers Monafteres de fainte Bafile,
& force Anachoretes , qui viuent
en diuers lieux de l'Ifle comme
moy , lefquels furent ancienne-
ment fondez par de bons Religieux , qui fuyoient la perfecution
des Empereurs fur les Chreftiens.
Le Palais du Roy, fecóde de pres la
fuperbe magnificence des Temples : car j'ofe vous affeurer fans hy-
perbole, que ce n'eft rien de ce que
vous auez ouy dire des fept merueilles du monde, au prix de cela.
Il eft par tout auffi riche & auffi

beau que le Trône de Salomon,
qui amena du fonds de l'Ethiopie,
la Reyne de Saba, pour le voir, &
admirer la sagesse de celuy qui l'a-
uoit fait faire. Le peuple y est aussi
beau qu'industrieux. Ils sont tous
de grande taille, fort dispôs, &
adroits à toute sorte d'exercices. La
Noblesse y est veritablemét noble,
tres-courtoise & bié-faisáte à ceux
que la bonne fortune conduit icy
des lieux les plus éloignez. Le Roy
est vn fort bon & sage Prince; Il est
âgé, & n'a que deux enfans, vn fils
& vne fille; le fils peut auoir vingt
ans, & la fille seize. Il a composé son
Conseil de six hommes, choisis dás
toute l'étenduë de ses Estats; lesquels jugent souuerainement des
differens qui arriuent entre ses sujets, qui sont fort peu occupez,
pource qu'ils sont si soigneux de

I iiij

garder la loy de Nature, qu'ils fuiuent la raifon, auffi-toft qu'elle leur
eft connüe. Ils n'ont point d'authorité fur l'ordre Ecclefiaftique,
pource qu'ils ne répondent qu'à
leurs Superieurs ; & ie vous puis
dire à leur honneur, qu'il n'y a pas
long temps, que parlant à vn Iefui-
te, que le vent auoit jetté dans l'Ifle, il me dit, qu'il ne pouuoit affez
admirer de voir la Religion Chre-
ftienne, auoir efté gardée depuis
tant de fiecles par vn fi grand nombre d'hommes, dans la pureté où
elle eftoit, & qu'il y auoit beaucoup plus dequoy apprendre, qu'à
reprendre fur eux. Apres toutes les
veritez que ie vous ay rapportées,
n'ay-je pas raifon de vous foûtenir,
que la Grace vous a baillé la main,
en vous amenant en ce lieu, où
tous les ouurages de Dieu font au-

tant de langues , qui vous pref-
chent la beauté, & l'excellence de
leur Createur. Ie vous l'accorde ,
dit Ferdinand, mais ie ne connois
pas les moyens de pouuoir arriuer
aifément à la premiere. Vn bon
Saint nous apprend, dit l'Hermite,
que Dieu ne fe treuue pas en marchant , mais en aymant les merueilles de fes œuures; Ne font-ce
pas des objets affez puiffans, pour
nous enflammer d'vne amour qui
nous éleuera au deffus du monde?
Mon fils, laiffez-vous brûler de ce
facré feu , & prenez la peine d'é-
couter celuy qui vous affeure, que
l'image de la vertu Diuine, fe forme à vn degré de reffemblance en
l'ame de celuy qui contemple la
fouueraine beauté. C'eft vn exercice qui ne laffe jamais, & qui nous
donne de folides contentemens ;

Mais d'autant qu'il se fait tard, ie
remets le reste du discours à demain, où ie vous viédray visiter deuát le Soleil. Ie ne vous offre point
ma petite celulle, parce que ie vous
voy le sang encore alumé, soit du
rrauail de vostre voyage, ou du
souuenir de vos afflictions passées;
Mais ie vous vay mener en vn lieu,
que vous treuuerez aussi delicieux
à voir, qu'vtile à vostre besoin.

Il se leua, & eux le suiuirent;
Comme il eust fait cinquante pas,
il sortit de l'allée, entre deux arbres separées expres, & entra dans
vn demi-rond, qui auançoit dans
là prairie, planté de plusieurs petits arbres inconnus à ces Cheualiers. Alors l'Hermite s'arresta, &
leur dit; N'auoüerez-vous pas auec
moy, que tous les artifices de l'Europe, dans l'embellissemét de leurs

lambris, ne vous pouuoient accommoder vne chambre si belle, que celle que la Nature vous a preparée aujourd'huy; où ie m'asseure que vous treuuerez autant de douceur à reposer sur cette belle herbe, que vous en auez reçeu sur vos licts de duuet. Voicy vn fort beau lieu, répondit Don Diego : mais aprenez - moy, s'il vous plaît, le no de ces arbres qui ont vne si excellente odeur, & sont si petits. Sçachez, mon fils, dit l'Hermite, qu'ils ont des vertus plus éleuées, qu'ils ne sont bas. Le premier que vous voyez à la main droite, est l'arbre du Baume, le secód de la Myrrhe, le troisiéme de l'Encés; & dás ce mesme ordre, vous les voyez plantez des deux costez. Ce sont des arbres sacrez, puis qu'ils seruent aux Sacremens, & qu'ils parfument les

Autels; mais il faut que ie vous en-
feigne comme leur fruit eſt cueilly;
Alors il tira de ſa pochette vn petit
coûteau, fit vne inciſion à l'écorce
de l'arbre, & luy bailla ſon écuelle, pour receuoir la liqueur qui en
couleroit; Et pour la Myrrhe, mon
pere, vous ne nous en dites rien?
luy dit Ferdinand. Prenez bien
garde, mon fils, ſuiuit-il; Demain
auſſi-toſt que le Soleil aura fait vne
impreſſion de ſa lumiere, vous verrez diſtiller des larmes, que vous ra-
niaſſerez auec le meſme ſoin que
celles du premier. Il faut auoüer,
dit Ferdinand, que c'eſt viure que
d'eſtre en ce lieu, & qu'auec raiſon
vous nous auez dit, que ceux que
Dieu y a appellez des Climats éloignez, ſont bien obligez de l'aimer;
Mais comment le peut-on bien faire, Dieu eſtant vn objet ſi parfait,

& nous au contraire fi imparfaits.
Sa bonté releue noftre foibleffe,
dit l'Hermite; Il nous a tous créez
pour fa gloire, & a laiffé à noftre
volonté le choix du bien & du
mal, & donné la lumiere de l'entendement pour la conduire ; Et
pource qu'il connoift la force de
fon ouurage, & la puiffáce des fens
fur l'efprit, il a ajoûté fa Loy pour
nous ayder à marcher plus feure-
ment. Gardez la bien ; écoutez fes
infpirations, & fuiuez-les foigneu-
fement : car c'eft vne marque que
vous l'aimez. Vous me propofez
beaucoup de chofes, dit Ferdináď,
qui font plus difficiles à faire qu'à
dire. Au contraire, dit l'Hermite ;
Il n'y a rien de fi ayfé, c'eft le moyé
de ne craindre plus ny les reproches des hommes, ny celuy de la
confcience, qui doit eftre beau-

coup plus fenfible aux efprits vertueux ; mais c'eft affez pour ce foir;
ie m'en vay me retirer.

Comme il fût party , les deux
Cheualiers commencerent à s'apperceuoir de leur laffitude , que le
difcours de l'Hermite leurs faifoit
oublier; fe coucherent fur l'herbe,
& appuyerent leurs teftes au pied
de ces petits arbres , où la terre
eftoit vn peu éleuée, & s'édormirét
aux rais de la Lune , qui répandoit
fur eux fa fraiche humidité. Ils n'y
eurent pas demeuré trois heures ,
qu'ils furent éueillez par le bruit &
le hanniffement de plufieurs cheuaux. Ils fe leuerent promptement
du lieu où ils eftoient ; & s'auan-
çant du cofté où ils les ouyoient; Ils
aperçeurent de loin trois Chariots
découuerts , dont le premier eftoit
bien auancé ; Il n'y auoit que des

femmes, & plufieurs hommes à
Cheual, qui marchoient deuant, &
qui alloient affez vifte. Il y auoit
apres eux deux Chameaux chargez
de pavillons, qui de loin fem-
bloient eftre plus blancs que la
neige. Comme ils furent à cinquante pas des deux Chenaliers, ils
prirent le chemin de la Riuiere, où
ils les virent décendre, & auffi-toft
les hommes déchargerent les Chameaux; & fuiuant l'ordre d'vne
Dame qui paroiffoit âgée, ils ten-
dirent vn des pavillons fur la Riuiere, & l'autre fur le pré, à deux
pas du bord. Alors Ferdinand &
Don Diego, prefumant qu'ils euffent preparé vn bain aux Dames
qui les fuiuoient, remonterent à
deux pas au deffus du lieu où ils
eftoient, pour les voir plus com-
modément, fans eftre veus. Ils n'y

furent pas si tost, que le second
Chariot passa. Il estoit trainé par
quatre Cheuaux, pareils à ceux que
la fable rapporte estre ceux du Soleil. D'abord ils furent ébloüys de
l'éclat d'vn nombre infiny de pierres precieuses, dont il estoit enri-
chy. Mais leur estonnement passa
bien au delà du premier, lors que
leuant les yeux sur celle qui estoit
assise seule au dessus des autres, ils
rencontrerent les siens si brillans
& si beaux, qu'ils furent contrains
de les rabaisser. Dó Diego regarda
Ferdinand, & luy dit; Quel nouuel
objet est-cecy! est-ce vn Ange ou
vne féme que ie voy? C'est Bellize,
répondit Ferdinand, qui nous paroist en sa gloire; Mais comme elle
fut plus pres, & qu'elle prit le chemin de la riuiere, il s'écria; C'est elle asseurément: il faut que ie la sui-
ue.

ûe. Don Diego le prit par le bras,
l'arresta, & luy dit. Que pensez-
vous faire ? Bellize est dans le Ciel.
Celle que nous voyons est infailliblement la fille du Roy, dót l'Hermite nous a parlé, qui s'en va baigner sous ces pavillons, où ses femmes l'attendent. Il ceda à son auis,
& ne chágea pas son opinion, mais
demeura fixe au lieu où il estoit,
tant que ces Dames demeurerent à
la Riuiere, & Don Diego se tint
aupres de luy, craignant que la
force de son imagination n'empor-
tast son jugemét. Mais apres qu'elle se fût baignée, elle s'en retourna
dans le mesme ordre qu'elle estoit
venuë, où Ferdinand eust plus de
loisir de la considerer ; pource que
sa pensée y estoit attachée, & qu'il
les voyoit venir plus commodé-
ment.

K

Il demeura ferme en ſa premiere opinion , & creut que c'e-
ſtoit Bellize. Don Diego s'en apperçeut; qui ne pouuoit comprendre qu'vne perſonne raiſonnable
ſe laiſſât ainſi emporter à vne vaine
fantaiſie ; mais apres que tout fut
paſſé, les deux Cheualiers s'étant
remis en leur meſme place, Don
Diego dit à Ferdinand. L'eſtime
que ie fais de voſtre vertu, me rend
curieux de ſçauoir quel eſt le motif
qui vous a fait croire, que la Dame qui a paſſé deuant nous eſtoit
Bellize. Les Anges vous la rauirent-
ils, lors qu'elle mourut entre vos
bras, pour la faire reviure en ce
lieu ? I'auoüe que cette penſée paſſe le raiſonnement humain, & que
le mien n'y peut penetrer. Ferdinand piqué de ces paroles, luy répondit; Ie connois, Don Diego,

que la verité vous déplaiſt, & que
vous auez de la peine à ſouffrir celle que ie vous ay dite. Sçachez donc
qu'hier, ſi-toſt que ie fus endormy,
ie vis les Cieux ouuerts, & deſcen-
dre en meſme temps vne nuée
fort blanche, qui diſparut à mes
pieds, où elle laiſſa Bellize glori-
fiée, & telle qu'elle nous vient de
paroiſtre dans ce Chariot; Et comme ie me proſternois pour l'adorer, elle m'a fait éueiller au bruit
que vous auez entendu, affin que
mes yeux qui l'ont ſi fort admirée,
partageaſſent auec l'eſprit le contentement qu'il auoit reçeu dans
ce ſonge.

Si Don Diego euſt eſté moins
ſçauant aux penſées d'vne imagination amoureuſe, il ſe fut moqué
de luy : mais au contraire, touché
de pitié, il luy dit. Ie ſuis ſatisfait

de la raiſon que vous me donnez,
& me promets que vous receurez
cette meſme grace plus d'vne fois.
Cependant ie ſuis d'auis, puis qu'il
y a encore pour le moins quatre
heures juſques au jour, que nous
eſſayons de nous repoſer tout ce
temps-là. Ferdinand par vne meſme complaiſance s'y accorda; non
qu'il pût croire que les inquietudes où il eſtoit, luy permiſſent ſeulement de ſommeiller, comme il
fut vray : car à meſme temps qu'il
euſt veu Don Diego endormy, il ſe
leua, & ſe promena dans cette
grande allée à la lueur de la Lune;
Et pource que ſes pẽſées n'auoient
point de bornes, il n'en mit point
à ſon promenoir : mais marchant
toûjours ſans ſe détourner, il arriua au bout de l'allée, à l'heure que
le jour commençoit à paroiſtre.

D'abord, il fut surpris par la
beauté d'vn païfage qui parut à fa
veuë, & ayant apperçeu vne petite
Colline à fa main droite, affez pres
de luy, il monta deffus; jugeant
que de là il pourroit voir vne plus
grande eftenduë de païs. Comme
il y fut, & que le Soleil euft commencé à épandre fa lumiere fur la
terre, il vit au milieu de cette campagne, vn grand Chafteau enui-
ronné d'vn foffé, reueftu de pierres
de diuerfes couleurs, & fi pollies,
que lors que les rayons du Soleil
donnerent deffus, il parut à fes
yeux vn amas de clartez mélées,
d'vne couleur plus belle & plus viue mille fois que celle de l'Arc-en-
Ciel. Il eft rauy, il ne fçait où il eft,
il oublie fes premieres penfées,
pour confiderer la beauté de ce
lieu. Il neglige de regarder l'archi-

tecture du Chasteau ; mais il con-
téple l'industrieuse main de la Nature, qui en auoit fait les dehors,
Il jette les yeux du costé de l'Oriét,
où il y auoit vn Iardin de longue &
de large estenduë, dór les parterres
estoient bien compassez de l'vn à
l'autre, & les compartimens fort
reguliers. Mais ce qu'il admira le
plus, ce fut vne quantité de fleurs,
dont il estoit parsemé. Au milieu
& aux quatre coins du jardin, il y
auoit des fontaines, dont le jet
estoit fort haut, & retomboit dans
de larges bassins de jaspe & de porphire ; & aux deux costez vne allée
d'arbres fruitiers, de douze cens
pas de long, & deux larges canaux
d'eau viue qui les bordoit ; Puis
regardant le Midy, il vid vn Vigno-
ble à l'étenduë de sa veuë, tout couuert de feüilles & de fruits ; & au

Septentrion vn fort beau Parc,
planté de Cedres, auec tant d'égalité, qu'il faiſoit naiſtre l'enuie de
s'y promener.

La diuerſité de tous ces objets
modera l excez de ſes inquietudes.
Mais apres auoir bien conſideré
les merueilles de ce lieu, il reuint à
ſa premiere penſée, & creut que ce
Chaſteau deuoit eſtre le ſejour de
ſa nouuelle Bellize. Il regarde ſoi-
gneuſement, s'il ne paroiſtroit perſonne à qui il peût parler ; à cét effet il creut qu'il deuoit s'auancer
vers la venuë du Chaſteau. Alors il
deſcendit de la Colline, où il eſtoit
monté, & entra dans vne belle
prairie qui en eſtoit le chemin. Il
n'y euſt pas fait cinquante pas,
qu'il apperçeut deux hommes, qui
ſortoient du Pont, & venoient
vers luy, où ie les laiſſeray, pour re-

K iiij

uenir à Don Diego, que Ferdinand auoit quitté endormy d'vn
profond sommeil ; & qui ne se fut
pas si-tost éueillé, sans l'arriuée du
bon Hermite, qui fut fort estonné
de le voir seul ; L'impatience de
sçauoir pourquoy, fît qu'il le tira
par le bras, & luy demanda qu'é-
toit deuenu son compagnon. Don
Diego luy répondit tout endormy,
qu'il n'en sçauoit rien. L'Hermite
eust patience qu'il fust tout à fait
éueillé; & apres d'vn ton plus pres-
sant, luy redemanda encore où
estoit Ferdinand. Ie vous ay dit,
mon pere, repliqua-t'il, que
ie n'en sçay rien ; mais ie sçay bien
que depuis que vous l'auez veu, il a
pris vne folie qui me fait pitié : car
ie ne sçay comment il est tombé
dans la reuerie de Pythagore, qui
vouloit que nos ames se prome-

naſſent de cercle en cercle juſques
à l'infinité des temps ; De meſme il
croit que Bellizé eſt deſcenduë du
Ciel, & qu'elle a pris vn corps ſemblable à celuy qu'elle auoit, mais
plus beau, & qu'elle paſſa hier entre minuit & vne heure dans vn
Chariot de triomphe, aſſez prés de
nous.

    L'Hermite eſtonné d'enten-
dre vne choſe ſi éloignée de l'eſperance où il eſtoit de le retirer du
monde, preſſa Don Diego de luy
en dire dauantage ; ce qu'il fit : car
il luy compta mot à mot les choſes
comme elles s'étoient paſſées, ſans
y oublier le ſonge qui auoit prece-
dé la venuë de la Princeſſe. Apres
que l'Hermite l'euſt bien écouté,
il luy dit ; C'eſt vn effet du Demon
ennemy de l'homme, qui s'eſt voulu ſeruir de ſa premiere paſſion,

pour le renger à de nouuelles fo-
lies, & le retirer de la bonne voye,
où il me femble que ie l'auois laiffé
hier: car vous deuez fçauoir que
celle que vous auez veuë dans ce
Chariot, eft la Princeffe Lindamire, fille du Roy, lequel eft venu
paffer le mois de May en vn fort
beau Chafteau, fitué dans vne plaine qui eft au bout de cette grande
allée, affin que fa fille euft plus de
cómodité de fe baigner dans l'eau
de ce fleuue, qui eft tres-excellen-
te pour la fanté en cette faifon,
d'autant que fes fources paffent
prefque toutes dans des mines
d'or, comme vous pouuez juger
par l'amas qu'il en a fait au bord de
fes riues. Ie le croy, dit Dó Diego, &
fuis d'auis que nous prenions ce
chemin-là : peut-eftre l'y treuue-
rons-nous. Ie fuis de voftre opinion, dit l'Hermite.

Alors ils s'y acheminerét, & Don Diego parla le premier, & luy dit. Ie vous aüoüe, mon pere, que le difcours que vous nous fîtes hier, paffa affez legerement dans mon efprit: mais ayant veu expres la folie de Ferdinand, il m'eft reuenu en la penfée, & m'a fait confiderer la douceur dont joüit vne ame qui renonce à foy-mefme, pour aymer fon Dieu, & fe laiffer conduire à fa prouidence. Vous eftes bien-heureux, mon fils, fuiuit-il, d'auoir vne fi bonne penfée; Mais vous le feriez mille fois plus, fi d'vn courage ferme vous écoutiez ce que l'efprit de Dieu nous dit en tous les éuenemens de la vie : car voftre dégouft feroit bien plus entier. I'ay efté au monde comme vous, & il y a fort peu de temps que j'en fuis forty ; & puis que le loifir nous le per-

met, ie vous conteray volontiers
la voye qui m'en a retiré. Vous
m'obligerez parfaitemét, répódist
Don Diego. Vous sçaurez donc,
dit l'Hermite, que j'ay suiuy l'armée de l'Empereur en ses guerres
d'Alemagne, & n'ay jamais failly
aux occasions où l'honneur m'appelloit, mais sans autre dessein que
celuy de bien-faire ; Car ie n'y
eus pas beaucoup séjourné, sans
apprendre que ce Philosophe
n'auoit pas tort, de croire que la
Fortune est la Reyne du monde,
qu'elle dispose de toute la terre, &
en distribuë les biens selon ses ca-
prices. Cette premiere connoissance mé porta dans le soin de considerer les mœurs & la condition de
nos Courtisans. Deslors ie la treuuay si malheureuse, qu'ils me firent pitié. Vous y auez trop de-

meuré, pour n'auoir pas connu
comme moy ce mouuement perpetuel de hayne & d'éuie, qui agite
les esprits de tous les grands Capitaines de sa Cour; & ie croy que le
venin de leur ame est mille fois
plus amer & plus mortel que le
foye du Dragon ; pource qu'ils
meurent en viuant, & qu'ils n'ont
point de repos : aussi ie me suis
estonné beaucoup de fois, les ayant
veus dans les occasions, faire de si
genereux exploits , & où il sembloit que le jugement auoit eu autant de part que la valeur , puis
de leur voir tout à coup reprendre l'habit de Courtisan, & joüer
vn autre personnage , portant la
fraude sur le front, au lieu de leur
premiere gloire ; le mensonge en
leur bouche, & la seruitude en
leurs actions. I'auoüe que ie ne

pouuois comprendre leur aueuglement, d'eſtimer comme ils faiſoient, que l'honneur, ſeule recom-
penſe de la vertu, ſe deuſt gagner
par de ſi lâches pourſuittes comme
les leurs. Vous ne doutez point, à
mon auis, que la grace d'auoir eu
cette connoiſſance ne fût ſuiuie de
celle de ſçauoir mépriſer leur fole
vanité. Ce juſte dégoût me porta
bien-toſt apres au ſoin de me retirer chez moy. Mais comme la prudence veut que le Sage ſe condui-
ſe toûjours dans les choſes honne-
ſtes, & qu'il ne choque pas l'opinion que la coûtume a eſtablie parmy les hommes, ie fus fort moderé en ce deſir, & attendis ſans impatience, le moyen que j'en pourrois auoir, ſans bleſſer l'eſtime que
lon auoit déja priſe de moy. Ie fus
ſi heureux, que quelque mois

apres l'Empereur repaſſa en Eſpagne, & moy ie retournay en ma
maiſon. I'y fus aſſez long-temps:
mais enfin ie me laſſay de cette
oyſiueté, & la treuuay auſſi hon-
teuſe que j'auois fait l'extraua-
gance des hommes, qui auec tant
de brutalité employent leurs forces, pour faire perdre la vie
à leurs ſemblables. Dans cette
penſée, ie me promenay par pluſieurs villes d'Eſpagne, conferant
auec les meilleurs eſprits que ie
pouuois treuuer, affin que par diuerſes lumieres ie peuſſe apprendre à me conduire plus ayſément
dans le choix de la condition que
ie deuois eſlire. Mais me voyant
toûjours incertain, & fort dégoû-
té de toutes celles que ie me pro-
poſois, ie m'en retournay à Seuille, auec reſolution d'attendre tout

ce qui viédroit de la fortune, que ie
ne connoiſſois pas encore. Ie n'y fus
pas long-temps, qu'ayant viſité vn
de mes amis, homme vertueux,
mais que i'auois veu depuis peu aſſez pauure, ie le treuuay dans la
magnificence d'vne richeſſe ſi gráde, que ie m'en eſtonnay. Il s'en
apperçeut ; & me dit, Seigneur
Don Emanüel, deux voyages que
j'ay faits aux Indes, m'ont mis en
l'état où vous me voyez. Mocquez-
vous de tous ces réueurs des ſiecles paſſez, qui nous propoſent de
vaines apparences de bien, & con-
dānent le plus certain, qui eſt celuy d'eſtre riche; I'en ay fort agreablement goûté les delices, depuis
que ie le ſuis. Si ie voy quelque mi-
ſerable reduit dans le deſeſpoir de
n'auoir pas du pain, j'ay le plaiſir de
luy en donner, & d'exercer la charité.

rité. Si ie defire m'éclaircir de quelque poinct que ie n'entends pas
dans l'vfage de la Morale, ie fais à
la mefme heure vne conference
des plus grands Docteurs de la Ville, qui m'en difcourent amplement ; & fi ie veux âjouter des
bien-faits, foit en leur perfonne,
où à leur ordre, ils eftudieront
nuict & jour, pour me rendre capable de ce qu'ils ont de plus fecret
& de plus fubtil parmy eux ; de
forte que fans me donner autre
peine, ny fans me confumer dans
l'étude, ie me treuue en peu de
temps auffi fçauant qu'ils peuuent
eftre.

Ce raifonnement me pleut fi
fort, que peu de jours apres, ie
m'embarquay auec vne compagnie qui alloit au Peru. De tout ce
que nous eftions de Nauigateurs,

L

ie fus le seul qui me sauuay ; & nostre vaisseau apres auoir esté battu
plusieurs jours par la tempeste, se
vint briser dãs le mesme lieu où le
voltre s'est perdu. Apres ce naufrage, j'arriuay depuis, fort heureusement pour moy, en cette mesme
prairie où vous auez esté ; si bien
que ie ne sçauois si c'étoit vne verité, ou vn songe que ie fusse là, &
j'auois tellement oublié mes compagnons, & mes premiers desseins,
qu'il n'eust pas esté bien difficile
de me persuader que j'y estois né
par miracle. Mais comme ie fus reuenu d'vn si grand estonnement, &
que ma veüe fût lassée de regarder
les diuers objects qui luy estoient
presens, ie m'assis sur l'herbe, fort
en peine de ce que ie deuiendrois.
Cette solitude me faisoit craindre
de ne treuuer point de lieu assez

propre, pour y paſſer la nuiƈt en
ſeureté; & d'autre-part la faim me
preſſoit ſi fort, que ie fus contraint
de me leuer, pour y chercher remede, ce que ie fis fort vtilement: Car
apres que ie fus entré dans l'allée
où nous ſommes, ie me rencontray au pied de l'arbre, dót ie vous
donnay hier du fruit ; & treuuay
apres en auoir mangé, qu'il ne ſe
pouuoit rien âjoûter, ny à l'excel-
cellence du gouſt qu'il a, ny à ſa
vertu; pource que dans le meſme
inſtant ie ſentis mes forces repa-
rées, & vne douce diſpoſition à re-
jetter toute la melácolie, où m'en-
gageoient mes infortunes paſſées.
Vn effet ſi extraordinaire me fit
penſer que le Nepanthe que donnoit Heleine, dont tant de Poë-
tes ont fait mention, n'étoit autre
choſe que le jus de ce meſme fruit

qu'elle auóit recouuré.

Tout à mefme temps que cette imagination me paſſoit par l'efprit, j'entendis du bruit aſſez pres
de moy, & vis en me tournant deux
Cheualiers fort bien faits, leſquels
s'approchant, me falüerent courtoiſement; & l'vn d'eux prenant
la parole, me dit; La ſolitude où ie
vous trouue, & voſtre bonne mine m'apprénent, que le ſort plûtoſt
que voſtre volóté, vous a conduits
icy. Il eſt vray, luy diſ-je: mais depuis l'heure que le vaiſſeau où j'é-
tois s'eſt briſé contre vn eſcueil en
vos coſtes, ie ne ſçay par quel enchantement j'y ſuis arriué. L'Ange
qui vous y a mené, repliqua-t'il,
vous a eſté vn amy fidelle; pource
que ſi vous auiez fait la conqueſte
du reſte de la terre, vous n'auriez
pas eſté ſi heureux que vous eſtes,

d'auoir mis le pied dans celle-cy,
où les hommes viuent auec honneur & repos. Mais d'autant qu'il
me semble que les commoditez du
lieu vous seront plus necessaires,
que le plaisir d'oüir raconter les ra-
retez qui s'y treuuent, ie suis d'a-
uis de vous aller presenter au Roy,
qui est en l'vne de ses maisons, proche de ce Bois. Nous ne sçaurions
choisir vne heure plus commode
que celle-cy : car lors que le Soleil
est couché, il sort pour se promener dans ses jardins. Vostre charité, luy dis-je, & vos courtoisies me
sont si auantageuses, que j'y dois
obeïr : mais j'auoüe que ce n'est
pas sans craindre, que ie ne sois assez malheureux, de vous auoir di-
uerty d'vn meilleur dessein. Que
cette oppinion, repliqua-t'il, ne
vous donne point d'inquietude :

voſtre ſejour en la Cour, vous apprendra qne nous n'auons point
de plus agreable plaiſir, que celuy
de pouuoir bien faire à noſtre prochain. Ce diſant, il me prit par la
main, pour m'emmener auecque
luy; & voulut que durant le chemin, ie l'entretinſſe des auantures
de mon voyage, & du motif qui
me l'auoit fait entreprendre.

Ie le luy racontay auec aſſez
de naïfueté, & creus luy deuoir ſeulement deguiſer le vray ſujet qui
m'auoit tiré de mon pays, de peur
de luy donner à cét abord vne
mauuaiſe impreſſion de mon eſprit, de s'être laiſſé conduire à vn
deſir ſi indigne des grandes Ames.
Comme nous fûmes pres du Chaſteau, il me laiſſa auec ſon compagnon, & paſſa le premier: nous le
ſuiuions doucement, & le retrou-

uâmes aupres du Pont, où il me
dit; Que le Roy & la Princesse Lindamire sa fille, se promenoient dás
le jardin où il me mena. Nous ren-
contrâmes le Roy à la premiere allée, accompagné de trois Princes
de son sang assez vieux, & de plusieurs autres Seigneurs & Cheualiers de merite. Ie luy fis la reuerence, & il me reçeut fort humainement, me fit raconter mon
infortune; & apres il commanda à
celuy qui m'auoit conduit, de me
mener à la Princesse, que nous
treuuâmes au bord de la fontaine,
qui est au milieu du jardin, assise sur
vne chaire. Elle tenoit vne guirlande de fleurs à la main, & auoit vne
jeune fille à genoux deuant-elle.
Nous estions encore à cent pas
d'elle, lors que ie regarday Mirande, (ainsi s'appelloit le Cheualier

qui me conduisoit,) & luy m'ayant
entendu sans m'estre expliqué, me
dit ; Ie voy que vostre curiosité me
demande si cette fille attend vne
grace, ou vne couronne de cette
Princesse. Vous auez raison, luy dis-
je, vous auez deuiné ma pensée; Et
moy, suiuit-il, ie vous diray que
dans ce Royaume, la Iustice y tient
vne balance si égale, que la Vertu
y a sa recompense, & le Vice son
châtiment. Vous sçaurez donc, que
la Princesse Lindamire, seule égale
à elle mesme, & dont les merites
se peuuent plus facilement admirer que loüer, nourrit aupres
d'elle vn nombre de filles d'illustre
sang ; les vnes du sien propre, les
autres descenduës des filles de sa
maison, & toutes de grande qualité ; Et comme la vertu commence,
& finit toutes ses actions, elle n'en

a point d'indifferentes, que celles
qui sont necessaires à la vie. Elle a
diuers plaisirs; Vn jour elle court
auec ses filles, & joüe aux jeux où
elle fait plus d'exercice, pource
qu'elle croit estre necessaire à la
santé; D'autant, dit-elle, que les
mauuaises habitudes des sens font
des reuoltes contre l'esprit, qui
causent les malheurs dont tout le
monde se plaint. Mais comme elle
sçait joüir du temps, & l'employer
aux choses propres; lors que le Soleil est ardant, elle se retire dans
des lieux frais auec ses Dames, où
au murmure de plusieurs fontaines qui sont à l'entour, elle veut
que chacune à son rang luy rapporte vne histoire des Dames illustres des siecles passez; & faut que
le lendemain chacune die son auis
de ce qu'elle aura remarqué de

plus excellent, & de plus digne d'e-
ſtre imité. Quelquefois auſſi elle
ſe plaît à leur faire expliquer des
Enigmes; & ſi ie ne me trompe, il
me ſemble leur auoir oüy dire,
qu'il y en auroit aujourd'huy vne,
& aſſeurément il faut que certe fille que vous voyez à genoux, en ait
treuué le ſecret.

Nous eſtions alors ſi pres d'eux,
qu'il me laiſſa, pour faire entendre à la Princeſſe qui j'étois. Ie
m'apperçeus qu'elle aymoit les
eſtrangers; pource qu'elle me reçeut auec plus d'honneur, que raiſonnablement ie ne deuois eſperer. Mais auant toutes choſes, ie ne
vous puis celer vne des merueilles
de ce Climat. Nous eſtions alors à
la fin de la Lune, & cependant le
Ciel eſtoit ſi pur & ſi net, & la clarté des eſtoilles ſi brillante, que cet-

te nuict se pouuoit comparer aux
plus beaux jours de l'Europe; & de
plus , elle estoit fort auantageuse
aux Dames, parce que cette lumiere argentine donnoit vn si beau lustre à leur teint , que l'art ne le
sçauroit imiter, ce qui les rendoit
toutes extrémement belles. Mais
reuenant à mon sujet, ie vous diray, qu'elle m'arresta vn assez long
temps à luy raconter les mœurs &
la maniere de viure de ceux de
l'Europe, & particulierement les
qualitez de l'Empereur, en faueur
duquel la renommée auoit publié
de si auantageuses loüanges. A la
verité elle me rauit de m'auoir
donné vn si ample sujet de l'entretenir; Mais apres auoir loüé sa justice, sa moderation en toutes ses
actions, & sa clemence dans ses victoires, ie m'étendis bien fort sur

cette genereuſe magnanimité, qui
auoit fait porter ſes armes victo-
rieuſes par toute l'Europe; Bref, ie
luy dis tout ce qui s'étoit paſſé à ma
connoiſſance de plus remarquable en ſa vie.

Comme j'eus finy mon diſcous;
Ie priſe bien fort, me dit-elle, les
grandes qualitez de voſtre Empereur; & j'auoüe qu'il merite l'honneur de commander aux peuples
qui luy obeïſſent: mais ie ne ſuis
pas d'accord de faire paſſer pour
vne éminente vertu, vne ambition
ſi déreglée, qu'elle ne craint pas de
faire mourir des millions d'hommes, pour impoſer la ſeruitude aux
autres; pource que vous ſçauez
bien, que la Vertu perfectionne la
Nature, tant s'en faut qu'elle la dé-
truiſe; & que la Generoſité que
vous propoſez, ne va qu'à ſa perte;

Auſſi me ſuis-je mille fois eſtonée,
liſant vos Hiſtoires, qui ſont ve-
nuës juſques à nous, qu'il fût poſſible d'eſtre Chreſtien, & de viure
dans les ſentimens des Payens.
Pouuez-vous bien confeſſer que la
guerre ſoit vn fleau dont Dieu ſe
ſert pour châtier vos pechez, &
croire en meſme temps, que celuy
qui y fait des exploits plus inhu-
mains, merite vn glorieux titre?
Nos penſées ſont plus juſtes, & ſuiuent celles de Dieu, qui nous commande le ſoin du prochain comme
le noſtre : auſſi vous voyez qu'il
nous comble de ſes benedictions,
& nous donne ſa paix. Premierement, parmy nous ſa prouidence y
conduit auec tant d'égalité l'a-
mour & la ſeuerité du Prince enuers ſes ſujets, qu'il les oblige d'o-
beïr auecque reſpect & ſans peine,

& pour nos voisins, lors qu'ils ont
entrepris autrefois de nous troubler, ils s'en sont si mal treuuez,
qu'ils n'y reuiennent plus. La premiere de nos Loix, est d'obeyr à
celle de Dieu ; & la seconde, d'employer la vie & le bien, pour la conseruation de la Patrie, comme la
plus legitime de nos affections.
C'est pourquoy tous les hommes
de ceste Isle sont veritablement
vaillans ; ils combattét auec raison
& sans ferocité, & animez de l'esprit de Sagesse, qui les conduit toûjours à vne heureuse victoire : ce
qui me fait conclurre, que la vraye
magnanimité d'vn cœur genereux
est de bien faire, & particulierement de s'étudier à vaincre les passions qui nous troublent, & les vanitez que le monde nous presente ; d'autant que c'est l'asseuré

moyen de viure en repos, & d'arriuer heureusement à sa fin.

Comme elle eust finy son discours, le Roy suruint, & peu apres
chacun se retira. Nous l'accompa-
gnâmes en sa chambre; & puis Mirande me mena en celle qu'il m'a-
uoit fait preparer aupres de luy, où
il me demanda, quelle estime ie
faisois de la Princesse Lindamire?
Telle, luy dis-je, que sa beauté passe dans ma pensée au dessus des
creatures mortelles; & ie croy que
tout ce qui est en elle, en suit la
perfection. Il est vray, me repliqua-
t'il; Les femmes de cette Isle, sont
naturellement belles: mais il faut
auoüer que la Princesse va bien au
delà de toutes celles que lon y a jamais veuë; & vous estes digne que
ie vous fasse part d'vne chose qu'il
me souuient d'auoir aprise d'vne

femme de chambre de la Reyne ſa
mere. Vn jour qu'elle me vid fort
attentif à la regarder, elle me dit
en riant:Ie ſuis bien trompé ſi vous
n'admirez la beauté de noſtre Maiſtreſſe ; ce qui m'oblige à vous dire
vn ſecret, qu'autre que moy ne
vous peut découurir. Vous deuez
ſçauoir que la Reyne commençant à deuenir groſſe de la Princeſſe, deuint auſſi extrémemét triſte,
par diſpoſition d'humeurs, & non
de ſujet. Le Roy pour la diuertir,la
mena dans vn Cabinet, où il tenoit
tout ce qu'il recouuroit de plus ra-
re. Entre autres choſes,il y auoit
vne peinture,que la traditiue aſſeure eſtre cette fameuſe Venus, qui
fût tirée des traits les plus acheuez
des plus belles femmes de Grece.
Elle ne l'euſt pas ſi toſt apperceuë,
qu'elle ſupplia le Roy de la luy
donner;

dóner; Ce qu'ayant obtenu, elle la
fit attacher à la ruelle de son lict, &
depuis durant tout le téps qu'elle
fût enceinte, ie ne luy vis jamais
prendre vn plus agreable diuertissement, que celuy qu'elle auoit de
la regarder.

Comme elle fut accouchée,
elle fît mettre cette peinture dans
son Cabinet, où il me souuient
qu'vn an auparauant sà mort, elle
estoit entrée auec ses Dames; &
que toutes ensemble ayant lógue-
ment cósideré ce tableau, l'vne d'é-
tr'elles luy dit. Il faut auoüer, Madame, que si ce portrait estoit animé, nous seriós bié empéchées de
le discerner d'auec Madame voftre
fille. Il est à croire, dit vne autre, que voftre Majesté a eu vne
forte impression de son image, ou
que ce grand Peintre par vn es-

M

prit Prophetique, l'a vouluë mon-
trer au monde, deuant le temps
qu'elle y deuoit venir. Ie ne doute
nullement de ce que vous dites, luy
répondif je, car il ne fe peut rien
âjoûter à fa beauté; Et pource qu'il
eftoit tard, nous fûmes obligez de
nous feparer. Ie vous confeffe que
ie demeuray les yeux fi éclairez
des lumieres qui m'auoient paru,
qu'il me fut impoffible de les fer-
mer le refte de la nuict, où mille &
mille fois ie repaffois en ma penfée, toutes les merueilles que j'a-
uois veuës, fans m'appérceuoir
encore que c'étoit auec inquietude.

　　Il s'arrefta en mefme temps, &
dit à Don Diego; Il me femble que
ie voy des hommes venir à nous: il
faut abreger mon difcours, & vous
dire en peu de mots ce qui refte de

mon auanture. Vous sçaurez donc
que depuis mon arriuée en cette
maison, le Roy y demeura vn mois
entier; durant lequel ie me rendis
si soigneux de me treuuer aux
lieux où la Princesse se pouuoit
voir, que Mirande s'imagina que
ie deuois estre amoureux d'vne de
ses filles: car ses soupçons n'étoient
pas si déreglez, que d'aller jusques
à elle. Il estoit vray pourtant; & ie
fus si malheureux, ou si peu veil-
lant sur mes actions, que ie ne connus mon mal que lors qu'il fut
sans remede; Mais comme elle est
icy bas vne viuante image de la Diuinité, elle ne peut ny ne doit estre
aimée que par excez, & sans bornes. Ie fus en cét estat vn assez long
temps, durant lequel ie vous pro-
teste que si ie commis quelque crime, ce fut pour l'auoir reuerée en

qualité de Déeſſe. Comme le Roy
fut de retour à la Ville, on la voyoit
peu ſouuent hors de ſon Palais, où
elle auoitſes jardins & ſes galeries,
pour ſe promener auecque ſes
Dames, & où les hommes n'entroient point, ſi ce n'étoit quelque
fauory, que le Roy y menoit auecque luy : Et encore que Mirande
fût ſoigneux de me faire receuoir
cét honneur de fois à autre; neantmoins cét interualle de priuation
m'étoit ſi inſupportable, que ie
commençay à m'apperceuoir qu'a-
mour deuenoit maiſtre de mon jugement, & de ma raiſon, & qu'il
eſtoit temps de craindre de tomber dans vn plus grand inconuenient ; Et comme c'eſt vn effet
Chreſtien d'éleuer les yeux & la
penſée à Dieu au fort du mal qui
nous preſſe, j'en fis ainſi, & il me

fembloit luy demander beaucoup
en me taifant,& en luy montrant
la playe de mon cœur.

Sa bonté fût touchée d'vne flame fi innocente : car au mefme inftant il m'infpira la volonté d'aller
treuuer vn Caloyer de faint Bafile,
qui demeuroit dans vn Monaftere
proche du lieu où lon m'auoit lo-
gé ; ce que ie fis le lendemain, auparauant que le Soleil fût leué. Ie
le récontray fortant du Chœur, où
apres l'auoir falüé, ie luy dis; Mon
pere, vous n'ignorez pas que les
maux qui font moins connus, & les
plus douloureux, ont befoin de l'af-
fiftance d'vn excellent Medecin :
C'eft pourquoy j'oferay vous fupplier de ne me refufer pas la voftre, en vn mal qui eft d'autant
plus dangereux, qu'il eft entierement dans l'efprit. Ce bon-homme

regarda ; & jugeant de mon émotion par ma parole, me prit par la
main, & me dit. Mon fils, venez à
noftre petite Celulle, ou auecque plus de loifir vous nous ferez
entendre ce que vous defirez que
nous fçachions. Ie le fuiuis; & comme nous fûmes tous deux feuls, ie
parlay le premier, & luy dis ; Vous
ne blâmerez pas, à mon auis, la confufion de mon cœur, ayant à vous
découurir le mal qui le preffe ,
pource que ce vous fera vn indice
certain, que ie le juge mauuais. Ie
ne doute point encore que voftre
charité ne paffe par deffus toutes
les juftes craintes que ie dois auoir,
en vous le difant, eftant comme
vous eftes né dans ce Climat, où
peu de chofe s'éloigne de fon ordre: C'eft pourquoy fans m'arrefter à ces vaines opinions, ie vous

diray que ma bonne ou ma mauuaise deſtinée, qui m'eſt encore inconnuë , m'a tiré de l'Europe , &
m'a jetté ſeul de ma connoiſſance
dans cette Iſle, où d'abord j'ay reçeu toute ſorte de faueurs d'vn
Cheualier nommé Mirande , qui
vous doit eſtre connu, pource qu'il
eſt des premiers de la Cour. Depuis il me les a non ſeulement
continuées , mais de plus, il m'a
procuré celle du Roy , lequel comme il eſt vne image de Dieu en terre, a ſuiuy ſon exemple, & m'a ſi
largement departy ſes bienfaits ,
que j'ay reçeu auec abondance
toutes les choſes dont j'ay eu beſoin ; Ainſi mon bonheur a paſſé
l'eſperance que mes plus flateurs
raiſonnemens me pouuoient donner ; pource qu'à mon arriuée à la
Cour, ie me vis auſſi-toſt dans la fa-

miliarité du Roy , & de la Princeffe Lindamire. Ie reçeus cét honneur, auecque des éleuations d'efprit qui ne fe peuuent expliquer, &
que ie crains que la temperance
du voftre ne puiffe comprendre :
Mais il eft vray qu'en peu de temps
ie fus fi fort éblouy des ardantes
lumieres que j'approchois fi fouuent, que mon jugement ne me
feruoit plus qu'à me faire admirer
les excellentes qualitez de cette
Princeffe, dont la moindre eftoit
fa beauté, qui paffe toutes celles
du monde; Et comme c'eft vn effet naturel d'aimer, ou de chercher
la faueur de ceux qui font éleuez
au deffus de nous, & dont l'objeﬆ
contente la veüe, pource que la vanité & le plaifir y treuuent vne
égale fatisfaction; ie ne perdis
point d'occafion de me rendre au

lieu & aux heures où ie la pouuois
voir. Ie ne vous dis point les honneurs que ie reçeus d'elle, durant
vn mois qu'elle fut à la campagne,
d'autant que ce discours seroit inutile à mon sujet, & asseurément importun à vne ame dettachée du
monde comme est la vostre. Il
me suffit de vous dire qu'il ne s'est
passé jour où ie n'aye découuert
vne nouuelle perfection, digne
d'estre adorée; Et pource que la
chercher & me tenir le plus souuent que ie pouuois auprés d'elle,
estoient des actions fort raisonnables, ie ne m'aperçeus point du
mal que j'auois; Et ce fût alors que
ie pouuois comme le Prophete demander à Dieu, qu'il me découurit le peché que ie ne connois-
sois pas encore; Mais lors qu'elle
retourna à la ville, & que le moyen

de la voir me fut difficile, ie fus
bien-toſt ſçauant en ce que j'auois
ignoré. Mes inquietudes en ſon
abſence,&les ſecrettes apprehenſions que j'auois de ne la voir plus,
quand meſme ie la voyois, furent
les premiers maiſtres qui m'apprirent que j'étois amoureux d'elle.
Quelquefois la raiſon m'a fait conſiderer que ie deuois arreſter l'excez de ma paſſion; que j'auois mau-
üaiſe grace de faire l'Ixion,& d'em-
braſſer vne nuë; que ſi la Princeſſe
l'apperceuoit, elle m'eſtimeroit
auſſi fol que celuy qui fut amoureux de la Lune; Et neátmoins toutes ces péſées,& mille autres encore plus preſſantes, m'ont paſſé par
l'eſprit, ſás le pouuoir guerir. C'eſt
pourquoy, mon pere, ie viens à
vous comme à l'Oracle, pour vous
ſupplier de me donner quelque remede.

Le bon Religieux, qui m'auoit
écouté auec attention, me répondit; Vous auez fort judicieuſemét
penſé, quand vous auez dit que
nous ſommes peu accoûtumez à
entendre des diſcours ſemblables
aux voſtre; & moins encore vous
eſtes-vous trompé, de croire que ie
dois receuoir tout ce que vous m'a-
uez dit, auec vn eſprit de charité; Et
bien que ie vous auoüe que Dieu a
particulierement donné ſes benedictions à cette Iſle, & que toutes
choſes y ſuiuent le bien; Il eſt vray
neantmoins, que ce n'eſt pas toûjours ſi parfaitement, que ceux qui
s'approchent plus pres de la vraye
lumiere, n'y puiſſent treuuer quelque deffaut; pource que les choſes creées ne peuuent eſtre toutes
pures deuant Dieu; dequoy nous
eſt vn exemple aſſeuré la cheute

des Anges. C'est pourquoy, il faut
hardiment dire son mal à ceux qui
en doiuent auoir compaffion ; qui
defirent de le foulager, & qui cou-
rent le hazard d'vn mefme malheur. Mais pour reuenir à noftre fujet, ie ne vous celeray pas que ie
treuue le vôtre affez difficille à guerir ; pource que lon nous dit que la
beauté n'a pas befoin d'armes, pour
garder fes conqueftes ; & ie la voy
tres-parfaite en la Princeffe Lindamire. Auecque cela, les rares qualitez de la Nature, jointes aux excel-
létes parties de fó ame ; fa naiffance Royale, & l'eftime qu'elle fait de
vous, font des charmes tres-puif-
fans, & dont il eft mal aifé de fe retirer ; Et neantmoins, fi vous vous
laiffez tomber, comme vous faites,
dans les dernieres extremitez d'A-
mour, il eft à craindre que vous ne

foyez la rifée de nos Courtifans.
Vous fçauez, mon fils, que pour
guerir il le faut vouloir ; & apres
cette premiere difpofition, il vous
faut fouuenir, qu'vne perfonne
judicieufe ne doit rien entreprendre fans en confiderer la fin. Vous
me direz, & ie l'accorde, que vous
auez efté plûtoft pris que vous ne
l'auez apperçeu ; mais cela ne vous
deffend pas à cette heure, de vous
en retirer courageufement ; & les
mefmes vertus que vous admirez
en elle, vous doiuent feruir à cette
refolution. Ne fçauez-vous pas
que Dieu ne donne point à la terre
des objects fi accomplis pour nous
perdre, mais pour nous perfection-
ner à leur exemple ? Suiuez donc
fa volonté : reglez la conduite de
voftre vie fur celle de cette Princeffe ; & vous apprendrez à aymer

d'vne amour fans relâche, qui eft
au deffus du vice & de l'oubly.

C'eft ainfi que ie l'ayme, luy
répondif-je : ma paffion eft toûjours égale, & l'impreffion que fa
beauté fait fur nos ames, ne fouffre ny vice ny oubly. Deffendez-
vous, fuiuit-il, du ferpent qui eft
fous les rofes: il donne la mort fous
le plaifir de leur odeur; Et gardez
que ces flatteufes penfées, qui vous
perfuadent de ne pouuoir faillir,
en aymant vne fi belle perfonne,
ne vous engagent dans vn malheur qui vous faffe perir. Mais
comme vous eftes fort raifonnable, vous ne pouuez me defauoüer,
fi la perfection de l'ouurage fe voit
par fa fin, quelle peut eftre, à voftre auis, celle de vos pretentions :
prenez-y garde, & vous treuuerez
que vous n'en deuez efperer qu'v-

ne notable mocquerie. Pourquoy,
mon Pere? luy dif-je: y a-t'il de la
honte d'ofer aymer vn fujet fi aymable? Alors il me dit; Vous me
faites pitié, & vous oubliez le commencement de voftre difcours, où
vous auez confeffé de craindre vn
defordre d'efprit, fi on ne reme-
dioit à voftre mal. Traittons-le
donc comme mal, & prenons foin
de le guerir. Le plus feur moyen
que j'y voy, c'eft de fuiure voftre
deftin, (s'il en eft vn toutesfois) qui vous éloigne fouuent
d'elle; que voftre volonté en
faffe de mefme; à tels maux l'abfence eft vn fouuerain remede.
Vous fçauez que les Anciens ca-
choient la verité fous des Fables.
Celle des Danaïdes eft propre à
mon fujet, pource qu'on dit qu'elles furent châtiées de leur parricide, par des peines inutiles, & fans

fin; C'eſt pourquoy ie vous conſeille de faire vne ſecrette recherche dans voſtre conſcience, & de
voir d'où procede l'aueuglement
où vous eſtes, perdât ainſi vos plus
beaux jours, & tant de lumieres
que Dieu vous a données, à idola-
trer ces Diuinitez mortelles; Prenez donc ſoin d'appaiſer ſa juſtice,
& d'obtenir de ſa grace le moyen
de vous retirer du vain trauail où
vous eſtes. Nous euſmes pluſieurs
ſemblables diſcours, que le temps
ne me permet pas de vous rapporter; Il me ſuffit de vous dire, que
ie fus dans l'irreſolution plus de ſix
mois tous entiers, voulant & ne
voulant pas me retirer de ces paſſions.

Ne s'eſt-elle jamais apperceuë,
luy dit Don Diego, que vous eſtiez
amoureux d'elle? Cette queſtion
cît

est difficile à resoudre , me repliqua-t'il, pource qu'elle a l'esprit si
clair & si net, qu'il est impossible
qu'elle n'ait connu, soit par mes
soins , soit par mes regards, plus
ardans que les ordinaires de ceux
qui la voyent, que ie brûlois pour
elle ; D'ailleurs toutes ses actions
estoient si modestes, qu'il ne m'a
jamais paru qu'elle en ait fait ny
estime ny mépris. Enfin les bonnes prieres de mon Religieux me
donnerent la force de me surmon-
ter moy-mesme , & de me resoudre de m'enfermer dans son Monastere. Mirande en reçeut la nouuelle auec estonnement , me vint
treuuer à la mesme heure qu il
l'eust apprise , & me fit de grands
reproches de luy en auoir celé le
dessein. Ie m'en excusay, & luy dis
que j'auois esté appellé d'vn Mai-
N

ſtre qu'il faut ſeruir en ſe taiſant:
apres il me dit que la Princeſſe m'a-
uoit fort loüé, d'auoir pris la maniere de vie la plus aſſeurée pour
noſtre ſalut. Le bon Religieux ne
prenant pas plaiſir qu'il me parlât
de la Princeſſe; d'autant qu'il eſt
dangereux en quelque façon que
ce ſoit, de renouueller la memoire
du ſujet dont le mal eſt encore re-
cent; treuua moyen adroitement
de nous ſeparer, puis il me dit. Ie
ſuis d'auis, mon fils, que vous rom-
piez pour quelque temps toute
ſorte de commerce auec les mon-
dains, affin que d'vn cœur plus fer-
uent, & moins embarraſſé, vous
demandiez à Dieu, comme ce
grand Saint, de pouuoir enſeuelir
dans vn eternel oubly toutes les
vaines beautez de la terre. Vous
auez raiſon, luy redis-je ; on re-

uient aiſément dans les penſées
des choſes agreables.

Ainſi donc par ſon auis ie me
mis en retraite, où j'appris bien-
toſt qu'il eſt tres-vray, que le Seigneur enſeigne dans le ſilence ſes
Myſteres; pource qu'en celuy où
j'étois, ie fus ſi doctement inſtruit
des lumieres de ſa Grace, que ie
ne prenois plus l'ombre pour le
corps, & ne conſiderois plus les
beautez de Lindamire, que comme vn excellent ouurage de ce
grand Ouurier. Ie fus bien ſix mois
à fortifier mon eſprit contre la violence de mes inclinations; mais
apres, la bonté de Dieu, qui ne re-
fuſa jamais ſa grace à celuy dont il
connoiſt la ſincerité du cœur, me la
départit ſi abondamment, que ie
ne demeuray pas long-temps à
m'apperceuoir que celuy-là dit

vray , qui asseure, que quand on
ayme Dieu d'vn pur & vray amour,
on le treuue asseurément , & on se
treuue tout en luy , d'autant qu'on
retourne à son idée : car ie sentis
mon ame si satisfaite , & mes sens
si calmes , & si soûmis à la loy diuine , que ie ne doutay plus de mon
salut. Mais ie fus bien-tost châtié
d'vne pensée si hardie , & apris que
la prudence veut que lon connoisse sa foiblesse , que lon doute , &
que lon demande toûjours.

　　Quelques jours apres que ie
me fus affermy dans ceste asseurance, ce bon Pere, qui m'auoit si heureusement retiré du mauuais estat
où j'étois , mourut d'vne apople-
xie, ou , pour mieux dire , Dieu
nous le rauit, pour le faire partici-
pant de sa gloire. Ie ne me deffen-
dis point au sentiment d'vne si ju-

fte doûleur, & laiſſay à mes ſens la
liberté d'en plaindre la peine. Mirande l'ayant ſçeu, me vint viſiter;
& pour me conſoler, me rapporta
le regret general de toute la Cour,
& particulierement le déplaiſir
qu'en auoit reçeu la Princeſſe Lindamire, qui luy auoit commandé
de m'aſſeurer que ma conſideration y âjoûtoit quelque choſe; car
eſtant eſtranger, & nouueau dans
l'ordre, il eſtoit à croire que la perte d'vn tel homme me ſeroit importante. Ie vous auoüe que ſon
nom, ſes ſoins, ou la flatterie que
j'auois faite à mes ſens, leur laiſſant
peut-eſtre trop de liberté à plaindre vne perſonne mortelle, receu-
rent à l'heure meſme vne telle
émotion de joye, que ie perdis vn
peu de ce calme où j'auois accoûtumé d'eſtre.

N iij

Ie ne m'en apperçeus pas à
l'heure mefme: mais vn peu apres
cette bluette deuint vn charbon
ardant ; pource que la Princeffe,
qui faifoit grande eftime de la fain-
teté de ce bon Religieux, fe voulut
treuuer à fon enterrement, qui fût
fait à nos Vefpres ; Et ce fût alors
que Dieu m'abandonna au Demon : car il auint qu'étant Nouice,
ie me treuuay dans les chaires baf-
fes, droit deuant elle. Alors le
changement de mon cœur fut
eftrange, & ie tombay tout à coup
dans vn tel aueuglement , que ie
ne voyois pas la mort qui m'eftoit
prefente, & moins encore me vou-
lois-je fouuenir des faintes réfolu-
tions que j'auois faites. Que vous
puif-je dire qui foit plus à ma confufion, finon que tant que le feruice dura, qui fût affez long , mes

yeux furent fixement attachez fur
les beautez de la Princeffe, & mes
flames plus viues & plus ardentes
qu'elles n'auoient efté. Comme le
feruice fût acheué, elle me fît appeller, s'informa curieufement de
noſtre façon de viure, & loüa bien
fort le deffein qui m'auoit conduit
dans vne fi heureufe retraite.

Alors qu'elle fût partie, ie me
retiray dans ma Celulle, que ie
peûs à peine connoiſtre, tant j'é-
tois hors de moy-mefme. I'y fus
bien deux heures à chercher quelque honneſte moyen de retourner
au monde, n'eſtimant pas eſtre
poſſible de viure, & ne voir pas la
belle Lindamire. Au fort de cette
penfée, la bonté de Dieu me fît
apprehender fi ie fortois d'vne
profeſſion que ma propre volonté
auoit choifie, que ie ferois blâmé

N iiij

des plus judicieux, & qu'infailliblement cette Princeſſe eſtant la
plus auiſée du ſiecle, m'auroit à
mépris - Alors cette crainte donna
lieu à la raiſon de me faire voir
ma foibleſſe; & tout auſſi-toſt me
proſternant deuant Celuy que j'a-
uois offencé, ie luy demanday ſa
grace auec ferueur, arrouſant la terre de mes larmes. Au meſme inſtant j'eus les yeux ouuerts, & l'a-
me remplie d'vne celeſte lumiere.
Ie ne vous ſçaurois expliquer l'a-
mertume de mon cœur, quand elle me fit voir les pechez que j'auois
commis en ſi peu de temps. Ie paſſe ſur ceux que mon diſcours vous
a découuerts, pour admirer le de-
plorable eſtat d'vne ame éloignée
de Dieu. Il ne m'euſt pas ſi - toſt
abandonné à mes ſens, qu'amour
par des effets prodigieux, en moins

d'vn demy jour, me fît reuolter
contre cette puiſſance ſuprême, &
violer la loy de l'amitié ; Car ie
vous auoüe, à ma confuſion, que
dés le moment que j'eus veu cette
Princeſſe, il ne me ſouuint plus
ny de Religion ny de Vœu, outre
que par vn effet encore plus mer-
ueilleux, j'oubliay mon amy mort,
eſtant deuant moy, & priant pour
ſon ſalut.

  Ie ne m'eſtonne plus, dit Don
Diego, qu'vn Payen ait conclud,
que la beauté a des effets plus puiſſans que la force & la ſageſſe; pource que ſans trauail ny ſans eſtude,
elle gaigne des victoires, en ſe
monſtrant ſeulement, comme vous
l'auez éprouué. Il eſt vray, dit
l'Hermite, mais comme ie fus hors
de ſa veuë, & que Dieu m'euſt tiré
de ſes mains, ie paſſay le reſte du

jour en prieres, où á confiderer
l'infirmité de noſtre Nature, plus
fragile que le roſeau, qui panche à
toute ſorte de vents. Sur le matin
ie ne faillis pas de me rendre au
tombeau de ce bon Religieux, affin de reparer la faute du jour precedent, où ie n'auois prié Dieu que
des levres. Ainſi que j'en ſortois, ie
rencontray noſtre Superieur, & vn
bon Hermite fort vieil, qui demeuroit en l'Hermitage où ie fus à cette heure. L'vn & l'autre me ſeparerent de la compagnie, & le Superieur me prenant par la main,
me dit. Il me ſemble, mon frere,
que ie vous vis hier durant le ſeruice du bon Pere, troublé de quelque forte tentation. Il eſt vray, luy
diſ-je, & puis ie luy contay fort ſin-
cerement tout ce qui m'étoit arriué; Et ſoit que la naïfueté de mon

difcours en fût caufe, ou la honte
qu'il apperçeut que j'auois de ma
faute, tant y a qu'il me reprit fort
humainement; & puis me confeilla
de m'éloigner du lieu où j'étois ;
difant que la mefiance de foy-mefme, eftoit toûjours vne grande feureté aux Religieux. Pour conclu-
fion, parce que ie voy que Ferdinand approche, ie vous diray,
que le lendemain ie fortis du Monaftere, où ie n'eftois que Nouice,
& me fis compagnon du bon Hermite, de qui ie reçeus depuis de
fi bonnes & de fi faintes inftru-
ctions, que mes forces en eftant
redoublées, le monde & le Demon
m'ont laiffé en repos. Eft-il encore
viuant, demanda Don Diego ?
Non, fuiuit l'Hermite; il y a quelques jours que venant de la quefte
des Villages qui font à l'entour d'i-

cy, ie le treuuay comme vn autre
Saint Paul à genoux, & les yeux leuez au Ciel, où déja les Anges
auoient emporté son ame. Le deplaisir que j'en eus me fût sensible
à l'heure : mais lors que j'eus bien
consideré les signes visibles de sa
beatitude, ie fus consolé, & rendis
graces à Dieu de celles qu'il faisoit
à ces Esleus. A l'heure mesme ie
sonnay la cloche, selon l'ordre accoûtumé, pour auertir les autres
Hermites, qui sont épars sur ces
Collines, de la mort de nostre bon
Pere; lesquels ne manquerent pas
de me venir treuuer, & nous l'en-
terrâmes ensemble auecque des
larmes de joye, de le penser déja
heureux dans l'Eternité.

Don Diego voyant finir son
discours; mon Pere, luy dit-il, n'a-
uez-vous point veu la Princesse

Lindamire, depuis que vous eftes
dans cette folitude? Plufieurs fois,
repliqua-t'il; Lors qu'elle eft en la
maifon du Roy qui eft icy pres, elle
vient fouuent oüir la Meffe chez
nous. La pouuez-vous voir, fuiuit
Don Diego, d'vn efprit calme?
Oüy, Dieu mercy, dit l'Hermite;
Vn plus faint embrafement a puri-
fié mes affections; elles ne tiennent plus rien de la terre. Eft il poffible, luy dit Don Diego, qu'il y
ait quelque moyen affez puiffant,
pour effacer du cœur vne fi belle
impreffion? Pour moy, ie ne croy
pas que le temps, ny l'injure que
j'ay reçeuë, ny tous les autres in-
conueniens qui me pourroient arriuer, foient jamais capables de
moderer l'amour que j'auray pour
Philifmene. Ie crains, dit l'Hermite, que l'experience ne vous ap-

prenne, que l'homme eſt ſi varia-
ble en ſes deſirs, qu'il ne peut pas
répondre de ſoy-meſme.

Leur diſcours finit, pource
qu'ils ſe treuuerent aſſez proches
de Ferdinand, qui parloit auec le
jeune Cheualier, qu'il auoit rencontré aupres du Pont de la maiſon du Roy; & ils marchoient tous
deux d'vn pas ſi lent, qu'ils donnerent loiſir à l'Hermite de raconter ſes auantures. Don Diego en le
regardant, le pria de luy dire le
nom de ce Cheualier, qui venoit
auec Ferdinand, & s'il eſtoit de l'Iſle, pource qu'il le treuuoit bien
fait. Il luy répondit, qu'il eſtoit fils
d'vn des plus grands Seigneurs du
païs, qu'il auoit eſté nourry jeune
aupres de la Princeſſe, & qu'il ſe
nommoit Toreſte. Ferdinand d'autre part le voyant ſi pres, laiſſa To-

refte, & s'approcha de l'Hermite,
qu'il faluä fort courtoifement; puis
il dit à Don Diego. Mes déplaifirs
m'ont empefché d'auoir part à
l'honneur que vous auez reçeu en
la vifite de ce bon Pere ; pource
que ne pouuant dormir, ie me fuis
promené toute la nui&t, qui m'a
efté fi fauorable, qu'elle m'a mon-
ftré les plus belles chofes que lon
fe puifle imaginer. La rencontre
que j'ay faite de ce Cheualier
m'euft fait paffer outre, & voir la
Cour fous fa faueur, fans l'apprehenfion que j'ay eüe que vous feriez tous deux en peine de moy. Il
eft certain, dit Don Diego, que
l'état où vous eftiez hier m'euft fait
craindre voftre éloignement. Ie
fuis d'auis, luy dit l'Hermite, puis
que vous eftes à cette heure enfemble, que vous en continüez le

deſſein, pource que vous ne pourriez treuuer vn lieu plus propre
que celuy-cy, non ſeulement
pour la voir en ſon luſtre ; mais
pour y eſtre reçeu du Roy auecque familiarité. Il a raiſon, dit Toreſte ; mais ie ſuis d'auis de paſſer
le premier, pour en auertir Mirande, affin qu'il prenne l'heure où le
Roy treuuera bon de le voir. Il eſt
tres à propos, dit l'Hermite ; mais
il faut, s'il vous plaiſt, luy faire entendre le merite de ces Cheualiers;
Qu'ils ſont iſſus de maiſon Royale,
extrémement vertueux, mais infortunez au dernier poinct. Toreſte en les laiſſant, leur promit de
les reuenir querir, & qu'il ne pen-
ſoit pas que ce peût eſtre deuant le
Soleil couché, à cauſe de la chaleur,
& qu'il deſiroit ſçauoir où il les
pourroit treuuer.

L'Hermi-

L'Hermite, qui ſçauoit vn lieu
pres de là, fort ombragé, les y mena; & comme il fût party, ils s'aſſirent tous trois à la fraîcheur d'vn
ruiſſeau, dont la viue ſource eſtoit
ſur la prochaine Colline. Le premier conſeil que leur donna l'Hermite, fût de diſner, les aſſeurant
que déja leurs mets eſtoient preparez par vne diuine main. Ils s'en
mirent à rire; & puis chacun d'eux
alla querir le fruit qui luy ſembloit
le plus beau; & comme ils furent
tous trois aſſis, & appuyez contre
des arbres, au bord du ruiſſeau,
l'Hermite tira de ſon ſac vn pain
blanc comme neige, & ſon Eſcuel-
le pour boire. Leur feſtin acheué,
Don Diego dit à Ferdinand. Ie croy
que la compagnie que vous auez
treuuée à voſtre promenoir, vous a
fait perdre l'opinion que vous

O

auiez cette nuict. Nullement, repliqua-t'il : car difficilement me
pourroit-on persuader qu'on eust
jamais veu au monde vne personne
ne si belle que Bellize ; & nulle autre qu'elle n'eust sçeu paroistre
dans le lustre où ie la vis hier. Le
bon Hermite, qui n'auoit pas oublié ce qu'il auoit appris aux dépés
de son repos, qu'il est mal-aisé de
cháger l'opinion d'vn esprit amoureux, estima qu'au lieu de débatre
la sienne auec la raison, il falloit la
laisser détruire au temps, & le mettre sur vn autre discours ; C'est
pourquoy il luy dit ; N'auez-vous
pas apris de Toreste, si le Roy doit
tarder où il est, & s'il y passera le
reste du mois ? Il m'a dit que non,
repliqua Ferdinand, & que dans
deux jours il s'en retournera droit
à la Ville, pource qu'il y a dé-

ja quelque temps qu'on traite le
mariage du Prince Arimandre, fils
aifné du Roy des Ifles Fortunées,
auec la Princeffe Lindamire. C'eft
le commun bruit qu'il la doit venir
voir au commencement du mois
prochain; & vous fçauez qu'il faut
auoir du temps à fe preparer, pour
le receuoir, comme il le merite.
Vous dites vray, répondit l'Hermite; la Princeffe m'en fît entendre quelque chofe la derniere fois
qu'elle vint dans mon Hermitage,
& me commanda d'en faire des
prieres particulieres à Dieu, affin
que fa fainte Prouidence prit la
conduite d'vne affaire qui luy eftoit
fi importante; Auffi auoit-elle raifon en toute maniere: car il y a
grande difference des mœurs &
des humeurs de ceux de ce Royau-
me-là, auec ceux qui habitent en
celuy-cy.   O ij

Don Diego prit alors la parole, & luy dit. Le mariage est-il accordé, & vient-il pour l'épouser? Non, suiuit l'Hermite, il se traite par Ambassadeurs, & ne se doit conclure qu'en sa presence. Elle est combatuë par diuerses considerations à le faire, où à ne le faire pas; Ce qui fauorise ce jeune Prince, c'est l'absoluë volonté du Roy, qui veut qu'elle se marie; & le malheur de son siecle, où il ne se treue personne digne d'elle dans ce Royaume; pource que les Princes de son sang sont mariez, ou trop jeunes pour elle; & que la Loy luy deffend d'en épouser, qui ne soit de maison Royale. D'vn autre costé, elle ne veut pas faillir, s'il est possible, au choix qu'elle doit faire, ny qu'aux dépens de son repos, on luy reproche d'auoir negligé de

se seruir des lumieres de son esprit,
en la plus grande action de sa vie.
Ie la plains, dit Don Diego, estant
fort mal-aisé, pour excellent que
puisse estre son jugement, de treuuer de la seureté à des choses si fort
incertaines, l'homme n'estant pas
toûjours en mesme estat; Et de
plus, elle ne peut voir le Prince
Arimandre, que par le rapport
d'autruy, ou par sa veuë propre; Or
il-est que la flaterie trompe & de-
guise souuent le vice du nom de
vertu, & que nos yeux ne sont pas
toûjours fidelles en leurs regards,
d'autant qu'ils ne penetrent pas
jusques à la verité du cœur; ce qui
me fait conclure que c'est vne affaire qu'il faut donner au hazard.
Elle a pris vn meilleur auis, répondit l'Hermite, puis qu'elle a offert
le sien à Dieu. Leurs discours, & les

longues veilles de Ferdinand, le firent endormir aupres d'eux: ce que les autres ayant aperçeu, ils en firent autant de leur part, & se coucherent sur l'herbe, où ils demeurerent, iusques à l'heure que Toreste les éueilla pour les mener à la Cour. Ferdinand fût plus émeu à cette nouuelle que les autres ; presage certain du mal qu'il alloit receuoir.

Le bon Hermite les accompagna iusques au pont du Chasteau, où il sçauoit que Mirande les deuoit venir receuoir, comme il fît. Cét abord fut tres-ciuil d'vne part & d'autre, & l'Hermite tira Mirande en particulier, pour luy faire entendre quelle estoit la naissance, & quel le merite de ces Cheualiers; d'autant qu'il sçauoit que cela les rendroit fort considerables en cette Cour, & que sa charité

eftant hors des atteintes de l'enuie, luy faifoit defirer leur fatisfaction plus que fon bien propre.
Cela fait , il prit congé des deux
Cheualiers, les affeurant qu'il prie-
roit Dieu pour eux : & comme il
voyoit d'vn œil Prophetique que
Ferdinand s'alloit engager en vn
peril auffi facheux que le premier
qu'il auoit paffé , il luy dit en fe fe-
parant d'auecque luy. Souuenez-
vous , mon fils, que tout ainfi que
la pureté de l'œil nous fait joüir
plus pleinement de la fplendeur de
ce bel aftre du jour , Dieu tout de
mefme fe communique d'auantage aux ames qui fe treuuent plus
déueloppées des fauffes penfées
du monde.

Ferdinand ne dit mot , mais
fuiuit le Cheualier qui l'emmenoit,
fort agité en fes diuerfes imagina-

O iiij

tions. Mirande le preſenta le premier au Roy; Il les reçeut fort courtoiſemenr, & leur fît de grand honneurs à l'vn & à l'autre : Car comme c'étoit vn Prince fort ſage, il ſçauoit faire cas des hommes, non pour eſtre plus éclatans en or, & en pourpre, dons ordinaires de la fortune; mais de ceux qui ſçauoiéc maintenir contre la rigueur de leur ſort, la dignité de leur naiſſance. Apres les auoir entretenus, il prit Ferdinand par la main, & luy dit, qu'il le vouloit luy-meſme preſenter à ſa fille, qui eſtoit à l'autre coſté du jardin. Il luy baiſa les mains, & ne dit mot, ſoit qu'il creut que la grace qu'il receuoit eſtoit au deſſus de ce que raiſonnablement il en deuoit attendre, ſoit qu'elle le ſurprit; ou bien que ſon ame emportée par la penſée d'aller

reuoir vne image viuante de Bellize, l'empéchât d'estre assez present pour parler. Dans ce transport
d'esprit, ils arriuerent où estoit la
Princesse Lindamire, qui voyant
venir le Roy, s'auança au deuant
de luy; Et tout ainsi que la Nature
auoit pris plaisir d'é faire son chef-
d'œuure; de mesme il sembloit que
la diuinité de son ame se fût répan-
duë sur toute sa personne, auec tât
d'éclat & de lustre, qu'elle ne pouuoit generalement estre veuë sans
estre admirée, & les plus honnestes
gés estoiét bié asseurez, qu'il ne falloit que le moindre de ses regards,
pour leur faire perdre la liberté.

Le Roy dit à la Princesse, comme elle fût pres de luy; Ma fille, voicy deux Cheualiers, à qui la fortune n'a rien laissé; mais qui sont si
riches des faueurs du Ciel, que lon

les prendra toûjours pour ce qu'ils
font. Seigneur, luy répondit-elle,
ie ne voy pas qu'ils ayent fujet de
fe plaindre d'elle, puis qu'elle les a
mis dans vos Eftats, où la vertu
treuue toûjours fon prix. l'auoüe,
Madame, dit Ferdinand, que nous
ferions aueugles, ou bien ignorans, fi nous ne pouuions reçon-
noiftre l'honneur que nous rece-
uons, pour le plus grand bien qui
nous fçauroit jamais arriuer. Elle
le regarda, & luy dit. Attendez d'y
auoir fait plus de fejour, pour en
parler fi auantageufemét. La Diuinité, fuiuit Ferdinand, fait fon impreffion à l'inftant; & il y en a tant
icy, que le temps y feroit inutile. Le
Roy, qui auôit plus de plaifir à fe
promener qu'à parler, laiffa ces
deux Cheualiers auec la Princeffe,
& commanda à Mirande & à Tore-

ſte de les accompagner, & d'auoir
ſoin de leur faire donner tout ce
dont ils pourroient auoir beſoin.
Comme le Roy ſe fût retiré, Lindamire regarda Ferdinád, & le voyant
dans l'admiration & dans le ſilence ; Cheualier, luy dit-elle, ie croy
que voſtre eſprit, qui me paroiſt
fort bon, ſera ſatisfait en ce nouueau monde, & qu'il vous fera remarquer le jour auquel vous y
eſtes entré. On ſeroit bien injuſte à
ſoy-meſme, dit le Cheualier, ſi lon
n'auoüoit cette verité ; & les deſirs
ſeroient bien mal reglez de celuy
qui auroit volonté d'en ſortir. Bien
que vous n'ignoriez pas, luy dit-elle, que Dieu diſperſant les hommes dans les diuers Climats de la
terre, a fait gliſſer dans leur eſprit,
vne naturelle inclination en faueur
de leur patrie; & que le mieux qu'ils

treuuent en vne autre, ne leur peut
oster bien fouuent le defir d'y retourner ; ie puis neantmoins vous
affeurer, que la regle en eft faillie
en ce pays : car tous ceux qui y font
entrez, ont eu voftre opinion. Madame, dit le Cheualier, on n'en
peut auoir de contraire, & eftre
raifonnable. Ie l'accorde, fuiuit la
Princeffe, & croy que vous n'y aurez gueres demeuré, fans auoüer
qu'il peut eftre nommé les delices
de la terre. Il ne faut que le voir, redit Ferdinand, pour en eftre certain : mais ie m'apperçois auffi
que comme dans le Ciel il y a
peu d'Efleus, de mefne peu d'autres que les Infulaires, ont à mon
auis habité cette heureufe contrée,
& moins encore ceux qui y font
vne fois entrez, en doiuent eftre
fortis. Auffi eft-il vray, que ie n'ay

jamais veu, ny dans la carte, ny
dans les memoires de ceux qui
nous font accroire d'auoir fait le
circuit de la terre, aucune mention
de cette Isle. Estimez-vous, luy dit
elle, que Dieu n'ait pas reserué
des lieux icy bas, où il fait regner la
Vertu en puissante Reyne : car vos
histoires, & ce que m'a dit vn saint
Religieux, qui est dans nos Her-
mitages, m'ont apris qu'elle est
tellement combatuë en tous les
autres lieux de la terre, qu'à peine
y est-elle connuë. Ie croy, Madame, reprit le Cheualier, que le Philosophe, qui fit verser des larmes
au grand Alexandre, en luy pro-
posant qu'il y auoit encore diuers
modes, auoit vne idée de celuy-cy,
qui en vaut vn milion de pareils au
nostre. Mais ne seray-je point temeraire, Madame, en vous osant

demander, si vos voisins sont aussi
heureux, & aussi raisonnables que
ceux de ces lieux ? Ie vous le diray
tres-volótiers, répondit-elle. Nous
en auons peu : car aux trois parties
de cette Isle, il y a vne tres-grande
estenduë de mer, du costé du Septentrion ; Nous auons pour voisin
le Roy des Isles Fortunées, & encore y a-t'il pres de cent lieües de mer
entr'eux & nous ; Et comme nous
sommes sous mesme ligne, il s'y
treuue de l'égalité en plusieurs
choses, soit en la pureté des Elemens, soit en la beauté des lieux.
Ils sont Chrestiens, & peu de vaisseaux ont abordé leurs costes,
non plus que les nostres; ce qui les
rend aussi inconnus que nous, des
autres nations. Il est vray qu'autrefois parmy nos Ancestres, il y a
eu plusieurs aliances : mais depuis

quelque fiecle, le Demon mit dans
l'efprit de leur Roy vne vaine ambition de nous furprendre : ce que
n'ayant pû faire, nous auons efté
long-temps, fans auoir commerce
enfemble. Depuis, le Roy mon pere, & celuy qui les commande à cette heure, Prince jufte, & fort genereux, ont renouuelé l'ancienne
amitié qui auoit accoûtumé d'eftre
entre nous ; Et pource qu'vne de
ces ifles eft affez proche de la terre
ferme, il a paffé vne partie de fa
vie à faire la guerre à ces pauures
Idolatres, qui y habitent. Il y a con-
quis vn tres-grand pays : mais à ce
que j'ay appris, il y a bien autant
perdu ; car le mélange des mœurs
de ces Barbares, auecque celles de
fes fujets, a alteré la pureté de leur
vie, & les a éloignez de leur premiere innocence. Le peché entrant
dans le monde, redit Ferdinand,

nous a aporté auec la mort, vne facile inclination au mal. Mais, Madame, ce Prince à qui vous donnez
le titre de Iuste, n'y peut-il pas remedier? Il y fait ce qu'il peut, répondit-elle, mais il est vieil; & vous
sçauez qu'en telles occasions il
faut que la force du corps soûtien-
ne la vigueur de l'esprit. N'a-
t'il point d'enfans, Madame,
(ajoûta le Cheualier) qui soient
capables de le faire obeïr? Il en a
deux, luy dit la Princesse; L'aisné
est en âge de le pouuoir faire; mais
comme ie n'en connois ny les
mœurs ny l'esprit, ie dois suspendre mon jugement, & m'en taire.

Ferdinand, qui connut bien
que la suitte de ce discours luy
pourroit déplaire, pource que c'é-
toit du Prince Arimandre dont elle parloit, s'imposa silence; & la
Prin-

Princeſſe regardant Don Diego,
luy tint quelques diſcours peu im-
portans, pour le fauoriſer ſeulement, puis chacun ſe retira. Toreſte, dõt l'inclination ſuiuoit ſa premiere connoiſſance, voulut rendre
ſes ſoins à Ferdinand, & laiſſa Don
Diego à Mirande; mais les ciuilitez de l'vn & de l'autre, les firent
conduire chacun dans la chambre,
qui leur eſtoit preparée l'vne proche de l'autre; & leur baillerent des
gens, pour les ſeruir abõdamment
de toutes les choſes qui leur pouuoient eſtre neceſſaires ; ſurquoy
ils prirent congé des deux Cheualiers. Eux cependant auoient l'eſprit ſi alumé d'vne nouuelle flame,
qu'ayant connu que vainement ils
deuoient eſperer de treuuer le repos, ils reſolurent de paſſer encore
quelques heures enſéble, au moins

P

pour se pouuoir diuertir. Le premier qui en euſt la penſée fûr Don
Diego ; auſſi treuua-t'il Ferdinand
auprés de la porte de ſa chambre ,
où ils s'arreſterent tous deux ; Et
apres il le mena aſſoir à la ruelle de
ſon lict. Alors Don Diego, comme
le plus malheureux, & le moins fa-
uoriſé de la Princeſſe, luy dit. le ne
puis aſſez m'eſtonner de voir que
l'homme, à qui Dieu a donné de ſi
belles facultez, & tant de lumieres pour appliquer à ſó vſage tout
ce qu'il a creé dans l'vniuers, ſoit
ſi ſouuent ennemy de ſoy-meſme,
en ſe laiſſant conduire à de douteu-
ſes fantaiſies, qui luy font perdre
tous ces beaux auantages. Car
n'eſt-il pas vray qu'ayant eſté for-
cez par nos infortunes à quitter la
terre de noſtre naiſſance, il ne nous
pouuoit arriuer vn bonheur plus

parfait, que celuy d'estre abordez
en celle cy? Et cependant, vne crainte qui m'est encore inconnuë, me
trouble, & m'empéche de joüir d'v-
ne joye si raisonnable.

Ferdinand luy répondit d'vn
esprit soupçonneux ; Ce seroit se
plaindre injustement de la premiere, ou de la seconde cause, sur les effets qui dépendent purement de
la volonté, qui nous rend heureux
& malheureux, selon la pente qu'elle prend. Si la vostre écoute la raison, asseurez-vous que vous posse-
derez pleinement les biens qui
vous sont presens, & qui ne peuuent estre si parfaits ailleurs. Mais
si elle ne se regle que par la fan-
taisie, on peut douter, comme
vous faites, que des apprehensions
imaginaires n'en troublent les justes contentemens. Don Diego, à

qui l'enuie auoit déja donné vne atteinte dans le jardin, luy répondit d'vn ton mocqueur ; Vous auez épreuué que les plus rares efprits ne fe peuuent deffendre contre la force de l'opinion. Vous ayant donc veu vingt-quatre heures durant changer la Princeffe Lindamire en Bellize, ne dois-je pas apprehender, ou craindre que tout ce qui me paroift de plus beau, ne me puiffe vn jour faire mal ? Si c'eft vne erreur dont vous me blâmez, répódift Ferdinand, elle peut aifément eftre excufée ; Les beautez de Bellize, qui n'eurent jamais de pareilles en l'Europe, en ont treuué dans ce nouueau monde. Le deftin m'y a conduit, fans que mon ame abandónât fon image ; Il m'en a paru depuis vne viuante toute femblable ; me peut-

on blâmer de l'auoir suiuie ? Ie ne
vous condamne pas, répondit Don
Diego ; mais ie me deffens, & croy,
que sans auoir l'idée de Bellize, la
beauté de la Princesse qui la passe,
doit bien donner de pareils desirs.
Ie l'auoüe, suiuit Ferdinand, sans
croire offencer mes premieres flames. Vous auez raison, dit Don
Diego : la verité embelit son sujet,
& ne le détruit pas : Dieu départ ses
graces, plus ou moins, comme il
luy plaist : nostre estime doit suiure
l'ordre que la Nature y a gardé, lors
que le jugement la conduit; & croire par ce qu'il est, que la beauté de
Lindamire ne peut estre comparée
qu'à celle d'vn Ange.

Ie m'apperçois, dit Ferdinand, que vous & moy, nous per-
drions aisément dans l'infinité de
ces belles pensées ; passons à d'au-

tres confiderations ; admirons les
œuures de Dieu . & la folie des
hommes. N'eft-il pas vray que tous
les peuples de l'Europe croyent affeurément, que les terres qui leur
font inconnuës, font habitées par
des Barbares ? Et cependant, ie voy
icy moins de Philofophes , &
plus de Vertus ; On n'y difpute
point des fciences : mais châcun
y fuit fa fin , qui eft de bien viure ;
& par l'excellence des ouurages de
tous les métiers, il nous paroift que
leurs ouuriers paffent les noftres
de beaucoup. Il ne faut pas s'en
eftonner , dit Don Diego ; Ne
voyons-nous pas dans les liures facrez, qu'au temps que Dieu commanda aux Hebrieux de bâtir l'Ar-
che, où il vouloit eftre adoré, il leur
donna fon efprit, pour y trauailler ;
De mefme, vous deuez croire

qu'ayant choisi cette Isle sur tout le
reste du monde, pour seruir à sa
gloire, l'esprit de la Sagesse y a répandu toutes ses lumieres. Mais
d'autant que ie crains de vous faire
passer cette nuict aussi incommo-
dément que vous auez fait l'autre,
il vaut mieux que ie me retire.

L'vn & l'autre de ces Cheualiers furent bien aises de se sepa-
rer, pource que la jalousie commençoit à diuiser leur amitié. Celle
de Don Diego estoit plus ardante,
ayant veu Ferdinand plus fauorisé
que luy. Le lendemain matin Toreste, qui aymoit déja Ferdinand,
ne faillit pas de se rendre en sa châ-
bre, pour sçauoir l'état de sa santé,
& ce qui luy pourroit estre necessaire. Il le treuua assis dans vne chaire, la teste appuyée sur sa main. Cóme il l'euft aperçeu, il se leua, & le

reçeut auec grand honneur. Alors
Toreſte luy dit ; I'apprehende que
le ſoucy de vous voir en vne terre
ſi éloignée de la voſtre, ne vous ait
fait paſſer vne mauuaiſe nuict. Car
bien que lon die que les change-
mens plaiſent à la Nature, ſi eſt-ce
qu'il eſt certain qu'elle en altere
quelquefois le repos. Il y a long-
temps, répondit Ferdinand, que
mes infortunes m'ont fait ſentir
des déplaiſirs aſſez amers, pour en
treuuer de plus cuiſás ; Neátmoins
ie dois cette confeſſion à la verité,
que les Diuinitez que ie vis hier
m'eſtoient ſi preſentes dans cette
obſcurité, que tous mes maux paſſez en ſont diſparus, & que j'ay
creu eſtre dans vn Paradis. Toreſte
ſe mit à ſoûrire, & luy dit ; Vous
n'eſtes pas ſeul en cette penſée:
car nos Hiſtoires nous aſſeurent, &

nous l'auons veu, que tous ceux
qui font entrez en nos Ifles, n'en
ont jamais voulu fortir; & c'eft
pour cela qu'elles font inconnûes
à tous les autres hommes de la terre. C'eft pour leurs pechez,& pour
voftre falut, âjoûta Ferdinand,que
Dieu le permet ainfi : mais ce que
ie confidere auecque admiration,
c'eft de vous voir viure de la mefme maniere que lon fait ailleurs.
Ne fçauez-vous pas, dit Torefte,
que rien n'eft nouueau fous le Soleil,& qu'ainfi puis, qu'vn feul Dieu
conduit toutes chofes par tout, il
faut neceffairement qu'elles foient
femblables dans l'ordre de leur
difference.

Ferdinand demeura vn peu de
temps penfif, puis il luy dit; Ie ne
fçay fi c'eft vn faux jugement: mais
ie croy, que ie vous vis hier parler

à vne belle fille aupres de la fontaine, auecque quelque interest
amoureux. Il est vray, suiuit il, vous
ne vous estes point trompé : il y a
vn an que ie la sers, & j'espere l'é-
pouser bien-tost. Ce choix est bien
digne de vous, luy dit Ferdinand :
car elle est fort belle ; Mais puis-je
sans inciuilité vous supplier de me
dire son nom, & quel rang elle
tient aupres de la Princesse ? Elle
s'appelle Oristile, dit le Cheualier, & est la premiere de ses filles,
& celle qu'elle ayme vniquement.
Estes-vous seul en cette recherche,
répond Ferdinand? Oüy, dit Toreste ; car la coûtume ne permet pas,
lors qu'vn Cheualier est embarqué
au seruice d'vne Dame, qu'vn autre entreprenne d'y penser. Vous
me feriez croire ce que lon dit, ré-
partit Ferdinand, que la coûtume

eſt comme vne Reyne dominante
par tout, puis qu'elle eſtend ſon
pouuoir ſur les plus diuines paſſions de nos ames, & les contraint
d'obeyr aux loix qu'elle ordonne :
car il eſt à croire, eſtant fort belle
comme elle eſt, que vous n'eſtes
pas le ſeul qui deuez auoir ſenty vn
effet de ſa puiſſance. Si vous eſtiez
moins raiſonnable, répondit Toreſte, ie pourrois apprehender que
vous nous accuſeriez d'eſtre trop
tiedes en nos paſſions : nous ſçauons comme vous, que la beauté ſe
fait aimer auſſi-toſt qu'elle ſe monſtre ; que l'effet en eſt general,
& les premieres impreſſions fort
legeres: nous n'ignorons non plus,
que l'inclinatió y produit vn ſecód
effet, & qu'elle nous porte à la pourſuitte du bien que nous deſirons ;
Mais il eſt tres-certain auſſi, que

celuy-là ne peut eftre eftimé fage
entre nous, lequel au commencement de fon affection ne s'en retire, quand il a connu fa Dame eftre
engagée ailleurs ; & puis vn Cheualier n'eft-il pas obligé de garder
le mefme refpect qu'il voudroit
luy eftre rendu ?

I'auois toûjours creu, luy dit Ferdinád, que l'amour & la raifon n'e-
ftoient pas d'accord : mais à ce que
vous m'apprenez, ils font icy en
grande focieté, dont ie vous treuue bien-heureux : car ie vous vois
affrãchis des tyrannies de la Ialou-
fie, vn des plus cruels martyres d'a-
mour. Nous ne fçauós ce que c'eft,
dit Torefte ; mais auffi pourquoy
ferions-nous fi ennemis de noftre
repos, de permettre à nos fantaifies
de troubler le plus agreable contentement de la vie ? I'ayme Ori-

ftile, & n'ay foin que de luy plaire.
Il me paroift que ma paffion luy
eft agreable ; ne ferions-nous pas
dignes de punition, fi par vne malice noire, nous trauerfions nos
contentemens ? Voila, Cheualier,
les raifons fur lefquelles nos coû-
tumes fe maintiennét. Ie les aprou-
ue fort, dit Ferdinand ; mais vous
peut-on demander fi la Princeffe-
Lindamire, qui eft la Reyne de
toutes les Dames de cette Ifle, fe
peut refoudre fans autre connoif-
fance d'époufer le Prince Arimandre? Si lon tient pour infenfé celuy
qui méprife les loix de fon païs, dit
Torefte, vous deuez eftre certain
qu'elle ne le fera pas legerement,
eftant fage comme elle eft : car les
noftres le deffendent abfolument.
Seroit il fi mal auifé, repartit Fer-
dinãd, que de fe venir mettre au ha-

zard de souffrir l'affront d'vn refus? Ie ne sçay, dit Toreste, si vous
tenez à honte qu'vne Dame dise librement ses sentimens en pareils
sujets; nos opinions sont contraires: nous auons apris à regler nos
esprits, pour demeurer libres; &
plus en cette occasion qu'en nulle
autre, nous l'obseruons auecque
soin: Car ne seroit-il pas injuste de
contraindre vne Dame d'épouser
vn Cheualier qu'elle n'aimeroit
pas; & s'en pourroit il offencer
s'il est raisonnable? Ie l'accorde, dit
Ferdinand: mais vous m'auoüerez
aussi, que si la Princesse Lindamire refuse d'épouser le Prince Arimandre, l'ayant veu, apres que
leurs Peres sont demeurez d'accord de toutes les autres conditions du mariage, lon aura grande
raison de croire, qu'vn esprit si ju-

fte & fi plein de lumiere, n'auroit
pas pris vne fi forte refolution, fans
y auoir connu vn notable deffaut;
& ie le treuue hardy de fe mettre
en ce hazard. De la maniere que
vous le prenez, luy dit Torefte,
vous auez raifon ; Il eft vray que
ceux qui ont veu ce Prince, en parlent diuerfement; & pource que
nous n'apprenons de fes nouuelles que par fes fujets, les vns deguifent ce qui en eft, & les autres, qui
fe feruët de la parole, comme d'vn
flambeau qui éclaire la verité, le
traitent autrement. De quelles
perfections eft il loüé de fes amis,
dit Ferdinand? Iufques icy on affeure, répondit Torefte, qu'il eft
courageux, bon amy, & ferme en
fa parole; c'eft tout ce que ie vous
en puis dire.

Tout à mefme temps Miran-

de entra, qui interrompit leurs difcours, & les vint auertir que le Roy
eſtoit à la Meſſe. Ils paſſerent à la
chambre de Don Diego ; & allerent apres tous enſemble dans la
Chapelle, où auſſi-toſt que la Meſſe fût acheuée, il entra vn Gentil-
homme qui venoit en grande diligence donner auis au Roy, que
le Prince Arimandre eſtoit arriué au port, où le Gouuerneur l'a-
uoit reçeu fort ſuperbement. Le
Roy le tira vn peu à l'écart, & luy
parla bas : puis l'impatient Ferdinand pria Toreſte de s'informer de
ce qui s'étoit paſſé en cette deſcen-
te ; ce qu'il fît, & le Gentilhomme
luy rendit bon conte de tous les
honneurs qu'on luy auoit faits.
Apres, Ferdinand prit la parole, &
luy demanda luy-meſme des nouuelles

üelles du Prince. Il n'eſt pas poſſible, dit-il, de rien âjoûter à ſa perſonne; Son viſage eſt fort beau, ſa
taille bien faite, ſa grace excellente. Mais vous ſçauez, comme moy,
que ce qui paroiſt de l'homme,
n'eſt pas l'homme; & que ie l'ay
trop peu veu, pour l'auoir connu
par le diſcours. Vous auez raiſon,
répliqua Ferdinand; & nous ſe-
rions injuſtes de demander ce qui
paſſe voſtre connoiſſance. Le Roy
ſe retira par apres, ſoit qu'il le fît,
ou pour donner ordre à la conduite de ce Prince, juſques à la Ville
ou il ſéjournoit ordinairement, ou
pour s'en aller diſner; ce qu'il faiſoit en particulier, à cauſe de la
chaleur.

Cependant Mirande & Tore-
ſte menerent les deux Cheualiers
eſtrangers en vne ſale, proche de
Q

leur chambre, où ils les auoient fait
feruir. Ce repas fe paffa fur le difcours de l'arriuée de ce jeune Prince, & chacun d'eux eftoit dans l'impatience de le voir ; mais fur diuers
motifs, Mirande & Torefte euffent
defiré de le treuuer tel qu'il deuoit
eftre, pour meriter l'honneur qu'il
pourfuiuoit ; & par vn defir contraire les deux autres Cheualiers le
fouhaittoient fi imparfait, qu'il en
fût exclus. Merueilleufe folie des
hommes : car l'vn ny l'autre n'euffent ofé efperer de l'auantage de fa
ruyne ; Et cependant ils la defi-
roient. Comme l'heure de fe repo-
fer fût venuë, chacun fe retira en fa
chambre, où ils demeurerent jufques à vne heure deuant le Soleil
couché. Mirande & Torefte les furent retreuuer dans celle de Don
Diego, où Ferdinand eftoit allé ,

pour leur donner moins de peine à
les aſſembler. Les officiers du Roy
leur apporterent en meſme temps
vne ſuperbe colation de confitures
& de fruits : & alors Ferdinand regardant Mirande ; Le Roy, luy dit-
il, ny vos ſoins, ne nous traitent
pas en Cheualiers inconnus , &
abandonnez de la Fortune. Il fait ,
répondit Mirande , comme vn
Prince grandement ſage, qui ſçait
priſer les vertus qu'elle ne vous
peut oſter ; & ie ſerois indigne d'e-
ſtre ſon ſujet, ſi ie ne ſuiuois ſes volontez.

Apres leur colation, & que
l'heure du promenoir fût venuë,
Toreſte impatient de voir ſa Maiſtreſſe, dit à Mirande ; Si vos ſentimens vous donnoient auis de
l'heure que la Princeſſe Lindamire
doit ſortir , vous ſeriez plus dili-

Q ij

gét à faire joüir ces Cheualiers de la
douce fraîcheur du foir. Ie ne veux
pas, fuiuit-il, deffendre la verité
qui me condamne: mais pourtant
vos impatiences vous font craindre d'auoir perdu plus de temps
que vous n'auez fait. Ie m'affeure
que tout ce que nous pourrons faire, ce fera de la treuuer arriuée ; cóme ils firent: car elle n'étoit pas encore proche de l'entrée de la premiere allée. D'abord qu'ils la virent, Mirande qui fçauoit bien
que le Roy ne vouloit pas eftre di-
uerty en fes plaifirs, les mena à la
Princeffe, qui les reçeut à la maniere du jour precedent: Et pource que l'âge & l'experience de Ferdinand luy donnoient de l'auantage fur Don Diego, la belle Lindamire luy adreffa fa parole, & luy
dit. Ie vous plains de ce que le

Roy veut partir demain de ce lieu,
pource que vous n'aurez pas le loifir d'en confiderer les beautez.
Ceux qui le doiuent fuiure, dit Ferdinand, ne font pas à plaindre
pourtant, puis que ce qui s'y voit
de plus excellent ne s'en fepare
pas. Elle feignant de ne l'entendre
point, luy répôdit; Peut-eftre que
le fejour des Villes vous plaît d'a-
uantage: neantmoins encore que
lon die que dans les champs on n'y
voit toûjours qu'vne mefme chofe,
& que le jour qui fuit n'y âjoûte
rien de nouueau, ie ne croy pas
pourtant que vous foyez de cette
opinion; Pource que ceux à qui
Dieu donne plus de lumiere, doiuent auoüer qu'ils n'ont point affez de temps, pour pouuoir bien
confiderer les merueilles qui s'y
treuuent en toutes chofes; & de-

puis les arbres les plus éleuez, juſques aux moindres fleurs, ils y peuuent remarquer quelque nouuelle
beauté, qui nous conuie d'en admirer l'Ouurier. Madame, répondit le Cheualier, il eſt tres certain
que les plus judicieux doiuent toûjours faire choix des lieux où Dieu
fait voir ce qu'il a fait de plus ac-
comply; mais il eſt vray auſſi, qu'il
eſt mal-aiſé de s'apperceuoir de la
perte de choſe ſemblable, qui peut
auoir des objects plus diuins à conſiderer. Voſtre diſcours, dit la Princeſſe, me fait juger que la ſocieté
l'emporte ſur la ſolitude, & que
vous priſez plus le raiſonnement,
que ce langage muet des choſes
inanimées, qui ne parlent qu'en ſe
monſtrant; & c'eſt vn gouſt purement de l'eſprit, qui ſe doit priſer.
Ferdinand fût rauy de ſa conclu-

fion ; Sa vanité naturelle , & cette loüange allumerent tellement fes flames, qu'il fe creut eftre vn homme de feu , & qu'il pouuoit porter fes penfées jufques dans le Ciel.

Comme il luy vouloit répondre , le Roy y arriua, qui prit la belle Lindamire par la main, & la mena dans vne allée, le plus proche du lieu où ils eftoient, laiffant Ferdinand fort furpris, fe doutant bien que c'étoit pour luy donner auis de l'arriuée du Prince Arimandre, & pour luy parler de ce mariage. Ce luy fût vne efpece d'amertume bié grande, à comparaifon de la douceur de fa premiere penfée. Torefte, qui n'euft jamais deuiné fon eftonnement , prefuma, ne connoiffant perfonne qu'il deuft craindre , de faire vn tiers importun entre la belle Oriftile & luy ; Il

s'auança donc, & le conuia d'y venir : ce qu'il fît, & Torefte le pré-
fenta à fa Maiftrefle, qui le reçeut
auecque le refpect que fa bonne
mine luy faifoit rendre par tout.
Il demeura auec eux tout autant que le Roy fût dans le jardin ;
Et encore que les diuerfes penfées
de fon efprit empéchaffent le libre
vfage de fon jugemét ; neantmoins
cóme il fe refouuint qu'elle eftoit
aymée de la Princeffe, il s'imagina
qu'elle pourroit eftre l'Autel, où
fon ame treuueroit dequoy l'adorer plus librement ; & lors il la fup-
plia de le receuoir comme le parfait amy de Torefte, & celuy qui
auecque des fentimens plus entiers auoit reçeu l'effect de fes
courtoifies. Elle d'vn efprit auifé,
luy répondit, que fon propre merite, fans autre confideration, luy

feroit tenir à honneur l'eſtime
qu'il faiſoit d'elle, & que Toreſte
eſtoit bien heureux d'auoir ſeruy
vn Cheualier de telle naiſſance, &
qui daignâr tenir conte de ce qu'il
auoit deu faire pour l'honneur de
ſoy-meſme. Apres pluſieurs ſemblables diſcours, leur conuerſation
ſe conclud par vne eſtroite confidence, qui fût faite entr'eux. Cependant Don Diego, auſſi touché
que Ferdinand, mais plus malheureux, à la venüe du Roy pria Mirande de le faire connoiſtre à vne
jeune Princeſſe, qui eſtoit aſſiſe
auecque d'autres filles au bord de
la fontaine; ce qu'il fît, & demeura
le reſte du ſoir auec elles.

Le Roy ſe retirant, auertit Mirande qu'il vouloit partir le lendemain fort matin, & qu'il donnât
ordre à tout ce qui ſeroit neceſſai-

re à ces Cheualiers eſtrangers: puis
il conduiſit luy-meſme ſa fille en ſa
chambre. Cependant nos deux
Cheualiers ſe treuuoient dans vn
malheur pire que le premier qu'ils
auoient paſſé, & tous deux éper-
duëment amoureux de la Princeſſe. L'eſperance flatte Ferdinand, &
luy fait croire qu'elle l'eſtime; &
cette penſée le precipite dans vn
abiſme de diuerſes imaginations.
Le deſeſpoir produit vn pareil effet dans l'eſprit de Don Diego; Il
eſt jaloux de ſon compagnon, & ne
ſçait pourquoy, n'y pouuant auoir
ny en l'vn ny en l'autre, nulle raiſó
apparente, qui les deuſt obliger à
s'enuier; Ainſi lon peut dire que
l'infortune les ſuit par tout, puis
que ny l'excellence du lieu où ils
ſont, ny l'exemple du bon-heur
dont joüiſſent ceux qui l'habitent,

ne les peuuent garentir du mal que
la naiſſance & l'habitude contra-
ctent auecque les ſens. Ils n'auoiét
plus de raiſon pour ſe deffendre de
leurs paſſions ; Dans cette confuſion ils ſe retirerent en leur chambre, auſſi toſt que leurs amis les
eurent quittez, pource qu'amour
auoit ſeparé leur confidence, &
que le ſeul reſpect leur faiſoit garder vne apparence de ſocieté.

Ferdinand paſſa la nuict, preſſé de diuerſes inquietudes. Les
beautez de Lindamire luy eſtoient
toûjours preſentes dans cette obſcurité, & toutes telles qu'il les
auoit veües à la clarté du jour. Sa
memoire luy rapportoit les paroles
qu'elle luy auoit dites ; mais il ne
ſçait ce qu'il doit admirer d'auantage, ou ſon jugement à les conduire, ou la grace qu'elle auoit à

les proferer; Et fur tout il fe perd
luy-mefme , en fe fouuenant des
dernieres;Or comme il eft impoffible,fans eftre infenfé, que nos paffions ne nous donnent quelque
relâche , où la lumiere de la raifon
nous fait connoiftre leur dereglé-
ment; il auint auffi que tournant
fa veüe fur la prefomption d'vne fi
haute penfée, il y voit comme
dans vn miroir, toutes les peines
qui luy font certaines: Mais la fierté de fon humeur paffe par deffus, & luy perfuade ,que quoy qui
puiffe arriuer, il fera glorieux de
l'auoir entrepris. Puis au mefme
inftant, il confidere où peut abou-
tir ce deffein ; que Lindamire eft
vne grande Princeffe , à la veille de
fe marier au Prince Arimandre; &
luy vn Cheualier inconnu, qui ne
fubfifte que par eux , & qui eft de-

nüé d'amis pour le conseiller, ou du
moins pour plaindre sa peine. Il
songe à Toreste; mais il se souuient
du lieu où il est, de la temperance
des esprits de ceux qui l'habitét, &
croit que luy découurant son mal,
il le jugeroit imprudent, & qu'il
le mépriseroit : dans ces confuses
pensées, il passa jusques à l'heure
qu'on le vint auertir qu'il falloit
partir.

Don Diego d'autre costé auoit
ses peines differentes. Il ne con-
noissoit pas encore la nature de son
mal: il ne s'apperceuoit point qu'il
estoit amoureux ; Et toutesfois il
ne pouüoit ignorer ses impatiences, lors qu'il estoit éloigné de la
Princesse, ny les inquietudes que le
feu de ses yeux luy faisoit sentir,
lors qu'il la voyoit. Ainsi son esprit ne se deffend point à son incli-

nation : Il l'emporte dans vne paffion fans bornes : Il craint tout, &
ne fçait ce qu'il doit defirer ; mais
les faueurs qu'il voit receuoir à Ferdinand, luy font infupportables
fur toutes chofes ; Elles luy paroif-
fent à trauers vn brouillard, hors
de leur veritable proportion, & il
s'en afflige auffi par excez.

Au fort de ces diuers trou-
bles, il entend Ferdinand entrer
dans fa chambre, auecque Mirande & Torefte. Il fe leue promptement, & Mirande l'accufe de pa-
reffe, de s'eftre ainfi endormy. Il
s'en condamne auecque luy ; mais
Ferdinand jugea bien à fes yeux de
la bleffeure du cœur ; & l'en euft
volontiers deffendu, fi le refpect
ne l'euft empéché. Ils fortirent
apres tous enfemble, & furent
treuuer le Roy, comme il entroit

dans sa litiere : puis par son commandement Mirande alla seruir la Princesse, où Toreste & les deux Cheualiers l'accompagnerent. Ils la treuuerent descendant de sa chambre, appuyée sur les bras d'Oristile ; si belle que les deux Cheualiers en furent surpris. Elle les salüa courtoisement, & monta dans le Chariot, où ils l'auoient veuë la premiere fois, quand Ferdinand la prit pour Bellize, qui estoit alors bien éloignée de cette pensée.

Quand elle & toutes ses Dames, qui remplissoient six Chariots, furent en estat de partir, on amena à ces quatre Cheualiers des Cheuaux, si beaux & si bien parez, que les deux Estrangers auoüerent n'en auoir point veu de semblables en toute l'Europe. Comme ils

furent montez deſſus, Ferdináð dé-
máda à Mirande ce qu'il deuoir faire. Ie ſuis, luy dit il, d'auis de ſuiure
la Princeſſe ; le Roy s'auance pour
gaigner la maiſon où il doit diſner,
auant que le Soleil ſoit trop ardant ; Et vous qui ne cornoiſſez
perſonne en cette Cour, vous y
treuuerez bien empéché. Il eſt
vray, âjoûta Ferdináð, & vos ſoins
nôus obligent parfaitement. Ils firent pres d'vne lieüe, & les Cheualiers marcherent tous deuant le
Chariot de la Princeſſe; Mais comme Ferdinand euſt connu au mouuement de ſon cheual, qu'il eſtoit
dreſſé, il le fît manier auecque tant
d'adreſſe & de bonne grace, que la
Princeſſe y prit plaiſir; ſi biē qu'elle le fît appeller, & luy demanda, ſi
les Cheualiers de l'Europe ſe plai-
ſoient à cét exercice; qu'il eſtoit à
croire,

croire, que pour luy il l'auoit aymé : car il s'en acquittoit parfaitement bien. Il s'inclina à l'honneur
de ses loüanges, & luy dit; Qu'il
estoit le moins sçauant de tous
ceux qui suiuoient l'Empereur ;
mais le plus heureux, estant prisé
par son jugement.

    Ie voy bien, suiuit-elle, que
vous estes de l'opinion de ceux qui
plaignent le malheur des personnes eminentes, quand ils ne ren-
contrent pas des ames assez éclairées, pour les connoistre & les
loüer. I'en suis d'accord, Madame,
répondit-il, & me pleins encore
auec Alexandre, de ce qu'il n'auoit
point d'Homere en son temps.
C'est vne pensée de vanité, luy redit-elle, les grandes vertus doiuent
auoir en soy leur satisfaction, sans
la chercher en autruy; Puis qu'il est

                 R

certain, Madame, repartit-il, que
l'honneur est la seule recompense
de la vertu; vous m'auoüerez, s'il
vous plaist, que les loüanges qui
partent des esprits releuez, doiuent donner plus de lustre à la personne qui se loüe. Vous sçauez
aussi, luy dit-elle, qu'il y a plus
d'honneur au respect, qu'à la
loüange, pource qu'elle est souuent aussi flatteuse que veritable,
& que le mensonge ne peut honnorer la vertu. Ie croy, Madame,
ajoûta-il, que la verité doit estre
sacrée aux belles ames, & j'entens
parler de celle dont la loüange
nous peut honnorer. Ie m'apperçois, reprit-elle, que vous ne vou-
driez pas que les actions de vostre vie demeurassent enseuelies.
Si j'en auois fait, répondit Ferdinand, qui fussent dignes de memoire, asseurément, Madame,

Ie voudrois qu'elles paffaffent à la
pofterité. Prenez garde, conclud-
elle, que de femblables defirs, qui
cherchent l'eternité au monde, où
elle ne peut eftre, ne vous faffent
perdre celle du Ciel. Cela dit, elle
appella Mirande, & luy demanda
fi le chemin eftoit encore long,
pource que le Soleil commençoit
à l'incommoder. A l'heure mefme
il fit mettre des pilliers, & jetter
vn grand pauillon fur fon Chariot,
jugeant bien qu'elle ne pourroit
encore arriuer d'vne heure. Comme ils furent à la difnée, chacun
paffa la chaleur du jour dans des
lieux frais, où ils s'endormirent
jufques à l'heure qu'il fallut partir;
& apres ils fuiuirent leur chemin, &
arriuerent affez tard à la Ville.

Le lendemain matin, comme
le Roy eftoit à la Meffe dans la

grande Eglise, le fils du Gouuerneur du Port, où le Prince Arimandre estoit descendu, le vint
auertir qu'il l'auoit laissé à trois
journées de la Ville. Le Roy témoigna d'en estre bien aise; & bien en
peine d'ailleurs, de ce que son fils,
qu'il auoit enuoyé visiter vne partie de son Royaume, n'étoit pas arriué au temps où il l'attēdoit. Mais
cette inquietude ne luy dura gueres : Car le jour mesme, comme il
sortoit à la promenade, il le treuua
à la potte de son Palais, où il le receut cóme vn fils bien fort desiré.
Il l'embrassa plusieurs fois ; puis il
commanda à Toreste d'aller auertir la Princesse Lindamire de sa venuë ; & cependant il continüa son
premier dessein, & eust loisir de
l'entretenir. Alors Ferdinand dit à
Mirande ; Y a-t'il long-temps que

le Prince eſt hors de la Cour? Enuiron ſix mois, répondit Mirande;
mais que vous en ſemble? ne luy
treuuez-vous pas bonne mine?Ne
ſçauez-vous point,continuë Ferdinand, que les Roys ſont les Dieux
de la terre, & qu'il les faut admirer,& n'eſtre pas ſi hardy que d'entreprendre d'en juger. Nous ſommes nais plus libres, ſuiuit Mirande; vn vain reſpect ne nous empeſ-
che pas de dire les veritez que nous
connoiſſons. Où il y a moins de
fautes à reprendre, âjoûta Ferdinand, on ſe diſpenſe plus aiſément:
mais ſi le Sage ſuit le temps, & la
coûtume du lieu où il eſt, ie dois
changer d'opinion, & vous dire
que ie le treuue fort bien fait; Il eſt
vray, que ie me trompe fort, ſi
la Princeſſe ſa ſœur n'a de grands
auantages ſur luy. Vous en jugez.

R iij

fort judicieusement, luy dit Mirande; Elle a le corps & l'esprit bien
plus excellens ; mais pourtant ie
vous asseure que c'est vn fort gétil
Prince, & qui sçait priser les personnes de valeur. Ie me promets de
vostre courtoisie, luy dit Ferdinand, que j'auray l'honneur d'en
estre connu. Ie vous asseure, répondit Mirande, de vous y seruir, & ie
suis d'auis que nous attendions,
qu'il soit à sa chambre pour le voir:
cependant allons nous promener
ailleurs.

Ils s'y en allerent en mesme
temps, & auertirent de leur dessein l'amoureux Don Diego, qui
se mit de la partie. Ainsi tous ensemble ils se rendirent en vn lieu,
où la jeunesse faisoit ses exercices.
Ils y auroient eu beaucoup de plaisir, si leur passion leur eust laissé

quelque fentiment libre ; neantmoins ils admiroient tous deux
leur addreſſe. Les vns joüoient au
balon : les autres auoient mis vn
prix qu'il falloit gaigner à la courſe ; & tous enſemble eſtoient ſi diſ-
pos, qu'on pouuoit juger difficilement, qui l'emporteroit ſur ſon
compagnon. Comme on euſt appris que le Prince Adimante s'e-
ſtoit retiré, les trois Cheualiers le
furent treuuer ; & Mirande en les
preſentant, luy fiſt entendre leur
qualité, & la fortune qui les auoit
conduits en ſes Eſtats. Surquoy
Ferdinand luy dit ; Nous aurions
tort de nous plaindre de noſtre deſtinée, puis qu'elle nous eſt plus fauorable que la Nature, qui nous
auoit fait naiſtre en vn pays bien
éloigné des perfections de celuy-
cy, où nous auons receu des hon-

R iiij

neurs & des bien-faits , qui paſſent
tout ce que les ambitieuſes penſées
ſe pouuoient promettre.

Ce Prince auec vne Majeſté
égale à ſa courtoiſie , luy répondit;
Entre tous les biens que Dieu a ſi
liberalement départis au Roy mon
pere , durant ſon Regne , ie priſe
bien fort le moyen qu'il a eu d'o-
bliger ces Cheualiers de ſi haute
vertu. Ferdinand & Don Diego
s'inclinerent fort bas , & le dernier
luy répondit; Il eſt vray , Seigneur,
que Dieu ayant répandu largement ſes bien-faits dans ſes Eſtats,
ſa magnificence & ſa liberalité euſſent eſté inutiles , ſi des hommes
infortunez, comme nous ſommes,
n'y fuſſent abordez. Le Prince
Adimante ayant connu par leur
parole l'excellence de leurs eſprits,
prit ruſolution à l'heure meſme de

leur donner part en son amitié:
Mais comme nos inclinations suiuent le mouuement des humeurs,
il se rencontra plus de rapport entre la sienne & celle de Ferdinand,
qu'auec celle de Don Diego; ce qui
redoubla tellement son enuie & sa
fureur, que s'il se fût treuué dans
vne Cour moins reglée, & où l'e-
xemple & l'authorité du mauuais
vsage eussent soûtenu son dessein,
asseurément il eust porté sa passion
plus auant.

    Le lendemain on commença
de se preparer, pour aller au deuant
du Prince Arimandre. Le Roy commanda à son fils de choisir entre
les Cheualiers de sa Cour, ceux qui
luy seroient le plus agréables; Ce
qu'il fît, & mit au premier rág nos
deux Estrangers. Cependant comme châcun prenoit soin de se met-

tre en bon ordre, la belle |Princes-
se Lindamire auoit l'esprit si agité
de diuerses craintes, qu'elle se resolut de s'enfermer dans vn Monastere de sainte Claire, jusques à
l'arriuée de ce Prince, affin de se
fortifier par les sages conseils
de la Superieure, qui estoit tres-
habille. Ayant donc fait ses
prieres, elle se retira à part auec
elle, & luy dit. L'inquietude
que ie sens, est si contraire au repos
ordinaire, dont nous joüissons en
cette Isle, qu'elle me fait craindre
que la venüe de cét Estranger
m'apportera du déplaisir. Vous auriez sujet, Madame, répondit la
Superieure, de prendre pour de
mauuais Augures vos sentimens
extraordinaires, si la raison ne
donnoit passage au juste déplaisir
que vous deuez auoir, estant à la

veille de quitter le lieu de voſtre
naiſſance, vos parens, & vos plus
cher amis; Mais il me ſemble que
n'y ayant point de mal plus preſ-
ſant que celuy-là, vous n'en deuez
point apprehender d'autre. Vous
n'ignorez pas, ſuiuit la Princeſſe,
que les ames qui vſent librement
de toutes leurs puiſſances, ont de
certaines lumieres, qui leur fôtvoir
le bien ou le mal, qui leur doit arriuer; Et il eſt tres-vray, que la
mienne n'eſt point troublée de
mes paſſions; mes ſens ſont fort
calmes; & cependant ie preuoy
que la venuë de ce Prince ſera fata-
le à cét Eſtat. Vous ſçauez, Madame, repartit-elle, que la Prouidence diuine l'a ſi bien gouuerné
juſques à cette heure, que cela
vous dóit obliger à ne rien craindre du coſté des hommes. Reçou-

rez plûtoſt à Dieu , & luy demandez qu'il vous deffende du mal
que vous ne connoiſſez pas,& que
vous apprehendez. La Princeſſe
ceda à ſes raiſons, & demeura en
prieres auec elle , juſqu'au matin que le Prince Arimandre deuoit arriuer. L'apreſdinée le Roy
l'ayant viſitée, auſſi-toſt qu'elle fût
de retour en ſon Palais , luy dit
tout l'ordre qu'il auoit mis pour
receuoir le Prince , & la pria de faire parer toute ſa Cour ; ce qu'elle
fît auecque grand ſoin.

Fin du premier Liure.

LINDAMIRE,

HISTOIRE

INDIENNE.

LIVRE II.

ADIMANTE cependant ne faillit point de se rendre auecque sa suitte assez pres du lieu où le jour precedant auoit couché le Prince Arimandre. Comme ils furent à vingt pas l'vn de l'autre, ils descendirent de chez

ual, & se salüerent fort courtoisement. Nos deux Cheualiers le regardoient auec attention, & encore que l'enuie en guidât le mouuement, neantmoins ils n'y pouuoient rien treuuer qui ne leur dé-
pleût. Il estoit grand, & de belle
taille; Il auoit le visage fort beau,
les cheueux crespez & blonds; & la
grace, qui est, à ce que lon tient,
vne partie de la Diuinité, si extraordinaire, & si charmante, qu'elle
le fît admirer de toute la compagnie. Alors la joye & le déplaisir y
entrerent en parrage. Le Prince
Adimante & toute sa Cour estoient
d'vn costé rauis de joye de le voir si
beau, & de l'autre nos deux Estrangers se dépitoient en leur ame de
l'auoir treuué mieux fait qu'ils ne
s'y estoient attendus. La hayne que
Don Diego auoit pour son com-

pagnon paſſa à ce jeune Prince,
comme vn objet plus propre à ſon
enuie. Ferdinand n'étoit pas moins
touché que luy, mais plus moderé
en ſes apparences : car la fierté de
ſon cœur receloit en ſoy ce qu'il
n'eſtimoit pas luy eſtre auantageux de faire voir. Mirade prit ſon
temps là deſſus, & ſupplia le Prince Adimante de les luy preſenter
tous deux : ce qu'il fît, & luy les receut courtoiſement.

Ils paſſerent le ſoir en conuerſation ; & ce fût vn bon-heur à nos
Cheualiers, pource qu'ils ne demeurerent pas long-temps ſans
s'apperceuoir que toutes ces beautez eſtoient exterieures. Ce qui fît
qu'ils en paſſerent la nuict plus
doucement. Le lendemain, ils arriuerent à la Ville à vne heure de
Soleil leué. Le Roy accompagné

de toute sa Cour, reçeut le Prince
à la porte de son Palais; puis il le
conduisit en sa chambre, & le fît
en suitte somptueusement seruir
en vne belle sale, où il disna tout
seul, à la mode de son pays. A-
pres, cóme la chaleur fut passée, le
Roy le reuint querir, pour le mener chez la Princesse Lindamire. Il
le treuua fort beau, & fort biē paré,
& prit plaisir à le loüer. Ferdinand
qui l'obseruoit, fît prendre garde à
son amy Toreste, qu'au lieu de répondre, il n'auoit fait que rougir.
Il le conduisit droit au Palais de
sa fille, qui estoit si richement
meublé, que luy & les siens ne le
pouuoient assez admirer.

Ils passerent plusieurs sales &
plusieurs chambres, auparauant
que d'arriuer en celle de la Princesse, qui les reçeut agréablement,
& de

à la veüe de tous. Elle estoit assise
sous vn haut Dais, couuert d'vn
grand tapis fait d'or & de soye;
ouurage si beau , & si bien trauaillé , qu'on l'eust pris pour vn
pré émaillé de diuerses fleurs. D'a-
bord qu'elle vid le Roy, elle en
descendit, la main appuyée sur le
bras d'vne Dame vn peu âgée; Le
Roy luy representa le Prince Arimandre ; & elle le salüa auec
vne si graue douceur, qu'vn Seigneur nommé Cephas, homme sage & fort vertueux, que son pere
auoit choisi entre tous ceux de sa
Cour, pour le conduire en ce voyage, dit à Mirande, qui estoit pres
de luy; Ie vous auoüe que les plus
belles idées qui passerent jamais
en ma pensée, n'ont point appro-
ché de la beauté que ie voy ; & ie
veux croire, qu'à moins que d'estre

S

infenfible, on ne peut éuiter de
mourir d'amour en le voyât. Ie preuoy, reprit Mirande, que vous n'e-
ftimez du tout point, que le Prince Arimandre y puiffe deffendre
fa liberté. Ie ferois bien marry d'a-
uoir cette penfée, répondit Cephas: car difficilement me pourrois-
je refoudre à feruir vn maiftre que
ie mépriferois. Ferdinand l'écoutoit, & s'accordoit à fon opinion;
Mais comme il euft aperçeu le
Prince Arimandre, mener la belle
Princeffe en fa place, & s'affoir entre elle & le Roy, la jaloufie le preffa, & luy fît dire à Mirande, en la
préfence de Cephas. Les Cheualiers de l'Europe ne parlent jamais
à leurs Dames, que debout ou à
genoux. Il eft fils de Roy, dit Cephas, & la prefence d'vn autre Roy
luy donne cette liberté, dont il n'v-

feroit pas autrement. Il ne répondit point , parce qu'il ne pouuoit
retirer sa veuë de dessus la belle
Lindamire.

Apres cette premiere visite,
qui dura vne heure, le Roy emmena le Prince Arimandre; & comme
il sortoit de chez Lindamire , il
trouua le Prince son fils, qui l'attendoit pour le conduire à la promenade. Ils se separerent; & le Roy
prenant Cephas par la main ; Allons ensemble, luy dit-il : nos âges
s'accordent mieux qu'auecque ces
jeunes gens : & comme la haine &
l'amour nous donnent souuent de
pareils desseins; Ferdinád se voyant
exclus de pouuoir aller où estoit la
belle Lindamire, laissa le Roy , &
suiuit le Prince son fils, affin de considerer Arimandre. Ils n'auoient
pas fait cent pas dans vne prairie,

que le Prince Adimante fist appeller Mirande, & luy commanda de
dire aux jeunes Cheualiers de sa
Cour, de dresser vne partie au balon, pour faire passer le temps à
leur nouuel hoste. Il appella Ferdinand, pour luy ayder à l'entretenir;
ce qu'il fist de fort bonne grac :
puis regardant le Prince Arimandre; Seigneur, luy dit-il, bien que
ie n'ignore pas que la beauté la
plus agréable à la veuë, est souuent
chere à nostre repos; ie croy neantmoins, qu'il vaut mieux souffrir
d'auantage, & ne s'éloigner point
de sa veuë. N'estes-vous pas de
mon opinion? Il est vray, luy répondit-il froidement, que la Princesse Lindamire est excellamment
belle, & qu'on ne la peut voir sans
l'aymer. Les viues flames dont l'esprit de Ferdinád estoit allumé, tou-

tes contraires à des pensées si tiedes, luy firent répondre. Ie croy,
Seigneur, qu'elle ne se doit point
aymer seulement, mais qu'il faut
incessamment brûler pour elle.
C'est vn effet propre, reprit-il, à l'i-
magination de vos semblables.

Ferdinand connoissant à la rougeur de son teint, & au tó de sa parole, qu'il estoit en cholere, estima
necessaire de regler ses sentimens
en cette occasion, qu'il eust ache-
tée, si elle eust esté moins importante au Roy & à la belle Princesse: Ce qui fît qu'auec vn geste in-
differant, adressant sa parole au
Prince Adimáte; Seigneur, luy dit-
il, ne prenez-vous point garde, que
la partie d'Eurimedon est plus forte que celle de Lindas? Il est vray,
répondit Adimante; & alors en regardant Arimandre, il luy deman-

da s'il les vouloit voir de plus près.
Tres volontiers, fuiuit-il, & il auoit
raifon ; pource qu'il eftoit plus capable de parler des exercices du
corps, que de ceux de l'efprit.

Ferdinand les laiffa aller: mais
ayant découuert Torefte , qui fe
promenoit auec quelques - vns de
fes amis de l'autre cofté du parc,
il s'y en alla ; & à fon abord l'autre
fe retira, & demeura feul, ce qui luy
donna la liberté de luy dire; I'ay
toûjours creu que les vertus s'en-
trefuiuoient ; mais il n'eft jamais
tombé dans ma penfée qu'elles
peuffent nuire l'vne à l'autre; & cependant j'épreuue aujourd'huy le
contraire, d'autant que pour auoir
voulu eftre prudent, j'ay fait vne
grande lâcheté. Alors il luy conta
ce qui s'étoit paffé entre Arimandre & luy, dont Torefte demeura

fort surpris, & luy dit. Mon Dieu!
que ie crains que son ame soit si li-
berale, qu'elle répande toutes ses
lumieres dans la beauté de sa personne, & ne se reserue rien. Car il
est certain que pour peu qu'il en
fût demeuré à son jugement, il se
fût bien empéché de faire connoistre son infirmité sur vn sujet si leger, & c'est vostre gloire d'auoir
sçeu mépriser sa cholere. Ils parle-
rent tous deux assez longuement
sur ce sujet, déplorant le sort de
cette Princesse, si la destinée la for-
çoit de l'épouser. Ferdinand soula-
geoit sa peine, pouuant parler
auecque mépris de ce Prince; &
Torelle l'écoutoit auecque douleur, pour le respect de sa Maistresse; Ils se separerent neantmoins,
sans que Ferdinand luy osât découurir le veritable sujet de sa haine.

S iiij

Durant les quinze premiers
jours, Arimandre fût fort soigneux
de voir sa Maiſtreſſe; & il ſembloit
que par ſon ſilence, vn peu trop
grand, il luy voulût faire entendre qu'il auoit pour elle beaucoup
d'amour,& encore plus de reſpect,
veu qu'il employoit toutes ſes fi-
neſſes à fuïr l'occaſion de parler
ſeul auec elle; Mais elle de ſon coſté mépriſant ſon ignorance, luy
témoignoit d'auoir autant de peur
de l'entendre, qu'il en auoit de
parler; Luy cependant adreſſoit
ſouuent ſa parole à Don Diego :
car pour Ferdinand, il le prit en
vne telle haine,dés le jour qu'il le
creut auoir treuué à redire à ſes
actions, qu'il ne le pouuoit
ſouffrir.

Pendant ce temps-là, le mariage de Toreſte & de la belle Ori-

ſtile fûr accordé;& le Roy à la priere de la Princeſſe, ſe reſolut de le
faire fort ſolennel. Pour cét effer,il
enuoya proclamer aux Prouinces
voiſines, que routes les perſonnes
de marque euſſent à ſe treuuer à ſa
Cour dans quinzaine. Il arriua à
meſme temps, comme Ferdinand
alloit au Monaſtere de ſaint Baſile
entendre la Meſſe, qu'il rencontra
vn Seigneur du pays, accompagné
de trois Eſtrangers, qui auoient
fort bonne mine. Ferdinand les
auoit paſſez, ſans s'en eſtre pris
garde; mais tout à coup il ſentit
quelqu'vn à ſes pieds, qui luy em-
braſſoit la jambe. Il ſortit de ſes
profondes penſées: puis le con-
noiſſant d'abord; Et quoy, luy dit-
il, Arnantile, eſt-il poſſible que ie
te reuoye encore?conte-moy comme tu t'es ſauué. Seigneur, luy ré-

pondit Arnantile, Don Laurens,
l'Escuyer de Don Diego & moy,
nous estions jettez dás l'esquif, lors
que nous vous aperçeumes sur le
Rocher, où nous essayâmes d'aborder: Mais le vent nous fut si contraire, qu'en moins de rien nous
en fûmes bien éloignez; & neantmoins assez heureux, pour nous
treuuer, comme la tempeste fût
passée, pres d'vn beau riuage, où il
y auoit plusieurs Pescheurs; lesquels meus de charité, nous voyant
agitez par les vagues, se mirent
dans leur esquif, & nous recueilli-
rent: puis nous menerent en la
maison de leur Seigneur, où nous
auons demeuré jusques à ce jour
qu'il nous à conduits en cette Ville, auec esperance d'y auoir de
vos nouuelles, sur l'asseurance que
nous luy auons donnée de vous

auoir veu entrer dans l'Ifle. Il fût
interrompu par Don Laurens, lequel le vint faluer, & par l'Efcuyer de Don Diego, qui luy demanda des nouuelles de fon Maî-
ftre. Il luy répondit qu'il fe portoit fort bien, & qu'il auoit oublié
Philifmene. I'en loüe Dieu, dit
Marphifin : il ne craindra plus de
retourner en Efpagne. Ferdinand
le regarda auecque mépris, & fe
mocqua de luy, d'eftre fi lâche,
apres auoir goûté des delices d'vn
fi beau pays, de pouuoir defirer le
retour du fien. Alors Don Laurens
s'auifa, qu'il n'eftoit point honnefte de s'en aller, fans auertir
leur commun Bienfaicteur, qu'ils
auoient rencontré ceux qu'ils
cherchoient : ce qu'il fît, & le bon
Seigneur leur témoigna d'en eftre
bien-aife. Il voulut en fuitte aller

falüer Ferdinand, auquel il offrit
tout ce qui pouuoit eſtre en ſa
puiſſance. Il ſe paſſa beaucoup de
ciuilitez de part & d'autre, puis
chacun ſuiuit ſon premier deſſein.
Apres que les trois Eſpagnols eurent reconduit ce courtois Seigneur, ils prirent congé de luy, &
l'aſſeurerent qu'il pouuoit diſpo-
ſer d'eux, comme de perſonnes à
qui ſa bonté auoit donné la vie.

L'ayant laiſſé, ils ſe rendirent
au Monaſtere où eſtoit Ferdinand,
qui les attendoit, pour les mener
au logis de Don Diego, qu'ils ne
treuuerent pas. Ils allerent à celuy
de Ferdinand, qui en eſtoit proche, & l'enuoyerent chercher : &
apres que Don Laurens luy euſt
conté toute ſon auanture, qui les
auoit conduits en la maiſon du Seigneur Alminde, enſemble les hon-

neurs & les bien-faits qu'ils en
auoient reçeus; Ferdinand leur apprit aufſi celle qu'ils auoient eüe,
par l'heureuſe rencontre qu'ils
auoient faite d'vn Hermite de leur
pays ; & n'oublia pas à luy dire,
comme il auoit pris Lindamire
pour Bellize, lors qu'elle paſſa dans
vn Chariot de triomphe, aupres du
lieu où ils eſtoient. Don Laurens
luy demanda ; Eſt-il poſſible qu'il
ſe ſoit pû treuuer quelque choſe
de ſemblable à elle ? Vous ſçauez,
répondit Ferdinand, à quel poinct
Amour a graué ſon portrait dans
mon cœur, & qu'elle eſt toûjours
preſente à mon ſouuenir ; C'eſt
pourquoy vous croirez aiſément
la verité dont ie vous aſſeure ; qui
eſt, que non ſeulemét ie me la ſuis
figurée telle qu'elle eſtoit ſur terre, mais telle encore qu'elle eſt

dans le Ciel, c'eſt à dire toute reſ-
plandiſſante, & de lumiere & de
gloire. Elle eſt donc beaucoup
plus belle, reprit-il. Ie n'en veux
plus parler, dit Ferdinand : mais
voicy Don Diego, qui ne m'en dé-
mentira pas à mon auis. A ſon
abord, il ſentit vne émotion de
joye, de voir ſes amis, qu'il tenoit
perdus ; mais elle fût beaucoup
plus grande, lors qu'il conſidera
qu'il auoit recouuré Armantille, à
la fidelité duquel il pouuoit confier ſes déplaiſirs.

La matinée ſe paſſa en diuers
diſcours, & ſur le ſoir à l'heure que
les Cheualiers alloient à la Cour,
Ferdinand pria Mirande, de preſenter ces trois Eſpagnols au Roy,
& de luy dire comme ils auoient
eu part au bon-heur qui ſuiuoit
ceux qui entroient dans ſes Eſtats.

Le Roy les reçeut fort humainement, & asseura les deux Cheualiers de la part qu'il prenoit à leur
contentement. Et d'autant que
depuis l'arriuée du Prince Arimandre, la belle Lindamire se treuuoit
toûjours aux Iardins du Roy, ou
dans les siens auecque toute la
Cour; Ferdinand supplia la belle
Oristile, de les presenter à la Princesse: ce qu'elle fît de fort bonne
grace, & en la presence de son
Amant, qui luy demanda qui ils
estoient: Mais comme il eust appris que celuy qui marchoit apres
Don Laurens, estoit l'Escuyer de
Ferdinand, il en fît fort peu de conte. La Princesse s'en apperçeut, &
regarda Oristile, dont Ferdinand
fût fort satisfait, en presumant
qu'elle ne pouuoit connoistre sa
hayne, qu'elle n'en deuinât le sujet,

Amour, qui n'épargne pas telles
penſées à ceux qui ayment, y âjoûta l'audace de luy faire entreprendre de découurir ſon mal à
Oriſtile ; ce qu'il fît, lors qu'elle ſe
fût éloignée de ſa Maiſtreſſe, &
qu'il euſt obtenu de la courtoiſie
de Toreſte, le moyen de l'entrenir
ſeul. Neantmoins ce ne fût pas ſans
craindre vn mauuais ſuccez à ſon
deſſein. Mais comme il eſtoit judicieux , il commença ſon diſcours
par Arimandre, & luy dit; l'apprehende bien fort que le deſtin de
voſtre Climat, ne ſuiue deſormais
le cours de la Nature mouuante,
& qu'il ne vous tire bien toſt de
l'heureux calme, où vous auez vécu depuis tant de ſiecles. Car ſe-
roit-il poſſible, ſi le Ciel vous vouloit conſeruer les effets de ſa bonté ordinaire, qu'il permit que la
trifte

trifte Arimandre épousât la belle Princeffe Lindamire, Elle, dif je,
pui fe peut appeller l'ornement de
la terre, & la gloire de vos Ifles ?
Oriftile s'étonna de fa Prophetie,
& luy répondit. Vous dites vray:
nous n'auons point d'exemple où
il fe foit jamais feulement propofé
vn mariage parmy nous, de perfonnes fi differentes en mœurs &
en merite, que ceux-là. Ferdinand
fuiuit fa premiere penfée, & luy
dit. Y a-t'il quelque apparence de
croire, que fi Dieu vouloit vous
continüer fes benedictions, il per-
mît que la plus belle chofe du
monde, tombât fous le pouuoir
d'vne perfonne qui en eft fi fort indigne. Mais ie veux fufprendre
mon jugement, & attendre de fa
juftice vn coup impreueu, qui l'en
deliurera. Vos defirs s'accordent à

T

fa penfée, luy redit elle: Car du
jour qu'elle a recónu fon humeur,
elle a refolu de n'en vouloir point;
Mais comme elle eft fort prudente, elle en cache le fentiment, jufques à ce que l'occafion luy donne
moyen de le témoigner, fans déplaire au Roy fon pere. A ces mots,
Ferdinand tranfporté de joye; N'a-
t'elle pas raifon, luy dit-il, de mé-
prifer vn tel hóme, qui eft jaloux, &
melácolique enfemble? Il eft vray,
fuiuit-elle, qu'il ne vous peut fouffrir, pource qu'il croit que vous
vous eftes mocqué de luy, & de
plus, que vous eftes amoureux
d'elle.

Ferdinand rougit à cette pa-
role, & Oriftile baiffa les yeux, craignant d'en auoir trop dit. Mais
l'audacieux Ferdinand, qui la voulut r'affeurer, reprit le difcours fur

Arimandre,& luy dit.N'auez-vous
point remarqué aujourd'huy,à l'a-
bord de cét Amant aupres de sa
Dame, sa mine froide, & ses paroles niaises. De moy,ie vous auoüe
qu'elles m'ont si fort abattu le
cœur,en le considerant, que ie me
fusse méconnu,si en mesme temps
mes yeux n'eussent releué ma
pensée,& fait admirer les graces &
les attraits de vostre belle Maistresse, en le regardant dédaigneu-
sement. Ie vous jure que voyant la
terre pousser de nouuelles fleurs
sous ses pieds , lors qu'elle marchoit, & l'air redoubler pres d'elle la force de sa lumiere, ie ne
pouuois comprendre,qu'il fût possible qu'vn homme , qui eust le
moindre sentiment, fût insensible
au poinct où ie le voyois estre ; Il
s'arresta là dessus; puis soûpirant

doucement; l'épreuue, continüa-
t'il, que mes pensées furent bien
vaines, lors qu'elles me persuade-
rent, vn peu apres mon arriuée en
cette Isle, que tout ainsi que j'a-
uois changé d'Estoille, j'aurois de
mesme changé de sort, puis que
mes malheurs m'apprennent le
contraire, & qu'ils me suiuent par
tout.

Oristile, qui sçauoit la mort de
Bellize, & la passion qu'il auoit eüe
pour elle, luy répondit. Il est mal-
aisé qu'vne viue impression se gue-
risse, pour changer de lieu ; c'est
l'effet d'vne prudence non commune, de regler ses volontez selon
les éuenemens de son destin, puis
qu'il ne peut estre reglé par nous.
Il est certain, reprit le Cheualier:
mais il est vray pourtant, qu'il y a
des passions si puissantes, qu'il se-

roit auſſi difficile de s'en deffendre, que d'arreſter le cours du Soleil. Ie croirois mal-aiſément, luy
dit-elle, qu'vn bon jugement ne
fût capable, quand il luy plaît, d'impoſer la loy à ſes ſens, lors meſme
qu'il a connu que le mal qui les
trouble eſt ſans remede, comme
le voſtre, puis que la mort n'a point
de retour. Il baiſſa les yeux, & puis
en les releuant, il apperçeut les
ſiens le regarder fixement. Il en
prit vne nouuelle audace; Et preſumant qu'elle en vouloit ſçauoir
d'auantage; Ie vous auoüe, luy dit-
il, que la mort de Bellize eſt la ſource de mes infortunes : car elle n'a
pas ſeulement rauy la plus belle
perſonne de l'Europe, à la veille
que ie la deuois poſſeder ; mais encore il a fallu que le deſeſpoir de ſa
perte m'ait conduit en ce lieu, où ie

treuue vne autre elle-mefme glo-
rifiée, & dont les traits font plus
penetrans,& le fujet moins accef-
fible.

Et quoy, luy répondit Oriftile,
Pouuez-vous auecque raifon nommer du nom de malheur, vne rencontre fi fauorable que celle que
vous propofez? Vous auez perdu
Bellize; vous la retreuuez, dites-
vous, mais beaucoup plus belle;
n'eftes-vous pas injufte de vous en
plaindre? Vous auez raifon, belle
Oriftile, fuiuit Ferdinand; ie confeffe que mon efprit s'étoit égaré:
vous luy donnez de nouuelles lumieres, & luy faites apperceuoir le
bon-heur que j'ay reçeu de ne la
chercher plus dans le Ciel : mais de
pouuoir deformais l'adorer fur la
terre. Elle fe mit à rire, & luy dit,
On doit aymer ce qui nous furpaf-

se, en la maniere que vous proposez. Certes, reprit Ferdinand, tout
ce qui est au monde, est en ce
poinct pareil à moy; & si ie soû-
tiens de plus, qu'Arimandre, qui
n'éclate que par des dignitez que
la Fortune donne aux hommes, est
bien au dessous de ceux qui ont
moins de qualité,& plus de lumiere & de vertu,pour la sçauoir aimer
& connoistre. Ie vous l'accorde,re-
dit-elle:la Raison fait la distinction
de l'homme à la beste;& le bon rai-
sonnement, la difference des vns
aux autres.

Mirande les interrompit, &
vint dire à Ferdinand,que le Prince
Adimante le demandoit. Il n'obeït
pas, sans ressentir la tyrannie du
deuoir : car en l'état où il estoit, celuy fût vne fâcheuse contrainte de
quitter Oristile. Il s'y en alla neant·

moins, & le Prince l'embraſſant,
Mon amy, luy dit-il, vous ſçauez
déja que Toreſte doit épouſer lun-
dy ſa Maiſtreſſe : ma ſœur l'aime
cherement, & m'a prié de vouloir
faire des joûtes pour l'amour d'elle, comme ceux de mon âge ont accoûtumé de faire en pareilles occaſions ; Et pource que ie ſuis obligé
à bien faire par deux motifs, dont
le premier eſt le reſpect que ie dois
aux volontez de ma ſœur, que j'aime parfaitement, & le ſecond qui
me pique le plus, la peur que j'ay
que le Prince Arimandre (que
vous ſçauez eſtre fort adroit)n'emporte l'auantage ſur moy ; C'eſt à
raiſon de cela que j'ay deſiré vous
voir, pour prendre voſtre auis, &
vous mettre de ma partie.

Ferdinand luy baiſa la main,
& luy rendit graces tres-humbles

de l'honneur qu'il luy faiſoit ; puis
luÿ dit en ſoûriant: Seigneur, voſtre émulation eſt fort juſte; la vertu qui ſe perfectionne à l'exemple de celle d'autruy, eſt toûjours
loüée. Apres , ils appellerent
Mirande auec d'autres Cheualiers, des plus adroits de la Cour ;
& tous enſemble prirent reſolution, que le lendemain des nopces
on feroit vne courſe de bague, &
que le Dimanche ſuiuant on com-
battroit à la barriere. Or comme
ils n'auoient point de temps à
perdre , ils en firent le deſſein à
l'heure meſme. Le Prince Adimante leur ordonna les couleurs dont
ils deuoient eſtre habillez ; & ce
furent celles d'vne jeune Princeſſe
de ſa maiſon , qui s'appelloit Nimphale , dont il commençoit d'eſtre
amoureux. Ferdinand fût vn peu

mortifié en la joye qu'il auoit prife
de cette occafion, ne fe voyant pas
libre de choifir la couleur qu'il deuoit porter; Mais comme il auoit
fouuent épreuué, que dans les occafions qui fe paffent en la vie, on
y rencontre plus d'amertume que
de douceur, il en paffa le déplaifir
plus legerement, & ne fongea
qu'à fe mettre en eftat de pouuoir
accroiftre l'enuie que le Prince
Arimandre témoignoit auoir contre luy.

Mirande s'en alla tout auffi-
toft donner auis au Prince Arimandre, de la refolution qu'il auoit
prife, lequel l'a reçeut fort agréablement, & d'autant plus qu'il pre-
fumoit d'y emporter le prix fur les
autres. Don Diego eftoit à fa chambre, à l'arriuée de Mirande; & comme il s'en fût allé, le Prince luy fît

part de cette nouuelle, & le conuia
d'eſtre de ſa partie ; ce qu'il accepta
auecque plaiſir ; & meſme ayant
ſçeu que Ferdinand eſtoit auec
Adimante , dont la hayne alloit
tous les jours croiſſant. Mais comme Cephas euſt veu ordonner tout
ce qu'il falloit au Prince Arimandre & à ſa trouppe, dont il faiſoit la
dépenſe ; Seigneur, luy dit-il, ie
m'étonne fort de vous voir prendre tant de ſoin des moindres choſes qui vous ſót neceſſaires, & d'oublier les plus importantes de toutes ; Vous eſtes amoureux , dites-
vous, de la Princeſſe Lindamire,
qu'il faut auoüer eſtre la plus belle
& la plus excellente perſonne de
ſon ſiecle ; & vous ne penſez pas à
luy demander vne faueur ? Quelle opinion deuez-vous preſumer
qu'elle aura de vous, ſi elle vous

voit negliger vos propres inte-
refts? Il eft vray, repliqua t'il, que
ie n'y auois pas penſé; mais puis
que vous le treuuez à propos, ie
vous ſupplie de la luy demander
de ma part. Seigneur, reprit-il, ſon-
gez-vous bien au commandement
que vous me faites? Ne ſçauez vous
pas que la grace que vous aurez à
la demander, vous la promet auecque honneur. Il treuua mauuaiſe cette réponce, & luy repartit;
Ie ne veux pas en eftre refuſé; S'il
ne vous plaît d'y aller, j'aime mieux
n'en auoir point. Ie m'y en vay
donc, puis qu'il vous plaît, luy répondit Cephas, qui ſçauoit combien difficilement il ſupportoit d'e-
ftre contredit.

Il partit tout à l'inftant, fort
touché de la mauuaiſe humeur de
ſon Maiftre, qui commençoit à ſe

découurir, & se rendit chez le Roy,
qui ne faisoit que de sortir, pour se
promener dás le Parc, où il fût aussi toft, & alla d'abord où estoit la
Princesse, qui joüoit auecque ses
filles. Comme elle l'eust apperçeu,
elle s'arresta, & s'auança d'vn pas
plus lent, du mesme costé dont elle
le vit venir. Il en approcha auecque
respect, & luy dit; Madame, le Prince Arimandre vous demande pardon, d'auoir failly de se treuuer à
la sortie de vostre Palais, pour vous
accompagner en ce lieu; mais d'autant qu'il n'ignore pas que le sujet
qui l'en empesche vous est agréable, il se promet de l'obtenir. Elle
luy répondit auec vne mine in-
differente; Le mariage d'Oristile
leur donne de l'occupation, dont
elle leur est obligée. Ils reçoiuent
beaucoup d'honneur, Madame;

fuiuit-il, de treuuer vne occafion
où leur adreffe puiffe paroiftre deuant vous. La raifon qui les doit
plus juftement fatisfaire , répondit-elle , c'eft que leur vertu y fera veüe de perfonnes plus enten-
duës que moy. Madame , repartit-
il , le Prince Arimandre n'attend
fa gloire que de voftre eftime , & ie
l'efpere auecque luy, s'il vous plaît
de luy accorder la grace qu'il ofe
vous demander, & que voftre juftice luy doit promettre. Elle écouta,
fans l'interrompre , & il pourfuit;
Ie croy , Madame , qu'il peut fans
craindre de vous déplaire, vous fupplier tres-humblement de luy donner vne faueur, pour le jour de la
bague , que le temps , fes peines,
& fes foins luy feront meriter à l'a-
uenir. Ie ne doute nullement, luy
dit-elle, de la verité que vous di-

tes; & j'auoüe de plus, que la gloire qu'il doit attendre en cette occasion, m'en fera receuoir en la portant; mais ie ne me puis dispenser d'accorder ce que vous desirez, sans le commandement du Roy.

Cephas ne fut pas estonné de sa réponce, pource qu'elle estoit juste; mais il le fut bien fort de la froideur dont elle parloit. Il en cacha le sentiment, & luy répondit auec vn visage riant; Madame, ie croy que vous treuuerez bon que ie ne perde point de temps, & que j'aille treuuer le Roy, pour luy rapporter vostre répóce, & implorer sa bonté. Vous pouuez faire ce qu'il vous plaira, luy dit-elle. Cette indifference auecque laquelle il s'en alla, luy mit dans l'esprit diuerses inquietudes, qui s'accordoient toutes à luy faire appre-

hender vn mauuais succez de leur
voyage.

　Comme il fut party, la Princesse demeura vn peu pensiue; puis
elle appella Oristile, & parla toûjours à elle, jusques à l'arriuée du
Roy, qui ramenoit Cephas en
s'appuyant sur luy. Il separa sa fille
d'auecque ses Dames, & fût quelque temps à s'entretenir auec elle;
puis il rappella Cephas, & luy dit.
Allez treuuer vostre Maistre, & l'af-
seurez que sa requeste luy est accordée. Il eust esté contant, s'il n'eust
aperçeu dans les beaux yeux de
Lindamire vn mouuement dédai-
gneux, qui l'asseuroit que dans ce
consentement, l'obeyssance auoit
gesné sa volonté. A son retour il
treuua Arimandre auecque tous
les Cheualiers de sa partie, qui l'attendoient pour aller chez le Roy.
　　　　　　　　　　　Il luy

il luy rendit conte des paroles qu'ó
luy auoit dites; mais il luy cela ce
que ses soupçons auoient découuert. Arimandre estoit fort aise de
la faueur qu'on luy promettoit,
mais fort en peine du remerciment
qu'il en deuoit faire. Il en consulta
auecque Cephas, puis il fît part
à toute la compagnie, de la bonne
noüuelle qu'il luy auoit aportée.
Tous s'en réjoüirét bié-fort, & luy
dirent, qu'il ne falloit point douter que leur partie ne fût victorieu-
se, puis qu'il les faisoit combattre
sous la faueur de la Princesse Lindamire. Le seul Don Diego en fût
touché, & regarda Arimandre,
comme vn homme emprunté, qui
joüe vn personnage qu'il ne merite pas : il le suiuit neantmoins; &
comme il entra dans le jardin, il
treuua le Roy , qu'il remercia
V

le mieux qu'il pût, de la faueur
qu'il luy faiſoit donner; & apres en
auoir reçeu vne réponce digne de
ſa ciuilité, il le quitta, & s'en alla
où eſtoit la Princeſſe, à laquelle il
dit en l'abordant. Madame, ie ſçay
bien que ie ne puis auoir aſſez de
vie, ny aſſez d'occaſion, pour témoigner le ſentiment que j'ay de
l'honneur que voſtre bonté m'a
fait, en m'accordant vne faueur;
Mais ie croy auecque raiſon, de
pouuoir eſperer que cette meſme
bonté l'obligera à receuoir ce que
ie luy puis offrir, qui eſt vne reſignation abſolüe de toutes mes volontez aux ſiennes. Vous priſez
beaucoup ce qui n'é eſt pas digne,
dit la Princeſſe. Encore que l'o-
beyſſance ait eu plus de part que la
volonté à l'honneur que j'ay reçeu, dit le Prince, ie dois auoüer

qu'en quelque maniere que les
choses puissent estre, sortant d'v-
ne si belle main, elles me sont tres-
glorieuses. Vous auez raison, reprit-elle : les bienfaits qui suiuent
leur ordre, sont les plus auantageux à celuy qui les reçoit. Il demeura muet, pource qu'il n'en
auoit pas tant estudié: Mais sa bonne fortune permit, pour le tirer de
cette confusion, que le Prince Adimante y arriuât, qui leur donna vn
nouueau sujet de parler.

Ferdinand n'étoit pas moins
troublé de le voir aupres d'elle,
comme Arimandre de luy répondre. Estrange manie! ce Cheualier
est vn des plus accomplis de son
siecle, & cependant il abandonne
ses sens à sa passió. Il craint le bien
d'autruy, & ne juge pas que sás folie, il n'en doit attendre aucun auá-

tage : Il voit dans les yeux d'Arimandre vne gayeté non accoûtu-
mée ; & à l'inftant le defefpoir luy
fait apprehender que fon mariage
ne foit accordé. Il cherche Oriftile, & la treuue parlant à Torefte,
vn peu éloignée de fes compagnes : Il approche d'elle, & luy dit.
Pardonnez à l'impatience d'vn
Cheualier, s'il ofe vous diuertir,
pour vous fupplier de luy dire la
caufe de la nouuelle joye du Prince Arimandre : Car ie n'eftime pas
que fans vn puiffant motif, il foit
ainfi forty de fon naturel. Ie fçay
ce que c'eft, dit Oriftile, il y a vne
heure ou deux que Cephas eft venu treuuer la Princeffe, & luy a demandé de la part de fon maiftre,
vne faueur pour le jour de la bague ; Elle l'a enuoyé au Roy ; mais il
n'a pas reçeu l'excufe pour refus.

Il l'eſt allé treuuer, & l'a amené où
eſtoit Madame la Princeſſe, à qui il
en a fait le commandement; Et
comme les déplaiſirs ſont toûjours
moindres apres l'apprehenſion
d'vn plus grand, Ferdinand ne ſentit pas bien fort l'effet de cette
nouuelle; mais il luy répondit. Nos
Dames Eſpagnoles ſont plus glo-
rieuſes : elles auroient fait peu de
cas d'vn Cheualier qui leur auroit
enuoyé demander vne faueur par
ſon Domeſtique. Auſſi eſt-il vray,
répondit Oriſtile, que la Princeſſe
y a treuué bien à redire; mais comme elle eſt judicieuſe, elle a voulu
laiſſer à la volonté du Roy, la diſ-
poſitió d'vne affaire de ſi peu d'importance; Et de plus, elle a creu
qu'il ne ſeroit pas honneſte de luy
refuſer ſi peu de choſe, ayant pris
la peine de venir en ſa Cour.

V iij

Ferdinand prit plaisir à ce difcours, & luy dit. Ie preuois par voftre rapport, qu'elle garde la premiere juftice à foy-mefme; Elle luy
donne le moins, & fe veut confer-
uer le plus, & cette volonté eft raifonnable. On ne la peut blâmer,
dit Oriftile : la Loy n'ordonne pas
d'aymer le prochain plus que foy;
il a paffé la mer, pour lauoir & pour
la rechercher; Elle en fait cas comme d'vn grand Prince; mais non
pas affez pour fe refoudre à l'époufer. Elle a raifon, dit Torefte : car
fa grandeur ny fa beauté ne fçau-
roient mefme empécher la plus vaine perfonne du monde, de ne s'ennuyer auecque luy, s'il y demeure
plus d'vne heure. Iugez donc que
feroit cette belle Princeffe, s'il falloit qu'elle dépendît de luy toute
fa vie : elle l'a trop connu pour s'y
hazarder.

Ce jour se passa en pareils discours ; & comme celuy des nopces
de la belle Oristile fut venu, toute
la Cour fût parée ; Le Roy mena
la mariée, qu'on jugea fort belle ;
mais la Princesse Lindamire y parut comme vn Soleil en son Orient.
Elle estoit conduitte par le Prince
Arimandre, qui estoit fort beau &
bien vestu, mais qui ne disoit mot.
Il marchoit apres le Roy; & à costé
de Lindamire, estoit la Princesse
Nimphale, accompagnée du Prince Adimante son frere, qui auoit
obtenu ce jour-là permission de la
seruir, & dont la beauté naissante
ne deuoit gueres à celle de Lindamire. Bien à peine furent-ils entrez
dans l'Eglise, que Ferdinand &
Don Diego s'imaginerent d'estre
rauis dans le Ciel : car ils n'auoient
jamais veu en mesme lieu vne pó-

pe ſi ſuperbe, ny vn ſi grand nombre de belles perſonnes. Ferdinand
feignant de ſe vouloir approcher
de ſes deux amis, & de les voir
épouſer, ſe mit à coſté de la Princeſſe Lindamire, où le ſilence d'A-
rimandre luy fît entreprendre de
luy dire. Il eſt impoſſible, Madame, d'entrer en ce lieu, & de ne
croire pas que Dieu n'y répande
vne partie de ſa gloire. Cette penſée, dit Arimandre, eſt digne d'vn
eſprit releué comme le voſtre; mais
comme il auoit le ton mocqueur,
Ferdinand luy répondit. Ie l'ay aſſez judicieux, pour ſçauoir priſer
les choſes dans leur valeur. Ie le
croy, dit Arimandre : car la bonne
opinion que vous auez de vous, eſt
ſi forte, qu'elle paſſe juſques à moy,
& me fait vous plaindre de ce que
la Fortune, qui vous a coupé les aiſ-

les, vous empéche de fuiure les éleuations de vos defirs. A prenez, fuiuit-il, d'vn ton audacieux, que ie
fuis de ceux à qui elle ne peut nuire, ny les empécher d'eftre en l'e-
ftime des honneftes gens. La Princeffe les ayant veus rougir tous
deux, d'vne parole grandement
douce, dit au Prince Arimandre.
Vous auez raifon de treuuer à dire, que la Fortune ait paru ennemie
de ce Cheualier, qui de fa part dit
vray auffi ; fa vertu ne releue point
d'elle; mais ie vous prie & l'vn &
l'autre de confiderer combien elle a efté fauorable à ces deux perfonnes qui fe marient : car on ne
fçauroit voir l'image du contentement en nul lieu mieux reprefen-
tée, qu'elle eft dans leur vifage. Ils
font bien-heureux, dit Arimandre;
& comme Ferdinand vouloit par-

ler, la Meſſe commença, ce qui les fit taire tous deux.

La journée ſe paſſa ainſi, juſques apres le ſouppé, où il n'y euſt rien que des choſes ordinaires. Mais lors que le bal voulût finir, il entra dans la Sale vn grand Geant, accompagné de deux petits nains, qui s'approchant du Roy mit vn genoüil à terre, & luy dit. Grand Roy, l'ornement de la terre, & la merueille de nos jours; ſix Cheualiers ſont partis de l'Orient, reſolus ſous la ſeureté de vos armes, de faire auoüer auecque la pique & l'épée à tous ceux de voſtre Cour, que la Princeſſe Nimphale eſt la plus belle du monde. Ils ſont les bien venus, répondit le Roy, & ne doiuent rien craindre que la valeur de ceux qui leur maintiendrót le contraire. Cela fait, le Geant jetta ſon

gantelet, que le Prince Arimandre
releua; puis la Princeſſe Lindamire
ſe retira, & les Dames allerent au
coucher de la mariée.

Le lédemain tous les Cheualiers
de la Cour ſe preparerent pour
courir la bague, & les Dames pour
paroiſtre les plus belles qu'il leur
ſeroit poſſible. La hayne que le
Prince Arimandre portoit à Ferdinand, auoit ſi fort alumé ſon ſang,
& tellement échaufé ſon eſprit,
qu'il en eſtoit plus éloquét & plus
hardy, à receuoir luy-meſme la faueur qu'on luy auôit promiſe. Le
Roy eſtoit à la chambre de ſa fille
quand il y entra; Il s'auança pour
le receuoir, & luy dit; Vous venez
icy, à mon auis, pour demander
l'effet de noſtre parole; il faut s'en
acquitter. C'eſt vn hóneur, dit Arimandre, que j'eſſayeray de meri-

ter, & que voſtre bonté me fait accorder. La Princeſſe s'approcha, &
prit vne écharpe des mains d'vne
de ſes filles, la plus belle qui ſe pouuoit voir: l'ouurage en eſtoit excellent, fait d'argent, & d'vne ſoye
jaune, qui paſſoit le luſtre de celle
de Bengale ; puis elle la donna au
Prince Arimandre, qui luy baiſa la
main, & luy dit. Madame, ſi j'éporte
quelque auantage ſur les Cheualiers de voſtre Cour, l'honneur en
ſera deu à la grace que ie reçois.
Voſtre adreſſe vous le doit plus ju-
ſtement promettre, luy dit elle;
Mais pource que l'heure les preſſoit, leur diſcours en finit là. Incontinent apres que la grande chaleur
du jour fût paſſée, le Roy & toutes
les Dames monterent ſur les échafaux preparez. Il voulut que ſa
chaire fût miſe au milieu du ſiege

de la Princeſſe ſa fille, & de la mariée qui deuoit donner la bague.

    Ils n'y eurent gueres demeu-
ré, qu'Arimandre fit ſon entrée.
Les premiers qui parurent, furent
ſix Pages, montez ſur des cheuaux
blancs, le harnois fait de toille d'argent jaune paille, couuerte d'vne
broderie fort delicate, & l'habillement des Pages eſtoit de meſme couleur. Apres, venoient ſix
Eſcuyers, ayant leurs cheuaux de
meſme poil, & tenant chacun vne
lance à la main. Les ſix Cheualiers
les ſuiuoient, & le Prince Arimandre eſtoit le premier, monté ſur vn
cheual parfairement beau, & dont
le poil paroiſſoit argenté aux rayós
du Soleil. Il auoit vn habillement
d'argét & de jaune, ſa faueur au bras
droit, & la mine ſi releuée, qu'il
gagna le cœur de toute la compa-

gnie, reſerué celuy de Lindamire,
qui ne priſoit les choſes que par les
effets, & non par les apparences.
Comme il fut au deſſous de l'échafaut du Roy, il fît manier ſon cheual à cabrioles, auec tant de grace,
que le Roy dit à la Princeſſe; Que
vous ſemble de ce Prince? il paroiſt
bien dans cette action. Il eſt vray,
répondit-elle; ſi l'eſprit eſtoit auſſi adroit que le corps, il corrigeroit
la mauuaiſe humeur qu'il a quelquefois, & ſe rendroit encore plus
digne d'eſtre loüé, qu'il ne fait à
cette heure.

Apres que cette troupe euſt
paſſé, le Prince Adimante entra
dans les lices, auecque le meſme ordre; Sa liurée eſtoit de verd naiſ-
ſant, & de couleur d'aurore. Ils marchoient deux à deux; & comme la
pente de ſon inclination alloit à

Ferdinand, auſſi l'auoit-il choiſi
pour eſtre pres de luy. Ils auoient
tous des cheuaux de poil marbré,
de couleur approchante de leur liurée, & eſtoient fort bien veſtus,&
de belle taille. Ils paſſerent deuant
le Roy, faiſant manier leurs cheuaux. Adimante pouſſa le ſien deuant la Princeſſe Nimphale, où il
ne parût pas moins adroit que le
Prince Arimandre : mais il fût regardé beaucoup plus fauorablement de ſa Dame, que l'autre n'a-
uoit eſté de la ſienne. Ferdinand,
qui ne cedoit à pas vn, ny en mine
ny en adreſſe, feignant de ſe reculer, par reſpect du Prince Adimante, s'arreſta deuant la Princeſſe, où
il fît manier ſon cheual, ſi bien, &
de ſi bonne grace, que ſans eſtre
flateur, on ne luy pouuoit refuſer
le prix ſur ceux qui l'auoient de-

uancé; ce qui donna fujet au Roy
de dire à la Princeffe. Toutes les
actions de ce Cheualier femblent
nous répondre, qu'il eft veritablement né d'vne tige Royale. Il eft
certain, dit la Princeffe, qu'il s'en
treuue peu qui fçachent foûtenir,
comme il fait, vne mine fi hautaine
dans vn tel abaiffement de fortune: Car ne femble-t'il pas à le voir,
que c'eft luy qui diftribuë les faueurs & les biens aux autres, au lieu
de les receuoir? Affeurément, âjoûta le Roy, le Ciel luy referue quelque chofe de grand. Ils s'impofe-
rent filence pour regarder le Prince Arimandre, qui fit la premiere
courfe d'auffi bonne grace, qu'il
auoit fait fon entrée. Don Diego
le fuiuoit, qui s'en acquita fort bien
auffi. Apres que toute cette troupe euft couru, le Prince Adimante en-

té entre dans la lice, ayant la faueur de sa Dame au bras, dont la
main tenoit sa lance; & auec autant de bonheur que de grace,
en cette premiere course il emporta la bague. Le Roy & la Princesse
Nimphale en rougirent de joye;&
encore que Ferdinand luy enuiast
l'honneur qu'il auoit reçeu, il fût
bien aise du déplaisir que le Prince
Arimandre en deuoit sentir, pource qu'il s'estimoit beaucoup meilleur gendarme que luy. Il le suiuit,
& sa course fût si belle, que l'ap-
plaudissement general de l'assemblée, empêcha d'aperçeuoir qu'il
n'auoit donné qu'vne atteinte à la
bague. Le reste de la troupe eust le
mesme malheur; & déja tous les
Courtisans commençoient à donner la bague au Prince Adimante,
lors qu'à la seconde course le Prin-

X

ce Arimandre l'emporta, & apres
luy Don Diego. Quand Adimante
fût retourné à son rang, il laissa son
premier bonheur à Ferdinand, qui
l'emporta:& ainsi les vns apres les
autres ayant acheué leurs courses,
la Fortune laissa la dispute entre
Arimandre & Ferdinand, qui par
vne juste émulation ne se pouuoient souffrir. Ils en firent encore
deux où le sort balançoit; mais enfin Arimandre l'emporta, dont il
eust plus de joye, que s'il eust ga-
gnĕ vn Royaume. Ferdinand le suiuit, pour entendre la harangue
qu'il feroit à la mariée, presumant
qu'il auroit dequoy se consoler:
Mais comme il fût proche de la belle Lindamire, il prit vne autre pensée, & s'arresta pour la regarder.
Comme elle s'en fût apperçeüe,
elle luy dit; Vous auez senty au-

jourd'huy que la Fortune n'a pas
esté neutre entre le Prince Arimandre & vous. Il y a long-temps,
Madame, reprit il, que ie sçay que
c'est vne aueugle, qui ne fait cas
que des richesses qu'elle peut toucher, & passe sur la Vertu, qu'elle ne
voit pas. Elle se mit à soûrire, & luy
dit ; Les bons esprits treuuent toûjours en eux-mesmes le remede de
leurs déplaisirs. l'épreuue, Madame, répondit-il, que le mien est
fort indigne de ce titre, puis qu'il
m'en laisse souffrir de bien amers
sans les soulager. Ce qui me paroist
vous deuoir fâcher, luy repondit-
elle, ne merite pas, à mon auis, de
toucher vn courage comme le vostre, puis qu'il est plus aisé de reprendre vn chemin connu, que
d'en suiure vn où le sort nous conduit. Il demeura vn peu à répon-

dre ; après attachant sa veüe sur
ses beaux yeux, il luy dit. Ie dois ,
Madame, comme le Prophete, demander à Dieu qu'il me deffende
d'vn mal estranger & secret, &
neantmoins bien sensible.

Le Prince Arimandre ayant
demandé & reçeu la bague, s'a-
perçeut que Ferdinand parloit à
la Princesse auec vn visage enflammé ; ce qui le mit aussi-tost en
mauuaise humeur, si bien qu'il
s'approcha d'elle, & luy dit. Madame, ce Cheualier a éprouué aujourd'huy, que toutes choses doiuent ceder où paroissent vos fa-
ueürs. Ie l'auoüe, dit Ferdinand, &
que celle que vous portez au bras,
a esté l'Estoille de vostre bonheur.
La pensée en est hardie, répondit-
il. Elle est juste, pource qu'elle est
vraye, âjoûta Ferdinand. Lindami-

re auecque cette prudence qui ré-
gloit toutes choſes, leur dit ; j'im-
poſe ſilence aux loüanges que vous
me donnez ; noſtre climat eſt ennemy de la vanité : prenez deſormais d'autres ſujets, pour parler deuant moy. A ces paroles l'vn &
l'autre furent muets ; mais chacun
demeura ferme en ſon inimitié, &
la compagnie fût ſeparée pour ce
jour-là.

Cependant Arimandre, qui
auoit beaucoup de gloire, & peu de
jugement, n'auoit autre penſée
que celle de treuuer le moyen de
perdre Ferdinand ; Et comme la
malice eſt induſtrieuſe, il s'auiſa
de Don Diego ; & creut que ce luy
ſeroit vn ſujet fort propre, pour
paruenir à ſa fin ; pource qu'il auoit
reconnu parmy eux vne certaine
enuie, dont il ne deuinoit pas la

cauſe, mais qui rendoit leur amitié plus apparente que veritable.
Deſlors il luy redoubla ſes flatteries; & il auint deux jours auparauant le combat de barriere, que le
Roy ſuiuy de toute la Cour, s'alla
promener vn ſoir ſur la riuiere,
auec vn concert de muſique tres-
excellent.

　　Le Roy & les Dames eſtoient
ſur vne galere ſuperbement ornée;
le Pilote, les Mariniers, & les Eſcla-
ues, tous vétus d'argent, & de jaune. Il auoit choiſi vne élite de Dames & de Cheualiers, pour eſtre
ſur la poupe, où nos deux Eſtrangers furent du nombre. La muſique fît pour vn temps ſon effet ſur
les eſprits de la compagnie; Mais
comme ce doux & harmonieux ſon
euſt ceſſé, ils retournerent dans
leur premier deſordre. Arimandre
eſtoit aupres de Lindamire, qui

auoit à ſa main gauche la Princeſſe
Nimphale, & derriere elle la belle
Oriſtile, que Ferdinand entrete-
noit; Et comme Lindamire eſtoit
la plus diſcrette de ſon âge, elle demeura quelque temps à ſouffrir le
ſilence d'Arimandre, ou quelque
fâcheux diſcours qu'il luy faiſoit
par interualle. Mais enfin elle s'en
laſſa, ſoit qu'elle apprehendât de
déplaire à ſon frere, qu'elle voyoit
parler à Nimphale, en le diuertiſ-
ſant, ou que ſes inclinations fuſſent entieres ſur Oriſtile; mais ſouuent elle ſe tournoit pour parler à
elle,& Ferdinand, qui en eſtoit proche, ne failloit pas d'y prendre
part. Ce fût alors qu'Arimandre
fût deſeſperé; il n'euſt pas aſſez de
reſolution, pour s'en prendre au
Cheualier; mais il euſt aſſez d'audace, pour en faire la mine à la Prin-

ceſſe. Elle le connut ; & luy par ſe
mouuement de ſes yeux , jugea
bien qu'elle s'en mocquoit auecque Oriſtile. Ce qui luy déplût ſi
fort, qu'eſtant retiré le ſoir, il enuoya querir Cephas , & luy dit. Le
Roy mon pere m'a fait grand tort,
de m'auoir enuoyé icy , pour épouſer la Princeſſe Lindamire. On dit
que les Princes ſe doiuent marier,
pour l'auantage de leurs Eſtats ;
quelle vtilité les noſtres peuuent-
ils receuoir de ce mariage? Puis que
ceux de ce païs ſont ſi fort reſeruez
en eux-meſmes , & qu'ils n'ont autre penſée que de ſe conſeruer dans
la tranquilité où ils viuent, on n'en
doit eſperer que de l'argent , dequoy nous ne manquons pas. Ie ne
vous le cele point ; ie voudrois n'e-
ſtre jamais venu en ce lieu.

Cephas , qui auoit déja connu

la cause de sa mauuaise humeur,
luy répondit ; Seigneur, entre tous
les malheurs des hommes, le plus
dangereux est celuy qui les aueugle en la vraye connoissance de
leur bien, & qui leur fait opinia-
trément soûtenir toutes les propo-
sitions qui les contentent, sans
considerer que bien souuent elles
leurs sont contraires ; Mais pouuez-vous douter, Seigneur, que le
Roy vostre pere, qui est vn des
plus aduisez Princes du monde,
n'ait meurement deliberé en son
Conseil, sur le dessein de vostre
mariage ; que l'accroissement des
Estats, & l'abondance des richesses n'en sont pas toûjours le bon-
heur. Il vous a veu en âge de vous
marier ; Il a jetté les yeux sur cette
Princesse, & l'a jugée telle qu'il la
pouuoit desirer, tant pour vostre

contentement propre, que pour le
bonheur de ses Prouinces. Il vous a
enuoyé pour la rechercher ; D'a-
bord vous n'y auez rien treuué à
redire, & à cette heure vous dites
qu'il vous a fait tort ; ie ne connois
pas en quoy. C'est qu'il ne vous
plaist pas, âjoûta le Prince : car ne
voyez-vous point qu'elle me méprise, & qu'elle parle plûtost à vn
estranger qu'à moy ? Pardonnez-
moy, reprit Cephas, si ie me dispése
de vous dire, qu'elle y est contrainte quelquefois ; vous demeurez
trop pensif auprès d'elle ; cela lasse
volontiers vn bon esprit ; prenez
garde qu'elle n'en fasse de faux jugemens ; & ne doutez nullement
que lorsque vous prendrez soin de
luy plaire, vostre personne & vostre naissance, ne soient d'assez
puissans motifs pour luy faire arre-

ſter les yeux & la penſée ſur vous,
Ie fais ce me ſemble, dit Arimandre, tout ce que ie dois faire; &
en meſme temps il s'en alla, laiſſant Cephas, l'eſprit fort agité par
la crainte des maux qu'il commençoit à preuoir, & où ſes adreſſes ne
pouuoient remedier, d'autant qu'il
en gâtoit plus qu'il n'en pouuoit
accommoder.

Arimandre, le cœur enflammé
de hayne & d'enuie, prit à l'heure
meſme Don Diego, qui eſtoit en
ſa chambre, le mena ſeul dans ſon
cabinet, & luy dit. Declarez-moy,
ie vous prie, de quelle race eſt iſſu
Ferdinand, que ie voy ſi preſom-
ptueux? N'auez-vous pas connu
qu'il eſt amoureux de la Princeſſe
Lindamire? Seigneur, luy répondit Don Diego, il ſe dit eſtre iſſu
d'vn Pierre le Cruel, Roy de Caſtil-

le, que ſon frere bâtard mit à mort,
& ainſi il vſurpa l'Eſtat ſur les legitimes heritiers; c'eſt à raiſon de cela qu'il peut bien auoir eu vne ſi
haute penſée, dont ie le plaindrois
neantmoins, pource qu'elle ne luy
feroit que du mal. S'il eſtoit de vos
amis, ſuiuit Arimandre, vous auriez quelque raiſon; mais comme
ie ſçay que vous n'en auez pas ſujet, j'en blâmerois volontiers la
bonté; ou bien vous ignorez qu'il
ſe mocque tous les jours de vous
auec Oriſtile.

La jalouſie auoit tellement
preparé l'eſprit de Don Diego à
receuoir toutes les impreſſions
qu'on luy voudroit donner de
Ferdinand, qu'il creut aiſément ce
menſonge; & luy dit, d'vn rire
mocqueur. Il luy faut pardonner :
c'eſt vn homme d'imagination,

dont ie ne puis eftre offencé, & qui
de plus ne l'oferoit auoir entrepris
en ma prefence. A l'heure mefme,
il laiffa Arimandre fort fatisfait,
d'auoir femé vne fi grande haine
entre ces deux Eftrangers, & s'en
alla à fon logis, où par bonheur il
treuua Don Laurens & fon Efcuyer. Il les prit tous deux à part,
& leur dit. Vous ferez eftonnez
d'apprendre, que le changement
de lieu, ny l'eftat de noftre fortune prefente, n'ont pû arracher du
cœur de Ferdinand l'enuie naturelle qu'il a contre les perfonnes
de valeur; & apres il leur conta ce
qu'il auoit appris d'Arimandre, &
s'en émeut d'vne telle fureur, qu'il
ne pût s'empécher de leur dire. Ie
ne fçaurois mourir plus glorieufe-
ment, qu'en faifant perir vn homme fi lâche, qui penfe releuer fa

vertu en blâmant ceux qui valent
plus que luy. Donnez-moy mon
épée, dit-il à son Escuyer, ie m'en
vay le chercher, & où ie le trouue-
ray, ie luy feray mettre la main à la
sienne. Il me semble, Seigneur, répondit Don Laurens, que quand
vous seriez au milieu de l'Espagne,
vous ne pourriez pas faire vne entreprise plus hardie. Ne sçauez-
vous pas que la coûtume des lieux
a ses vertus particulieres, qu'elle
fait priser sur les autres ? L'Europe
donne le nom de valeur aux actiós
temeraires; Mais icy, où toutes choses suiuent la Raison, vous ne pouuez douter que lon ne tienne pour
folie, ce que vous entreprenez de
faire. Souuenez-vous de ce que
vous auez ouy dire il y a long-téps;
Que celuy qui donne à sa cholere
le châtiment d'vne offence, punit

le vice par le vice mefme. Ne vous
laiffez donc pas emporter à la foibleffe d'vn mouuement fi déréglé,
& confiderez auec quel motif le
Prince Arimandre vous a tenu ce
difcours. Vous fçauez auecque
toute la Cour, qu'il n'aime pas Ferdinand; peut-eftre eft-il bien aife
de vous perdre tous deux ; foyez
plus fage qu'il n'eft malicieux; &
ne faites point d'action qui vous
puiffe mettre dans le mépris de
perfonnes fi prudentes comme celles qui font icy, où déja le Prince
Arimandre n'eft pas en bonne
odeur, & qu'on tient pour auoir
l'efprit fort inuentif en chofes
mauuaifes; ce qui me fait doûter
de tout ce qu'il vous a dit: Car il y a
peu d'apparence que Ferdinand fe
fût oublié foy-mefme, & qu'il
n'euft pas connu l'importance d'v-

ne mocquerie parmy des gens qui
n'en ont point d'víage.

Don Diego vn peu reuenu à foy,
& s'aperceuant de la verité de fes
paroles; I'ay regret, luy dit-il, de
vous auoir donné fujet de me croire indiſcret, pour m'eftre fi legerement emporté fur le rapport
d'vn efprit malicieux; l'authorité de
fon nom, & quelque mauuaiſe diſpoſition que ie pouuois auoir,
m'ont fait tomber dans cette faute;
Neantmoins mon honneur m'o-
blige à vous prier de faire ſçauoir à
Ferdinand ce que le Prince Arimandre m'a dit, affin que par ſon
defaueu, il demeure confus en ſa
malice, & ma réputation nette
dans l'efprit de ceux qui pourroient ſçauoir ce qui s'eſt paſſé.

Don Laurens partit à l'heure
meſme, & treuua Ferdinand à ſon
logis,

logis, qui venoit donner ordre aux
choses necessaires pour leur combat de barriere. Comme il vid entrer Don Laurens, il s'auança au
deuant de luy, l'embrassa, & luy dit.
Ie suis bien aise de vous voir; vous
estes venu fort à propos, pour m'ai-
der à ce que j'ay à faire. Don Laurens sans luy répondre, le tira à vne
fenestre, & luy conta ce qui s'étoit
passé entre le Prince Arimandre &
Don Diego, sur son sujet, & puis il
luy dit. Le bruit de la Cour m'auoit
bien fait sçauoir la hayne que vous
portoit ce Prince ; mais comme la
conduitte des hommes y est si bien
réglée, j'auois creu que pour peu
de desordre qui leur parut, ils le
contoient pour beaucoup : Maintenant dans le dessein qu'il a de
vous perdre tous deux ; ie voy sa
malice au plus haut poinct qu'elle

Y

sçauroit estre ailleurs. Ferdinand
l'ayant bien entendu, luy répondit. Que dit Don Diego de cette
imposture? Qu'il vous estime trop
sage pour l'offencer sans sujet, répondit Don Laurens. Il a raison, repliqua Ferdinand: ie ne suis pas si
ignorant, que ie ne sçache l'interest que l'vn &l'autre deuons auoir
de cacher nos deffaux, plûtost que
de les faire voir aux personnes qui
en ont si peu ; Mais ie ne puis comprendre que Cephas qui est si sage,
ne donne de meilleures instructiõs
à ce jeune Prince, & qu'il le laisse
amuser à ces malices. Ie croy qu'il
y est bien empéché, dit Dõ Laurés;
La Nature appuyée de sa qualité,
est peut-estre plus forte que ses remonstrances. Laissons-le auecque
ses deffaux, âjoûta Ferdinand,& asseurez, s'il vous plaît, Don Diego,

que ie suis aussi veritable qu'il est
vertueux, & que ie ne diray jamais
rien qui l'offence.

Don Laurens rapporta cet-
te réponce à Don Diego, qui en
demeura fort satisfait; & le lendemain à l'heure que les Dames &
toute la Cour furent dans les Iardins, Ferdinand & Don Diego y
allerent ensemble; apres s'estre
veu chez Don Laurens, & auoir appris par ses remonstrances l'interest qu'ils auoient de paroistre toûjours bons amis, & les plus appro-
chans qu'il leur seroit possible, des
perfections de ceux du climat; Et
d'autant, leur disoit-il, qu'ils ne
reçoiuent pas legerement leurs
impressions, ils veulent que leur
connoissance soit confirmée par
des preuues que la Raison tienne
asseurées, & où elle demeure fer-

me, la durée de la vie ne suffisát pas
pour les effacer; Ce qui l'obligeoit,
cócluoit-il, à les supplier tous deux
de s'en souuenir. Ferdinád loüa ses
auis, & y âjoûta qu'il seroit à propos, que Don Diego & luy, fissent
entendre à Oristile & à Toreste, les
choses qui s'étoient passées, affin
de se conduire par leur auis, & non
par le mouuement de leur courage, qui les pourroit faire faillir.

Son opinion fût aprouuée, &
de ce pas ils se rendirent dans l'allée où Toreste se promenoit tout
seul. Ils l'aborderent incontinent;
& alors Don Diego en la presence
de Ferdinand, luy fît le discours
qui s'étoit passé entre Arimandre
& luy. Toreste en demeura muet,
& Ferdinand prenant la parole, luy
dit. Arimandre doit plus priser le
titre de Cheualier, que celuy de
Roy, puis que l'vn signifie la va-

leur & le courage de l'homme , &
que l'autre eſt donné des mains
de cette Dame de bonne maiſon ,
qui s'abandonne ſouuent, dit-on, à
des valets ; C'eſt pourquoy ie ne
croy pas qu'Arimandre m'ait voulu impoſer vn tel menſonge , pour
n'eſtre deliberé de m'en faire raiſon. Il eſt certain auſſi que dans
mon pays , ie ſerois indigne d'en
porter le nom , ſi j'auois negligé
l'occaſion de l'obliger à m'en ſatis-
faire : Mais pource que les coûtu-
mes ſont differentes de celles d'icy,
& que le deuoir m'ordonne d'en
garder la Loy, nous ſommes venus
vous treuuer, pour vous ſupplier
de vouloir conſiderer la qualité de
l'offence, & la malice de celuy qui
l'a faite, affin de me conſeiller comme ie me dois conduire pour n'e-
ſtre point lâche, & pour garder le
Y iij

respect que ie dois au Roy.

Toreste demeura vn peu pen-
sif, puis il luy répondit. Plus ie songe à ce que vous me dites, & plus il
me semble que l'affaire est digne
de mépris. Il arriue souuent, que
par legereté, ou par maniere de pas-
setemps, les Princes tiennent de
semblables langages, pour broüil-
ler ceux de leur Cour. Dequoy les
plus habilles se mocquent, & sou-
uant eux-mesmes ne s'en souuien-
nent pas, vne heure apres qu'ils en
ont parlé. Toutefois ie me représ, &
croy, puis qu'il paroist qu'Arimandre ne vous aime pas, que l'affaire
en doit estre mieux consideree, &
jugée par vn esprit plus puissant
que le mien. Donnez-vous patience, & ie vous promets dans demain
matin, de vous apporter l'auis de
la Princesse Lindamire.

A ce nom, tous deux n'eurent
point de replique. Cependant Arimandre impatient de sçauoir quelque bon effet du venin dont il pen-
soit auoir empoisonné le cœur de
Don Diego, regardoit de toutes
parts s'il le verroit venir ; Mais
l'ayant aperçeu dans vne allée
auecque Ferdinand & Toreste, à
l'instant le sang luy glaça, de crainte qu'il ne fût découuert, & qu'ils
ne se fussent accordez. Oristile le
voyant pâle, creut d'abord qu'il se
treuuoit mal, & luy demanda ce
qui en estoit. Il l'asseura que non ;
mais feignant d'auoir quelque affaire pour le lendemain, qui estoit
le jour du combat; il se retira bien-
tost apres, & passa dans l'allée où
estoient ces trois Cheualiers, qu'il
salüa fort courtoisemét, & prit Dó.
Diego par la main. Il l'emmena

auecque luy ; & comme ils furent
separez des autres, il luy dit. Ie
vous vis hier les yeux si ardans,
lors que vous me quittâtes ; que
depuis j'ay apprehendé qu'il n'y
eust quelque broüillerie entre Ferdinand & vous, sur le discours que
ie vous auois tenu ; Ce n'est pas
que ie le considere pour m'en sou-
cier, ny que ie doute que vostre
valeur n'eust bien-tost raison de la
sienne ; mais vous sçauez combien
la Princesse Lindamire ayme Oristile ; & ie craindrois, pource qu'elle y est nommée, qu'elle ne le treü-
uât mauuais. Seigneur, luy répondit Don Diego, d'vn ton mocqueur, le mesme respect qui vous
fait craindre, m'a empéché de parler ; ne vous en mettez plus en peine, s'il vous plaît. Ferdinand &
moy, sçaurons bien cacher nos dif-

ferents jufques en noftre pays : car
il ne feroit pas jufte que nos que-
relles en troublaffent vn fi paifible
que celuy-cy : Vn peu apres ils fe
feparerent.

Cependant Torefte & Ferdinand ayant veu retirer Arimandre,
allerent où eftoit Lindamire, qui fe
mit à rire regardant Torefte, tant
elle euft de joye de fe voir deliurée
d'Arimandre : Mais comme elle
euft appris l'artifice dont il s'étoit
feruy pour faire venir aux mains
ces deux Cheualiers ; l'auoüe, leur
dit-elle, que ce que vous me con-
tez me furprend. l'auois bien leu
qu'auparauant que la lumiere de
l'Euangile euft paru fur la terre, la
vertu la plus facrée entre les Heros
eftoit la Vangeance ; & les fçauans
en font vne fable, où ils veulent
qu'Achille apres fa mort reuienne

au monde, & qu'il déchire de ſes
propres mains vne jeune fille, la
derniere de la race de Priam ſon
ennemy ; Mais de voir vn Prince
Chreſtié ſans eſtre offécé, violer les
droits d'Hoſpitalité, & vouloir perdre par ſes artifices, deux Cheualiers d'vne ſi éminente valeur; cela
eſt, ſi ie ne me trompe, autant ſans
exemple, comme ſans raiſon. Puis
donc que leSage peut par moderation d'eſprit, profiter de tout ce
qui luy arriue, ie vous conſeille, dit-
elle à Ferdinand, d'eſtre maiſtre de
vos ſentimens en cette occaſion; &
ne doutez pas que le mépris que
vous ferez de ſa malice, né vous
donne plus de gloire, que ſi vous
témoignez auoir deſſein de vous
en vanger. Ie ne ſuis pas ſi hardy,
Madame, reprit Ferdinand, que
de contredire vos ſentimens: enco-

re que raisonnablement on deût
craindre que cét esprit animé par
vne presomptueuse pensée d'estre
nay fils de Roy, se persuade de
nous auoir fait peur, & que nous
n'oserions mettre sa vie dans le sort
des armes, apres l'auoir veu si là-
chement disposer des nostres.

Cette apprehension est digne
de vostre courage, suiuit la Princesse ; mais si vous en apellez à vostre iugement, il vous apprendra
que l'effet en seroit perilleux. Vous
n'ignorez pas qu'Arimandre est
icy sur la foy du Roy, & que vous
mesme, tant que vous y demeure-
rez, serez sujet aux loix du pays,
tres-rigoureuses en semblables
éuenemens. Ferdinand s'inclinant
deuant elle ; Ie confesse, Madame,
luy dit-il, que l'habitude que j'ay
faite depuis ma naissance, & le

mouuement de mon cœur, tres-
impatiét à souffrir vne injure, m'ót
fait faillir au plus legitime de mes
deuoirs, & m'ót empéché de juger
que la personne de ce Prince me
doit estre sacrée, puis que la Prouidence diuine l'a choisi pour posseder le plus beau & le plus diuin sujet de la terre. A ces mots, elle se
mit à soûrire; Et regardant Oristile; Ie passe, dit-elle, sur ces loüanges flateuses, où ie ne puis prendre
part que dans vostre intention ;
mais ie croy vous pouuoir asseurer
que vous n'estes pas sçauant sur ce
qui me doit auenir: car ie me trompe, ou le Ciel en ordonnera autrement que vous ne le proposez. Madame, luy répondit Ferdinand, j'o-
se bien vous asseurer, que ie ne me
plaindray jamais de cette ignorance. Durant ce discours, Oristile

protestoit à Don Diego, que Ferdinand auoit toûjours parlé de luy, comme d'vn Cheualier d'excellente vertu, dont il demeura satisfait; Et pource qu'il estoit tard, le Roy se retira, & nos Cheualiers resolurent de ne parler plus de leur broüillerie. Le Prince Adimante alla conduire sa Maistresse au Palais de sa sœur, où elle logeoit; & Ferdinand ne perdit pas l'occasion de le suiure, ny de se tenir auprès de Toreste, qui menoit la belle Lindamire.

Le lendemain chacun se prepara pour le combat. Il y auoit quatre parties; La premiere, estoit menée par le Prince Arimandre: la seconde, par Adimante: la troisiéme, par Toreste; & la quatriéme par Mirande. Le soir venu, toutes les Dames se rendirent dans vne gran-

de fale baffe, voûtée d'vne haute
éleuation, & fi éclairée d'vn nombre prefque infiny de lumieres,
qu'il y parut vn nouueau jour. Le
Roy auoit fon échafaut à la main
droite, où il eftoit auecque quâtité
de Princes de fon âge, & de vieux
Cheualiers ; à l'opofite eftoient
la Princeffe Lindamire, la belle
Nimphale, & toutes les Dames de
la Cour ; Et encore que la fuperbe
magnificence des paremens de la
fale paffât tout ce que l'imagination nous peut reprefenter; neantmoins lors que les Dames furent
en leur place, tous ceux de la compagnie n'eurent autre foin que de
les admirer. A l'vn des bouts de la
fale, il y auoit vn grand pauillon
tendu de lames d'argent fort bat-
tuës, de couleur d'aurore, auec
des bandes de broderie affez pres

les vnes des autres, fort delicate-
ment ouurées, sous lequel se deuoient mettre les tenans.

La premiere entrée fût faite
par le genereux Adimante. Il estoit
au plus haut d'vn Rocher, dans
vne belle chaire ; & cinq autres
Cheualiers estoient plus bas assis,
dans des Niches qu'on auoit tail-
lées à l'entour du Rocher. Aux
trois costez de luy, il y auoit des
ouuertures, dont il sortoit des
flammes fort claires, poussées par
vn petit vent, qui les faisoit pan-
cher en forme d'arc. Ses armes &
celles de ses compagnons estoient
d'argét, grauées de flammes. Deux
Lyons ayant les creins herissez, &
les yeux esteincellás, le traînoient ;
& deuant luy marchoient six trom-
pettes habillez de la mesme liurée
du pauillon, & autant de tambours.

qui se répondoient l'vn à l'autre,
auecvne melodie si agréable, qu'elle surprit nos Estrangers, pour n'e-
stre pas accoûtumez à tels instru-
mens. Ils firent le tour de la sale,
auec vn salut fort humble deuãt le
Roy ; Mais comme ils furent pres
de l'échafaut des Dames, Adimante s'inclina fort bas deuant la belle Nimphale; Il est vray que le vaillant Ferdinand luy fît perdre son
lustre, lors qu'il fut en la presence
de Lindamire; & comme les plus
auisez se seruent de l'occasion, il
choisit la Niche, qui se trouuoit au
costé de l'échafaut des Dames,
d'où il luy fît la reuerence de si
bonne grace, que la belle Oristile
se retournant à vne Dame qui
estoit aupres d'elle, luy dit. Ne ju-
gez-vous pas à la mine de ce Cheualier, que la Fortune l'a conduit

icy

icy pour commander à tous les autres. Pour le moins, répondit-elle,
passe-t'il en bonne grace tous ceux
que j'y voy.

A pres cette entrée, suiuit celle
du Prince Arimandre. A l'abord, il
parut vne mer dans la sale, & deux
vaisseaux qui flottoient aux deux
costez d'vne grosse Balaine, qui
fendoit les vagues. En l'vn il y
auoit des flûtes à la mode des Ale-
mans, & en l'autre des cimbales, &
de petits tambours, comme ceux
des Basques. Comme ils eurent
fait le tour, la sale demeura seiche,
& la Balaine ouurant la gueule, il
en sortit six Cheualiers de belle
taille, auec les armes dorées, les
panaches, & toute leur liurée jaune & blanche. Le Roy en treuua
l'inuention jolie, pource qu'elle se
rapportoit au passage qu'il auoit

Z

fait, pour venir dans ses Estats. To-
relte le suiuoit d'assez pres, dans
vn boccage que des Satyres trai-
noient, accompagné de six Cheualiers de mesme taille que la sienne. Sa liurée estoit blanche & verte, & sa musique composée d'vn
nombre de musettes, & de quantité de fort belles voix, où l'art n'a-
uoit rien ajoûté. Mirande fûr le
dernier, qui entra dans vn Chariot de triomphe, tenant Amour
enchaîné à ses pieds, pour mon-
ffrer par là, qu'il se mocquoit de
ceux qui en craignoient la tyrannie. Sa liurée estoit de couleur de
rose & d'argent, & les plumes blan-
ches, auecque la mesme couleur.
Apres que ces premieres en-
trées furent faites, suiuant l'ordre
accoûtumé, ils parurent pour en
faire vne seconde à pied. Le Prin-

ce Adimante, & le genereux Ferdinand marcherent ensemble, tenant vne pique à la main, & leurs
compagnons les suiuoient deux à
deux. Toutes les autres parties firent le semblable ; & apres qu'ils
eurent tous pris leur lieu, Arimandre dit à Don Diego ; Cheualier
passez le premier : ie ne veux ny par
jeu ny par effet, tirer l'épée contre
le frere de ma maistresse. Don Diego, qui n'ignoroit pas le motif de
ce respect, obeyt, & marcha de
bonne grace contre Adimante ;
leurs piques se briserent, & les
éclats allerent jusques au plus haut
de la voûte. Arimandre, Ferdinand,
& leurs compagnons, eurent le
mesme bonheur : chacun mit l'é-
pée à la main ; & le Prince Arimandre, qui auoit vne excellente adresse en tous les exercices du corps,

alla de fort bonne grace contre
Ferdinand, qui ne luy ceda point
en celle de le receuoir. Les deux
premiers coups furent d'égale force; mais au troisiéme, Ferdinand
poussé d'amour & d'ambition de
paroistre tel qu'il estoit, à la veuë de
la Princesse Lindamire, luy donna
sur le haut de la teste vn coup si ferme, & si adroit, qu'il luy fit estin-
celler les yeux, & ployer les genoux. Alors Arimádre plein de fu-
rie, & de dépit, voulut retourner
au combat; mais les barrieres furent ouuertes, ce qui les contrai-
gnit de se séparer. Cét éuenement
fût si bien remarqué de toute l'af-
semblée, que lon prit fort peu garde à ceux qui suiuirent apres; Et
comme les opinions des hommes
sont diuerses, chacun en parloit selon sa pensée; & mesme dans les

échafaux du Roy & des Dames, les
fentimens furent partagez. Celles
qui tenoient le party d'Arimandre, blâmoient Ferdinand, & l'ap-
pelloient prefomptueux, d'auoir
traitté vn fi grand Prince, comme
il euft pû faire vn de fes égaux : jufques à dire qu'vne action fi hardie
faite par vn inconnu, meritoit d'e-
ftre chaftiée. Mais il y en auoit d'autres qui n'eftoient pas de cét aduis, & qui ne jugeant de luy que
par fa vertu, eftimoient infiniment
cette haute refolution, d'auoir té-
moigné à la honte de la Fortune,
que les hommes idolatrent, qu'il
eftoit au deffus de ceux qu'elle éle-
ue fans fçauoir pourquoy. En effet, la Princeffe Lindamire prit leur
party, difant : Qu'ils auoient raifon, & qu'vn Cheualier ayant l'é-
pée à la main, deuoit le premier

respect à son honneur. Ainsi son
authorité autant que sa raison, fit
taire ceux qui soûtenoient cette
derniere opinion.

Cependant Arimandre por-
toit impatiemment, de voir Ferdinand se retirer dans l'auantage
qu'il auoit eu. Il le dissimula, pour
n'estimer pas qu'il luy fût honne-
ste d'auoir different auec vne personne, qu'il presumoit luy estre si
inégale; & le Roy & toute la Cour
le fauoriserent en ce dessein, parce
que leurs loüanges furent telles,
qu'il pensa croire que c'estoit luy,
qui auoit fait plier les genoux à
Ferdinand; lequel de son costé s'en
alla l'ame pleine de gloire, d'auoir
fait vne telle action, à la veuë de la
belle Lindamire. Mais comme il
fût à son logis, repassant en sa pensée le sujet de ses satisfactions, il

s'aperceut que sa vanité luy faisoit passer deuant les yeux, ces lueurs dont il s'éblouïssoit, semblables aux éclairs du chaud de l'Esté, qui disparoissent en se monstrant; & qu'il deuoit plus judicieusement apprehender de succomber sous la grandeur des infortunes, dont la raison mesme le menaçoit; & ce qui ajoûtoit beaucoup de poids à ses desplaisirs, estoit de se treuuer sans amis assez suffisans, ou assez fideles pour s'y confier. Auecque cela, pour vn dernier poinct de malheur, il se deffioit de soy-mesme, n'ignorant pas que nos passions nous donnent pour l'ordinaire, des conseils tres-dommageables. Mais enfin au milieu de ces inquietudes où il s'étoit laissé cheoir, son courage le releua.

Ainsi ne voulant pas souffrir

la tyrannie de ſes apprehenſions, il ſe mocque de ſes raiſonnemens, & croit que le deſtin ne l'a pas conduït au poinct où il eſt, pour le perdre. Il ſe promet vne occaſion fauorable, qui ſera ſecondée par ſa vertu, & paſſe vne partie de la nuict dans ces diuerſes penſées. Cependant Arimandre retiré dedans ſa chambre, y ralume ſa premiere cholere, en ſe repreſentant le malheur qui luy eſt arriué dans le combat. Il conçoit diuers deſſeins, pour perdre Ferdinand; Mais les trouuät tous mal-aiſez, il enuoye querir Cephas, auquel il fait entẽdre qu'il ne peut plus ſouffrir l'audace de ce Cheualier eſtranger; & plaint le malheur de ſa condition, qui ne luy permet pas de meſurer ſon epée à la ſienne; âjoûtant à ces paroles quantité d'autres menaces: à

quoy ie m'affeure que le cœur
n'euft pas répondu.

Cephas, qui auoit veu ce qui s'é-
toit paffé l'aprefdinée, luy dit, Seigneur, vous fçauez comme Dieu a
mis vn contrepoids à toutes les
chofes du monde. Les Grands ont
la puiffance, & les Petits la feruitu-
de : mais il ne veut pas que les vns
ny les autres fortent de leur ordre ;
& quand ils le font, il les chaftie ;
c'eft pourquoy il ne vous faut pas
prefumer que voftre naiffance
vous pût empécher de reparer vne
offence, fi vous l'auiez faite à vn
Cheualier moindre que vous. Mais
quand telle chofe arriue entre
pareils, par le droit des armes,
la honte en eft affeurément plus
grande ; & les réparations en font
fâcheufes à des perfonnes de cœur.
Ie vous fupplie donc de ne point

confulter vos fentimens, mais de
confiderer que vous eftes dans vn
Eftat où la Iuftice tient la balance égale pour toute forte de conditions; Que vous y eftes venu rechercher vne grande Princeffe, que
le Ciel a doüée d'vn jugemét mer-
ueilleux, & qu'il vous importe ex-
trêmément de bien prendre garde, qu'elle ne fe donne quelque
mauuaife impreffion de voftre humeur. La pourroit-elle auoir bonne, reprit Arimandre, fi elle me
voyoit endurer toutes les infolen-
ces de Ferdinand? Il ne feroit pas
raifonnable, répondit Cephas: mais
auffi il eft fouuent dangereux de
laiffer mefurer les injures à fon
opinion. Pouuez-vous defauoüer,
fuiuit le Prince, qu'il ne m'ait manqué de refpect dans le combat,
apres l'honneur que ie luy auois

fait, de l'auoir choifi entre les autres? I'ay toûjours oüy dire, répódit
Cephas, qu'vn Roy & vn Cheualier, quand ils ont l'épée à la main,
& la viſiere baiſſée l'vn deuant l'autre, ne doiuent rien ceder qu'à
leur honneur. Et puis, Seigneur,
n'apprehendez-vous point que le
Roy voſtre Pere, ne trouuât mauuais de vous voir au milieu de cette
Cour, ſur vn different mal pris,
vous égaler en quelque maniere
auec ceux qui ſont ſi éloignez de
vous? Il me ſemble, Seigneur, que
toutes ces offences dont vous vous
plaignez, ſont dignes d'oubly. Il
vous ſera plus honneſte de penſer
au ſujet qui vous amene icy, & de
commencer à trauailler pour la
finir.

Encore que cette forme de re-
primande déplût au Prince, il ſe

mit à soûrire, & dit à Cephas; j'ou-
blieray fort aisément & le Cheualier & son offense, comme indigne
de ma pensée : mais vous me ferez
plaisir en quelque façó que ce soit,
de me tirer d'icy, où ie cómence de
m'ennuyer. Cephas estonné de ce
discours, fût si interdit, qu'il en demeura muet : Arimandre l'ayant
connu, luy repliqua; Qu'elle occasion pouuez-vous auoir de ne me
répondre pas ? Pardonnez, Seigneur, à la surprise d'vn effet si
nouueau. Ay-je dit quelque chose
de si estrange, reprit Arimandre,
que cela vous effraye ? Seigneur,
repliqua Cephas, ie prendray la liberté de vous auoüer, que ie ne
croy pas qu'vn meilleur esprit que
le mien, vous ayant oüy parler
auec tant d'indifference, d'vn sujet si important, ne fût tombé en

pareil accident que moy. Que s'il
vous plaît confiderer la perfonne de la Princeffe que vous recher-
chez, vous ne me blâmerez pas de
m'eftre eftonné, qu'vn jugement
tel que le voftre la defire fi tiedement. On nous dit que fi la Vertu
eftoit vifible à nos yeux, elle eft fi
belle, que tout le monde en feroit
idolatre; mais ie ne croy pas, que
telle qu'elle peut eftre, elle ne fur-
paffe la beauté de la Princeffe Lindamire; & cependant il femble
qu'il vous foit indifferent de l'a-
uoir, ou de ne l'auoir pas. Vous
eftes trompé, luy dit-il, ie la veux
bien, mains ie crains qu'elle ne
m'ayme point. A quoy l'auez-vous
connu, dit Cephas: ne répond-el-
le pas courtoifement à l'amour que
vous luy témoignez? Oüy, dit le
Prince; mais il me femble, quand

ie veux parler à elle, qu'elle eſt
bien aiſe de faire approcher quelqu'vn : toutefois ie ne m'en ſoucie
pas ; les mariages de mes ſemblables ne ſe concluent point comme
ceux des autres Amoureux. Il vaut
mieux que vous parliez au Roy,
que moy à elle, & que vous luy faſ-
ſiez entendre, que j'ay aſſez ſéjourné dans ſa Cour, pour eſtre connu
de luy, & de la Princeſſe, & qu'il
eſt temps, s'il luy plaît, de me ré-
ſoudre de ſa volonté. Ie ne doute
pas, dit Cephas, que vous ne rece-
uiez de ce Prince, tout le contentement que vous pouuez ſouhait-
ter ; mais ce qui me met en peine,
eſt que ie vous voy douter de l'inclination de la Princeſſe. Paſſez ſur
ces craintes, ſuiuit Arimandre, &
en ſortons, s'il vous plaît ; ce qu'il
dit auecque tant d'émotion, que

Cephas en fût furpris, & fe retira, fans luy répondre.

Le lendemain; comme le Roy fortoit de la Meffe, Cephas s'y treuua, & luy demanda audience; qui luy fût fauorablement accordée. Le Roy le prit par la main, le mena dans vne galerie, où il n'entra que Mirande, qui demeura contre vne feneftre, durant qu'ils fe promenoient. Cephas, comme Courtifan auifé, commença fon difcours fur l'impatiente amour d'Arimandre, l'affeurant qu'il ne fe laffoit point de feruir fa maiftreffe, & que les peines luy en eftoient douces; mais qu'il luy eftoit pardonnable, s'il preffoit la poffeffion d'vn bien fi precieux que celuy qu'il luy auoit fait efperer, & qu'il l'en venoit fupplier tres-humblement de fa part. Le Roy luy témoigna, qu'il efti-

moit fort les vertus de son maistre ;
& fit mesme glisser dans son discours, quelques tédresses d'amitié,
qui plûrent à Cephas ; puis il luy
dit. Vous sçauez les conditions du
traicté de mariage, dont vous pour-
suiuez la conclusion ; & comme le
Roy mon frere, & moy, sommes
tombez d'accord de tous les arti-
cles ordinaires sur ce sujet. Mais
d'autant que nous sommes les peres, & non les tyrans de nos enfans,
nous leur auons laissé le choix de le
faire, ou de ne le faire pas, apres
s'estre veus. C'est pourquoy j'ay
creu ne deuoir point m'informer
de l'intention de ma fille, aupara-
uát que sçauoir celle du Prince Arimandre : à cette heure que vous
me la faites entendre de sa part, ie
vous promets de vous en faire réponce dans vingt-quatre heures ;
& ainsi

& ainſi ils ſe ſeparerent & l'vn &
l'autre, fort douteux du ſuccez de
cette affaire.

Le Roy demeura ſeul, & fort
penſif, vn aſſez long-temps. Puis
il appella Mirande, & luy commanda d'aller dire à ſa fille, qu'elle
euſt à le venir treuuer à l'iſſuë de
ſon diſné, & qu'ils paſſeroient la
chaleur du jour enſemble. Cependant ce ſage Prince, nourry dans le
repos, & dont la raiſon conduiſoit
les penſées, ſe treuua agité par diuerſes conſiderations: Car d'vn coſté, il ſe repreſétoit la perſóne d'A-
rimandre, ſi belle & ſi bien faite,
enſemble l'honneur que le Roy
ſon pere faiſoit à ſa fille & à leur
maiſon, d'en deſirer l'alliance ; Et
de l'autre, il euſt falu eſtre aueugle, pour ne voir pas la repugnance qu'auoit ſa fille aux humeurs de

A a

ce jeune Prince, & moins juste que
luy, pour la contraindre à l'épouser, ne le voulant pas. Mais comme les ames éclairées d'vne sainte
lumiere, dans des éuenements si
confus, ayant à chercher le remede le plus certain, éleuent leur
cœur à Dieu, & luy demandent la
conduite de sa Prouidence; ainsi ce
bon Prince auec ferueur, luy offrit
le sien, & se resolut peu apres à
tout ce qui luy en pourroit auenir.

Comme ils eurent disné, la belle Lindamire se rendit aupres du
Roy, qui la mena seule dans vn cabinet, & luy fît entendre ce que
Cephas luy auoit déclaré de la part
d'Arimandre, puis il luy dit. Ma
fille, ie croy qu'il vous souuient,
que lors que le pere de ce Prince
me fît proposer voftre mariage, ie
vous dis les raisons qui me le fai-

foient fouhaitter. La redite en feroit inutile ; mais vous fçauez auffi
que j'ay permis de voftre confentement qu'il foit venu dans nos
Eftats, pour en faire la recherche.
A cette heure il en preffe la con-
clufion : & comme l'affaire vous
touche plus particulierement, ie
vous ay enuoyé querir, pour me
refoudre auec vous , touchant la
réponce que ie luy dois faire. La
Princeffe apres vne profonde reuerence ; Seigneur, luy répondit-
elle, vous eftes mon pere & mon
Roy , & toutes mes volontez rele-
uent des voftres : Mais puis qu'en
imitant Dieu, il vous plaît me donner la liberté de vous en parler, ie
vous diray que j'aprehéde bien fort
que ce Prince ne foit au rebours
des Silenes, & que toutes fes beautez apparentes n'enferment vne

fort mauuaife humeur. l'aurois
peût-eſtre raiſon de craindre que
mon inclination ne me portât à
vne injuſte repugnance, ſi ie n'a-
uois connu par ſes actions, & pluſieurs autres auecque moy, qu'il
eſt bizarre & fort jaloux, auec ce
qu'il n'aime perſonne, qualitez
qui rendroient la Couronne bien
épineuſe à celle que le deuoir auroit obligée d'en dépandre; auſſi
eſt il vray que depuis le jour que
ie l'ay connu tel, il ne m'eſt point
tombé en la penſée qu'il me deuſt
épouſer, n'eſtimant pas qu'il fut
poſſible que la premiere Prouidence qui a depuis la naiſſance du
monde juſques aujourd'huy donné tant de benedictions à cette
Iſle, m'euſt choiſie la premiere,
pour tomber dans vn tel malheur.
Le Roy ne fut point ſurpris de ſa

harangue, dont il s'eſtoit déja dou-
... & reprit; Ma fille, eſt-ce par
... noiſſance, ou par rapports qui
... ont eſté faits, que les deffaux
... vous alleguez vous ſont con-
... s? C'eſt luy-meſme qui s'eſt dé-
couvert, ſuiuit-elle ; car tout ainſi que les yeux rapportent à l'ame
les objets ſenſibles ; de meſme la
parole nous fait voir les deffaux de
l'eſprit, & de nos humeurs. Il eſt
vray, dit le Roy, il n'eſt pas élo-
quent. Tout le monde ne le peut
pas eſtre, reprit-elle, mais ce qu'il
dit eſt fort confus, & ſemble qu'il
rêue; ou s'il parle auec plus de ſens,
ſes paroles ſont aigres, & piquent
quelqu'vn. S'il eſt au pouuoir de
l'amour, répond le Roy, d'adoucir les ames farouches, ie m'étonne que voſtre beauté par vn effet
plus puiſſant, n'ayt enflammé ſon

esprit, & ne l'ait rendu capable de
vous donner meilleure impreſſion
de luy. Seigneur, reprit-elle, ſi
la verité dont nous ne faiſons
point de faux vſage, ne me l'aſſeu-
roit, ie pourrois apprehender que
vous ne croiriez pas, que depuis
qu'il eſt en voſtre Cour, où il m'a
veuë tous les jours, il ne m'a pas
dit vn mot, où auec raiſon j'euſſe
deu preſumer auoir paſſé dans ſon
eſprit que pour tres-indifferente.

 Le Roy fit deux ou trois tours
par ſa chambre ſans dire mot, puis
il reuint à elle, & luy dit; Ma fille,
ie ſçay bien que tout ce grand
bon-heur dont nos peres & nous
auons jouy depuis tant de ſiecles,
nous eſt arriué pour auoir toûjours
laiſſé la conduite de nos volontez à celle de Dieu; Ie ſerois bien
coûpable, ſi en l'occaſion qui

se presente, la vanité d'vne Couronne me priuoit de lumiere, &
m'empeschoit d'incliner à la juste
raison de vostre repugnance, & si
ie voulois tirer de vos obeissances
vne resolution si contraire au repos de vostre vie. La loy & mes
sentimens propres m'obligent à
vous laisser la mesme liberté que
ie voudrois pour moy-mesme;
Songez-y jusques à demain à l'heure ou j'iray à la Messe; pource que
c'est celle où j'ay promis à Cephas
de luy en faire réponse. Lindamire luy baisant les mains, luy rendit mille graces des bontez qu'il
auoit pour elle, & s'en retourna
fort contente. Estant en sa chambre, elle enuoya querir Oristile, à
qui elle raconta tout ce qui s'estoit
passé entre le Roy & elle, & puis
rendit graces à Dieu de l'auoir sau-

uée d'vn pas si glissant.

Le soir, à l'heure ordinaire, toute la Cour se treuua au Parc, où
Arimandre arriua auec vn visage
fort gay, presumant que le succez
de son affaire ne dépendoit que
de l'auoir voulu, & la Princesse par
opinion differente s'en tenant déja deliurée, le receut auec vn fort
bon visage, ce qu'il expliquoit ad-
uantageusement ; neantmoins il
auoit toûjours le mesme soin de
ne parler à elle qu'en compagnie,
& elle d'ailleurs, en fuyoit l'occasion. L'vn & l'autre appellerent
Don Diego; il s'approcha d'eux, &
Ferdinand touché du soupçon que
raisonnablement il pouuoit auoir
de l'apparente joye d'Arimandre,
alla treuuer Oristile, pour apprendre sa mort, ou sa vie. D'abord il
luy conta ce qu'il auoit veu , & la

juste apprehension où il estoit, que
le mariage ne fut conclu ; pource
qu'il auoit appris d'vn murmure
assez sourd, que Cephas l'auoit de-
mandée. L'auis n'est pas faux, luy
dit-elle, mais vos craintes sont vaines ; & apres elle luy fit vn fidele
rapport des choses qui s'estoient
passees, dont il fut si fort rauy de
joye, qu'Oristile se mocquant de
luy ; Ie m'apperçois, luy dit-elle,
que la vengeance vous plaist, &
que vous croiriez volontiers, comme les Payens, qu'elle n'est reser-
uée que pour les Dieux, ou pour
les grandes Ames : car ie voy que
le malheur d'Arimandre vous met
hors de vous-mesme. Il est certain,
reprit Ferdinand, que vous m'a-
uez fait sentir vn agréable plaisir,
en m'apprenant le malheur du
Prince Arimandre : mais Dieu

m'eft témoin, fi fa bizarre humeur
n'en eft le fujet: car eftant fi contraire qu'elle eft à celle de voftre
belle Princeffe, il eft difficile qu'elle ne trouble fon repos. Vous auez
raifon , repliqua Oriftile ; & fi
j'ay blâmé voftre charité , ie veux
maintenant reparer l'offence , &
loüer voftre juftice: vous en auez
beaucoup de fentir & de plaindre
le mal qui luy arriueroit , d'autant
qu'entre tous les Cheualiers qui
ont paru deuant elle , ie n'en ay jamais veu qu'elle ayt prifé à l'égal
de vous. Ces paroles enflammè-
rent le Cheualier : il s'incline deuant elle , & luy dit, en baifant fes
belles mains ; Ne fuis-ie pas le plus
heureux du monde, d'eftre eftimé
d'vne fi belle Princeffe ? Eft-ce vn
enchantement , ou me dites-vous
vray , belle Oriftile ? Torefte ap-

prochant d'eux l'empefcha de refpondre, & peu apres chacun fe retira.

Le lendemain la Princeffe Lindamire ne faillit pas, à l'heure que le Roy luy auoit donnée, d'aller en fa chambre; & apres auoir rendu conte des difcours que le Prince Arimandre luy auoit tenus le foir d'auparauant, bien éloignez du fujet dont luy auoit parlé Cephas, ils conclurent de demeurer en leur premiere refolution. Elle fe retira, & le Roy ayant ouy la Meffe, où Cephas l'eftoit venu treuuer, il le mena dans la mefme galerie du jour precedent. Il commença fon difcours par les loüanges du Prince Arimandre, & par les fentimens de l'honneur qu'il luy auoit fait d'eftre venu en fa Cour, puis il luy dit. Il y a des fecrets en la Nature

qui nous font inconnus, & dont il
eſt mal-aiſé d'arreſter les mouuemens : les malheurs dont ſe plaignent les hommes, leur arriuent
preſque tous, pour auoir eſté con-
traints dans leurs volontez. Mais
comme nous viuons dans vne autre regle, les noſtres ſont fort libres dans les occaſions les plus importantes ; & particulierement en
celles du mariage, où ſur toutes
choſes nous ſommes ſoigneux
d'obſeruer vne mutuelle confor-
mité de mœurs. Cela eſtant, ie ne
vous puis dire ſans regret, que ma
fille m'a demandé la meſme juſtice que ie rends à mes ſujets ; &
qu'elle m'a ſupplié tres-inſtam-
ment de ne luy commander point
d'épouſer Arimandre, pource dit-
elle, que leur humeur eſt ſi differente, qu'elle apprehende de n'a-

cheter trop cherement cét honneur. Surquoy l'ayant preffée de
me dire fur quelle raifon elle fe
fondoit, elle m'a conté toute la
conduite de voftre Prince aupres
d'elle, le peu d'apparence qu'il y
auoit qu'il la deût aymer, les def-
fiances où il eftoit, & les émotions
d'efprit qu'elle luy auoit veu prendre fans fujet : la cognoiffant donc
fort aduifée, & capable de difcer-
ner le bien d'auecqne le mal, ie
n'ay pas creu l'en deuoir preffer
dauantage.

Cephas éclaircy de ce refus,
qu'il auoit toûjours apprehendé;
Seigneur, luy dit-il, ie déplore la
mauuaife deftinée de ce jeune
Prince, d'auoir porté le plus judicieux efprit du monde à prendre
vne impreffion fi contraire à fes
vertus éminentes. Que fi la verité,

qui eſt vne choſe, & ſi ſacrée , & ſi
chere à voſtre Majeſté , ne me re-
leuoit le cœur entierement abattu
par cette reſponce, ie n'oſerois l'aſſeurer, comme ie fais , qu'elle s'eſt
trompée; il l'ayme ardemment, &
ſa beauté m'en eſt vne caution
fort fidele. Le Roy touché de ſes
perſuaſions, remit encore juſques
au lendemain à luy donner vne
réponce deffinitiue.

Cependant Cephas , negocia-
teur auiſé , retourna treuuer ſon
maiſtre, qui l'attendoit auec inquietude. Il luy cela la reſolution
de Lindamire ; mais il gliſſa doucement le juſte ſujet qu'elle auoit
de douter de ſa paſſion, dont il ne
luy auoit jamais parlé, & en ſuitte
il luy fit entendre comme il eſtoit
en ſes mains de ſortir glorieuſe-
ment de cette pourſuitte ; mais

qu'il luy falloit trauailler auec plus
de foin qu'il n'auoit fait par le paffé. Arimandre demeura mal fatisfait de ce difcours, foit pour eftre
fort naturel à ceux de fa naiffance,
de n'aymer pas à eftre repris, foit
que l'impetuofité de fon efprit
glorieux ne pût fupporter vn dé-
lay à fa demande : ce qui fut caufe
qu'il luy répondit fierement. Ie ne
fçaurois faire mieux ; fi ie ne l'a-
uois aymée, ie n'aurois pas pris
tous les foins que j'ay eus de la
voir, & de luy plaire ; mais ce que
vous m'auez dit, ne conclud rien
ce me femble. Le Roy m'a remis
à demain, dit Cephas, & fe retira,
jugeant bien qu'vn plus long difcours fur ce fujet empireroit la
chofe, plûtoft qu'il ne l'amande-
roit : En effet, fa penfée fut judicieufe ; mais il eftoit fans efperan-

ce pourtant qu'il reparât ses fautes,
ainfi qu'il auint : Car le lendemain
Arimandre demeura en son ordinaire silence, & la Princeffe ferme
en sa resolution.

Le Roy la fit entendre à Cephas, lequel à l'heure mefme en
fut aduertir son maiftre, qui ne répondit rien sur cela, mais luy dit:
fi vous me voulez suiure, allez vous
botter. Cephas l'affeura qu'il n'a-
uoit point d'autre affaire que de
luy obeïr; mais qu'il prit garde à la
chaleur, & où il la pourroit paffer.
Ie fçay bien où, reprit-il, & commanda à son Efcuyer de luy faire
mener à l'inftant douze cheuaux
de legere taille, qui alloient d'vne
viteffe incroyable. Comme ils furent tous prefts à monter deffus,
Cephas luy demanda s'il partiroit
fans voir le Roy. Ie ne fuis pas fi lâche,

che, répondit-il, que de faire honneur à vne personne qui me traitte si mal. Cephas ne dit mot, mais
il le suiuit; Et pource que déja la
chaleur auoit fait retirer tout le
monde des ruës, & de la Cour du
Palais, personne ne le vid partir, ny
ne s'en apperçeut jusques à l'heure du promenoir, qu'vn des Magi-
strats de la Ville vint auertir le
Roy, que le train du Prince Arimandre estoit party il y auoit deux
heures; que reuenant de sa maison
des champs, il auoit treuué ses gens
à deux lieuës de la Ville, au sortir
du bois; & que leur ayant demandé où ils alloient, ils luy auoient
répondu qu'ils suiuoient leur maistre, qui estoit party assez long-
temps deuant eux.

Le Roy suiuant le temperament
du climat, ne s'en émeut point;

mais, s'approchant du Prince Caleſſandre, le premier de ſa maiſon,
& le pere de Nimphale, ſa ſeule
heritiere, luy conta en la preſence de trois ou quarre vieux Cheualiers, la nouuelle qu'il venoit d'a-
prendre. Eux bien étonnez de ces
paroles du Roy; Seigneur, luy di-
rent-ils, quel motif aſſez puiſſant
peut il auoir eu, pour répondre
par ce mépris à tant d'honneur
qu'il a receu dans voſtre Cour? Le
reſpect de ma conduitte auec luy,
reprit le Roy, vous eſt aſſez connu;
mais ie croy qu'il s'eſt offenſé de
ce que ie ne luy ay pas donné ma
fille, comme le Roy ſon pere &
moy l'auiós deſiré. Dieu qui ſçait la
verité de nos cœurs, m'eſt témoin,
ſi ie ne l'ay bien fort ſouhaité; mais
comme il en auoit autrement ordonné, il a permis qu'elle ait eu

telle repugnance à son humeur,
qu'elle m'a supplié de ne la contraindre point de l'épouser ; pource, m'a-t'elle dit, que l'auersion à
vn deuoir si legitime, trouble l'é-
tat de la vie , & diuertit l'ame des
pensées de son salut. Ie croy ne
pouuoir estre blâmé, si ie luy ay
voulu accorder vne demande si juste : Ie le fis entendre à Cephas
auec toute la modestie qu'il me fut
possible de luy témoigner, & comme il est tres-prudent, il connut
bien que j'auois raison : Il s'en alla
donc fort triste, & depuis ie n'en
ay point eu d'autres nouuelles que
celles que ie vous viens d'apprendre. La Princesse , dit Calessandre,
estoit trop interessée ; pour negliger de reconnoistre son humeur ; &
assez auisée, pour ne perdre pas vn
party si auantageux , sans vne no-

table confideration; Ce qui me fait
croire que ceux qui voyent cette
derniere action, doiuent loüer
Dieu auec elle, qu'elle ait échappé vn fi mauuais fort. Le Roy les
laiffa, pour chercher la Princeffe
Lindamire, qu'il treuua dans vne
allée du Parc, où elle fe pourme-
noit en la compagnie de fon frere,
de Nimphale, & de Ferdinand. La
premiere chofe qu'il leur dit, ce
fut qu'Arimandre eftoit party de
fa Cour. Or bien que l'efprit de la
Princeffe & de fon frere fût des
plus judicieux, fi eft-ce qu'ils ne
fçeurent preuoir à l'heure ce qui
arriua depuis: Dequoy toutesfois
ie ne m'étonne pas ; d'autant que
la netteté de leur confcience leur
eftoit vne feureté contre toute forte de craintes. Mais Ferdinand,
dont la naiffance & les habitudes

étoient contraires , & qui auoit
l'esprit soupçonneux, ne pût s'em-
pêcher de dire au Roy ; Seigneur,
preparez-vous à la guerre ; asseurément cette bizarre sortie hors de
vos Estats, vous en doit estre vn
indice:Surquoy la Princesse s'étant
mise à rire. Il faut, dit-elle, pour
l'entreprendre du jugement & du
cœur. Il est vray, Madame, suiuit
Ferdinand, ces deux parties sont
necessaires pour paruenir à la fin
d'vne glorieuse entreprise ; Mais
en pareille occasion que celle qui
se presente, j'ay toûjours ouy dire
qu'vne personne desperée, entre-
prend les choses plus hardiment
que ne sçauroit faire vn plus vaillant. Ie ne voudrois pas, redit-elle,
juger legerement de son cœur, ny
moins conseiller au Roy de se fier
aux raisons qu'il peut auoir de ne

le craindre point : car vne prudente conduite eſt toûjours la ſeureté
d'vn Eſtat, ſans toutefois nous en
troubler dauantage. Car Dieu
nous ayant donné l'entendement
pour agir, la raiſon pour nous conduire, & la volonté pour la ſoû-
mettre à la ſienne ; il eſt juſte que
nous trauaillons ſelon le bien que
nous connoiſſons, & qu'apres nous
en receuions l'éuenement, comme venant de la main d'vn Dieu
qui ne peut faillir.

Le Roy regardant Ferdinand,
luy dit ; Ma fille vous fait vne leçon
que peut-eſtre vous n'ignorez pas ;
mais qu'à mon auis vous pratiquez
peu dans voſtre pays. Il eſt vray,
Seigneur, reprit-il, que nous n'a-
uons point encore treuué le ſecret
de viure ſi heureuſement comme
on fait en ce lieu, où toutes les ver-

tus font pures , & l'éclat de leur
beauté fans ombre. L'enuie, la jaloufie, ny les vaines craintes n'en
ofent aborder ; ce font auffi les
fleaux les plus fenfibles dont Dieu
châtie nos pechez ; vous qui n'en
faites point, n'en meritez pas. Voftre difcours eft flateur, dit Lindamire, il n'y a perfonne au monde
qui ne foit coûpable ; mais j'auouë
que parmy les hommes il y a du
plus ou du moins. Alors le Roy appella Mirande , comme vn de fes
plus entendus Miniftres , & luy
commanda d'enuoyer diligemmét
au Port, où le Prince Arimandre
eftoit defcendu, pour apprendre
s'il eftoit party, & en quelle maniere. Cela fait, il fe retira, & toute
la Courauec luy, auffi paifiblement
que s'il ne fut rien auenu.

Ils ne bougerent de la Ville juf-

qu'au retour du Courrier, qui rapporta au Roy que le Prince Arimandre estoit arriué au poinct du
jour au bord de la Mer ; qu'il n'é-
toit pas entré dans la Ville ; mais
qu'ayant treuué des Pécheurs, il
les auoit priez de le passer dans leur
barque jusques à ses vaisseaux ; &
pour recompense, qu'il leur auoit
promis de se souuenir d'eux à son
retour. Ce fut alors que le Roy
commença de croire qu'il auoit
dessein de reuenir, & pour cét effet
il tint vn grand Conseil, affin de
donner ordre à ce qu'il auroit à faire, en cas qu'on luy vint declarer
la guerre. Incontinent apres il s'en
alla en sa belle maison de la campagne, pour y passer vn mois de
temps. Dequoy nos deux Cheualiers furent éperdus de joye ; pource que depuis le partement d'Ari-

mandre, la belle Lindamire ne sortoit plus de son Palais. Si-tost qu'elle fut arriuée en ce lieu champêtre,
elle s'en alla visiter le bon Hermite, pour le prier de remercier Dieu
de la grace qu'il luy auoit faite de
l'auoir deliurée d'Arimandre ; &
comme l'on ne peut refuser sa confiance à ceux dont nous sçauons
estre aymez, la Princesse Lindamire raconta au bon Religieux en
peu de mots ce qui s'étoit passé durant sa recherche. Il luy répondit,
Qu'il ne s'étonnoit pas de ce qu'il
auoit esté muet, sur le sujet de ses
passions, pource qu'il pouuoit presumer que ses respects & ses soins
aupres d'elle l'exprimeroiét mieux
que la parole n'eust sçeu faire: Mais
au second, qu'il ne pouuoit comprendre la hayne qu'il auoit con-
ceuë contre Ferdinand , dont la

mauuaife fortune luy deuoit ofter
tout fujet d'enuie. Vous fçauez, reprit la Princeffe , qu'elle fert à la
Vertu, & ne luy peut nuire : plus
elle s'opiniâtre à perfecuter les perfonnes de valeur , plus elle leur
donne de luftre , & peut-eftre de
cette cognoiffance venoit fa hayne. Le bon Religieux fut bien aife
d'apprendre de fa bouche mefme
qu'elle eftimoit Ferdinand, à qui il
ne faillit pas d'en faire le rapport,
auffi-toft qu'elle fuft partie, dont
il fut fâché depuis , ayant connu
que s'il auoit contenté fa paffion,
il auoit jetté de l'huile brûlante en
fa playe ; pource que c'eft vne im-
prudence de nourrir vn mal qui
paroift fans remede.

Ils pafferent en ce lieu vn mois
tout entier , durant lequel Adimante donnoit tous les jours de

nouuelles commoditez à Ferdinand de voir la Princeſſe. Luy de ſon coſté n'en perdoit point l'occaſion; & il ne ſe paſſoit point de moment, qu'étant aupres d'elle, ou ſes actions, ou ſes yeux ne luy appriſſent ce qu'il enduroit; ſans neantmoins oſer entreprendre de parler, ſinon quelquefois à la belle Oriſtile, encore eſtoit-ce auec tant de reſpect & de crainte de paroiſtre trop hardy, qu'il luy en faiſoit pitié, n'ignorant pas l'excez de ſon mal.

Cependant Don Diego ne pouuoit ſupporter l'eſtime que la Princeſſe & ſon frere faiſoient de Ferdinand: dequoy neantmoins il n'oſoit ſe plaindre, craignant d'eſtre blâmé, s'il paroiſſoit ſi injuſte, que d'enuier le bonheur de ſon compagnon. A la fin dans le fort de ſes

inquietudes, il fe refolut d'aller
chercher le bon Hermite, & de luy
confier fon fecret. Ce deffein, le
plus judicieux qu'il pouuoit prendre, n'euft point de delay : Il s'y en
alla à l'heure mefme, & le l'Hermite l'ayant reçeu auec vn efprit plein de charité & d'amour, ce
Cheualier luy fit vn long recit de
fa peine, & conclud, en verfant vn
ruiffeau de larmes, qu'il eftoit bien
malheureux d'eftre tóbé en changeant de pays, dans vn mal beaucoup pire que le premier.

Le fage Religieux, qui n'ignoroit pas la rigueur de fes peines,
pour en auoir autresfois éprouué
de femblables, le confola auec des
paroles preffantes, & luy confeilla
de demander à Dieu la grace de
fortir de ce labirinthe, & la lumiere pour connoiftre le vray eftat où

eſtoit Ferdinand ; pource qu'il le jugeroit aiſément plus digne de pitié que d'enuie ; & peut eſtre, diſoit-il, ſon exemple vous apprendra à deuenir ſage.

Don Diego touché de ſes raiſons, reſolut de faire ſa principale Cour aupres de luy ; Auſſi le fit-il, & y profita heureuſement, pendant que Ferdinand n'auoit autre ſoin que de ſe tromper luy-meſme. Adimante l'aymoit cherement ; & comme ils eſtoient tous deux fort amoureux, ils ne ſe pouuoient ſeparer. Leurs penſées eſtoient differentes, & les contentoient également : car Adimante eſtoit rauy de joye de treuuer vn eſprit capable d'vn raiſonnement amoureux, & Ferdinand n'en ſentoit pas vn mediocre, de pouuoir ſous le nom d'vn autre plaindre les maux qu'il ſouffroit.

Ils paſſerent bien vn mois dans
l'agréable douceur d'vne vie innocente; mais leur repos fut troublé
par vn malheureux inconuenient.
Comme le Prince Adimante aymoit fort la chaſſe, il auint qu'y
étant allé au matin, il y paſſa tout
le jour; d'où il s'éſuiuit que le trop
grand exercice qu'il fit, joint à l'ardeur du Soleil, luy alluma vne fiéure ſi violente, qu'il mourut ſept
jours apres. Durant ſa maladie, le
Roy & la Princeſſe furét ſi affligez,
que nos deux Cheualiers crai-
gnoiét, qu'il leur ſeroit impoſſible
d'é ſouffrir la perte, ſi elle auenoit;
Mais ils furent trompez en leur jugement : car tout auſſi-toſt que
Dieu en euſt diſpoſé, ils porterent
ſi conſtamment leur douleur, que
chacun admira le ſoin que cette ſuprême Diuinité prend toûjours de ſes ſeruiteurs, quand il les

afflige. La belle Nimphale fut la
plus fenfible à ce malheur, foit que
fa jeuneffe encore tendre, la rendit trop fufceptible d'vn accident
fi peu attendu, foit que l'amour
mefme en enflammât le fentimét :
Mais il eft vray, que par les témoi-
gnages qu'elle rendit, fans jamais
fortir pourtant hors des bornes de
la modeftie, on connut qu'elle
l'aymoit beaucoup. Elle eftoit generalement regrettée de tout le
monde ; auffi faifoit-elle vne perte
irreparable : car bien qu'il ne luy
fut pas impoffible de treuuer des
Cheualiers auffi accomplis, & dont
elle pouuoit eftre autant aymée ; il
n'y auoit pourtant plus de Couronne pour elle.

La Princeffe Lindamire redoubla fon affection enuers elle, la
voyant touchée d'vn fi jufte fenti-

ment, & le Roy la traitta depuis
auec le mefme refpect, que fi elle
euft efté veufue de fon fils. Il s'en
alla bien-toft apres à la Ville, pour
y faire les honneurs funebres du
Prince Adimante, qui furent cele-
brez auecque la pompe accoûtu-
mée aux perfonnes de fa naiffance.
Et d'autant qu'vn efprit affligé
cherche volontiers la folitude, il
retourna pour cét effet en fa maifon champeftre. Mais auparauant
que partir, la trifte Nimphale pria
fa Majefté de luy faire permettre à
fon pere qu'elle entrât en Religion ; mais fon pere qui n'auoit
qu'elle, ne le treuua pas bon, &
l'en empefcha : car leurs efprits ne
fe reuoltoient jamais contre le
deuoir.

Durant ce temps-là, Ferdinand
qui auoit le fang plus boüillant
que

que ceux du climat, fentit viuement la douleur de cette perte, &
auecque raifon; car il viuoit auec
Adimante, fans diftinction de
qualité, & en vray & fincere amy.
Il n'auoit point veu la Princeffe, depuis le premier jour de la maladie
de ce Prince : car tant qu'il fût viuant, elle ne bougea d'aupres de
fon lict, ou de l'Eglife, affin d'y
faire de continüelles prieres pour
la fanté de fon frere ; ou d'aupres
de fon pere, qui l'aymoit par deffus toutes les chofes du monde. Sa
douleur pourtant, moins forte que
le defir de plaire à la belle Princeffe, l'empécha d'oublier de luy faire fçauoir l'excez de fon déplaifir,
n'ignorant pas qu'il n'y a rien de fi
agréable à vn efprit affligé, que de
voir ceux qu'il eftime s'intereffer
dans fon déplaifir. Ses foins ne luy

furent pas inutiles : car ſes ſentimens fidelement rapportez par
Toreſte , accreurent bien-toſt la
bonne opinion qu'elle auoit déja
de luy ; comme il s'en apperçeut,
lors qu'il la fuſt treuuer en ſon
promenoir , où elle le reçeut fort
courtoiſement. Mais toutes les re-
ſignations qu'elle auoit faites de ſa
volonté à celle de Dieu, ny ſa conſtance ſans exemple , ne pûrent
empécher qu'en le voyant, elle ne
verſât vn ruiſſeau de larmes , qui
furent autant de flámes pour r'alu-
mer le cœur de ce Cheualier. Elle
luy dit, comme il l'aborda ; Si vous
auiez eu moins d'amitié pour mon
frere , j'aurois raiſon d'apprehender d'eſtre blâmée , d'auoir tant
de foibleſſe , & ſi peu de reſolution, dans vn effet ſi ordinaire , & ſi
infaillible à la Nature. Mais le dé-

plaisir que j'ay sçeu que vous auiez
senty de ma perte, me fait esperer
que plus aisément vous en excuse-
rez l'infirmité.

Ferdinand fût si rauy des nouuelles beautez que sa douleur
auoit ajoûtées aux premieres, qu'il
demeura vn peu sans répondre : &
apres, la honte de ce silence luy
donna cœur de luy dire. Madame,
vos vertus incomparables se font
admirer en toutes vos actions :
mais en cette occasion, elles semblent s'estre surmontées :
car elles nous apprennent à supporter les afflictions, sans offencer
le Ciel, ny le droit de la Nature.
La mort nous vient d'enseigner,
reprit-elle, que tout ce qui dépend
d'elle, ne merite point vne estime
si auantageuse, puis qu'elle anean-
tit, quand il luy plaît, le sujet loüé,

On ne peut faillir, Madame, suiuit Ferdinand, en difant des veritez connües, & fon trait ne peut
toucher la vertu d'vne belle action.
Ie crains les flateufes loüanges, reprit la Princeffe, pource que le Sage doit toûjours fuir les chofes où
il peut plus perdre que profiter.
Torefte qui la menoit, fe mit à foûrire, & luy dit. Ie m'eftonne, Madame, que vous n'ayez fait plus de
cas d'Arimandre : car il vous a fer-
uie à voftre fouhait. Vous auez raifon, reprit-elle; s'il n'euft failly
que dans ce filence, ie ne l'aurois
jamais condamné; mais il eft fi élo-
quent en mauuais fujets, qu'il en
eft fâcheux. Madame, luy repliqua Ferdinand, ie me difpenfe de
croire, que fi le Prince Arimandre
euft eu les qualitez dignes de meriter vos bonnes graces, il vous euft

depleu en vous découurant son
mal, & vous témoignant la connoissance qu'il auoit des perfections, dont vous estes si riche.
Ne sçauez vous pas, luy dit-elle,
que l'inutile, cóme le superflu, est
condamné, & que c'est assez à vn
Cheualier d'aimer beaucoup, pour
faire voir l'estime qu'il fait du sujet
aymé: car les discours sont plus souuent deguisez que vrays. Madame,
répondit le Cheualier, ie n'appelle
point de cette opinion ; & celuy seroit bien-heureux, dont les veritables sentimens pourroient faire
connoistre les maux qu'il souffre.
De ceux qui seroient sans remede,
ajoûta elle, le sçauoir en seroit inutile, & ne le soulageroit pas. Au
contraire, dit Ferdinand ; car tout
ainsi que nos déplaisirs les plus
amers, sont adoucis par la pensée,

qui nous fait croire qu'ils viennent
de la main de Celuy qui en donne
le remede quand il luy plaît; De
mesme, le mal d'vn esprit bien
amoureux, est fort allegé, lors que
ne se plaignant pas, il est à tout le
moins connu du sujet qui le fait
souffrir.

　　Elle ne suiuit pas ce discours;
mais tournant ses beaux yeux sur
Don Diego, luy demanda s'il auoit
veu ce jour-là le bon Hermite? Il
luy dit qu'oüy, & qu'il venoit de le
códuire en la chábre de la Princesse
Nimphale. Alors s'adressant à luy,
& à Ferdinand; N'est-il pas vray,
leur dit-elle, que dans l'Europe on
blâmeroit vn procedé si libre, que
celuy de cette Princesse, sur la perte qu'elle a faite? Madame, répondit Don Diego, ie ne croy pas qu'il
se puisse treuuer en quelque cli-

mat que ce soit, des esprits assez
pointilleux, pour reprendre vn
sentiment si raisonnable. Elle a
esté aymée d'vn grand Prince, que
la mort luy a rauy dans ses plus
beaux jours ; y peut-il auoir vne
constance assez forte contre cette
douleur ? Ie vous accorde, dit la
Princesse, qu'elle en a beaucoup
de sujet; mais pourtant il ne faut
pas faire murmurer nos sentimens
contre Dieu : sa bonté passe nos
connoissances; aussi voyons-nous
souuent, que des choses qui arriuent les plus insupportables d'a-
bord, la suitte du temps nous apprend que l'éuenement en estoit
vtile; c'est pourquoy ie conclus,
qu'vn esprit bien fait, se doit seruir de sa raison aux maux sans remede, pour en profiter à son salut;
Et comme c'est vne pratique assez

commune en ces Ifles, j'ay pitié
d'elle, de la voir ainfi faillir aux dépens de fon repos. Il n'y a point de
doute, Madame, ajoûta le Cheualier, que celuy qui peut viure dans
la force de ce raifonnement, commence fon Paradis en cettte vie:
Mais où peut-on treuuer vne fi
parfaite moderation que celle que
vous propofez? Ie voudrois eftre
affez hardy pour vous demander,
Madame, fi vous auriez gardé cette conftance, s'il vous fût aduenu
tant de mal-heur, que dépoufer le
Prince Arimandre? Affeurément,
dit-elle, fans force j'aurois fuiuy
mon deftin: car c'eft vne peine qui
accompagne le peché, de s'inquie-
ter foy-mefme des maux fans ré-
mede. Nous deuons preuoir autant qu'il nous eft poffible, tout
ce qui paroit eftre contraire à no-

ître bien : Mais quand il arriue, il
faut que la mesme vertu change ses
foins à nous le faire fupporter fans
peine.

Le bon Hermite arriua, qui interrompit leur difcours , & vint
rapporter à la Princeffe, que la belle Nimphale commençoit à moderer fes déplaifirs ; Mais qu'il auoit
connu , que fi on luy laiffoit la liberté de prendre vne condition
hors du monde , pour le refte de fa
vie, elle feroit en repos. Ie vous entends, reprit Lindamire, & il me
femble qu'elle a raifon : car le lieu
qu'elle vouloit eflire , eft le meilleur choix qu'elle euft fçeu faire :
Mais comme il eft impoffible, elle
n'y doit plus fonger ; Le Roy a fait
ce qu'il a pû pour y refoudre fon
pere, & ç'à efté inutilement. Il luy
parla par apres tout bas vn affez

long-temps, puis chacun se retira.

La Cour sejourna encore quelque temps en ce lieu, où il ne se passa que des choses ordinaires; Mais vn jour le Roy s'auisa qu'il estoit vieil; que la mort surprend les hommes, lors que leur imagination trauaille plus ardamment à bâtir vne infinité de desseins, & que les dernieres actions de la vie ternissent, ou couronnent toutes celles du passé. Il se resolut donc de s'éloigner des penibles soins de la terre, de remettre ses Estats à sa fille, & de faire sa retraitte dans vn Monastere, où ses affections détachées de tout autre objet, il ne regardast que Dieu, affin de le seruir plus purement. Il demeura quelque temps auant que d'en faire vne declaration : mais enfin estant pressé de ce saint desir, il retourna

à la Ville, où il voulut que s'aſſem-
blaſſent generalement tous les
Eſtats du Pays, auec ordre expres
de s'y rendre dans vn mois. La
Princeſſe & tous ceux de la Cour
eſtoient bien empeſchez à deuiner
le motif de cette aſſemblée, & pas
vn d'eux n'en ſoupçonnoit la verité.

Comme ils furent arriuez , le
Roy fit quitter le dueil à ceux de ſa
Cour, & commanda à la Princeſſe
de ſe parer ſuperbement à l'ouuer-
ture des Eſtats. Le jour eſtant arriué, tous les Courtiſans ſe rendirent
chez le Roy, fort bien veſtus, & ſur
tout nos deux étrangers, pour l'accompagner à la ſale de l'aſſemblée,
où étant arriué, il commanda à Mirande de prendre toute ſa ſuitte, &
d'aller querir la Princeſſe. En attendant ſa venuë , il leur fit entendre

le fujet pour lequel il les auoit af-
femblez, & les pria de treuuer bon
qu'il remit tous fes Eftats à fa fille, dont les bonnes qualitez leur
étoient connuës, & qui luy deuoit
bien-toft fucceder par le droit du
fang. Comme il acheuoit de parler,
la Princeffe entra, & fit remarquer
en elle tout à la fois, tant de beautez & de graces, que la compagnie
dit tout haut, qu'elle deuoit non
feulement eftre receuë, mais admirée, comme vne des merueilles du
monde : Les Princes mefme les
plus intereffez, difoient hardiment
à l'exemple des Indiens leurs voi-
fins; que non feulement fa naiffance, mais encore fa beauté, la rendoit
digne de l'Empire ; & ainfi tous
d'vne voix, accorderent auec joye
la demande du Roy, lequel à l'heure mefme defcendit de fon Trône,

où il fit monter fa fille, & voulut
qu'en fa prefence vn chacun luy fit
ferment de fidelité.

La Princeffe parût en cette
action auffi prudente que belle, &
témoigna que lon n'auoit pas creû
fans raifon, que la beauté exterieu-
re eftoit vn indice certain de l'excellence de l'ame; Car elle ne s'é-
tonna point de cét honneur fi grâd
& fi inopiné qu'elle reçeuoit; mais
apres auoir obey au Roy, elle fe
mit à genoux deuant luy, & luy fit
vn nouuel hommage, non feulement des puiffances qu'il mettoit
en fes mains, mais de toutes celles
de fa vie. Le Roy la releua & l'em-
braffa, demandant à Dieu qu'il luy
pleut continüer fes benedictions
fur le Royaume & fur elle. Il fut fait
ce jour-là vn grand feftin aux Princes & aux Seigneurs de la Cour, &

apres soupé on tint le Bal, où toutes les Dames ne pouuoient celer
l'agréable plaisir qu'elles rece-
uoient de ce changement, & de se
voir desormais sous l'Empire d'vne
Reine. Ferdinand sur tout en estoit
si rauy, qu'on ne sçauroit l'exprimer; & les esprits judicieux ne fein-
dront point de le croire, puis que
non seulement il voyoit tout le
monde comme luy, sujet à sa puis-
sance; mais encore flatté par cette
pensée, que dans l'eminente dignité où elle estoit éleuée, personne
n'en pourrroit plus approcher que
par les desirs.

Le triste Don Diego ne daigna
se treuuer au Bal : & comme vn
malheureux cherche volontiers
son semblable, il eust fort desiré
qu'on luy eust permis d'estre durant ce temps-là aupres de la Prin-

cesse Nimphale , pour luy ayder
à supporter la nouuelle douleur
qu'elle deuoit sentir de ce qui se
passoit pour lors à la Cour; mais ne
pouuant mieux, il se retira à son logis, ayant fort peu profité des conseils du bon Hermite : Car il ne
pouuoit souffrir cette vaine ombre
de faueur de Ferdinand, qui de son
costé treuua moyen, aydé d'Oristile, d'approcher de la nouuelle Reine, & de luy dire ; Madame, on ne
doit plus craindre la Fortune en ce
climat: la Iustice y tient l'Empire,&
dispose des Couronnes équitable-
ment. Ma naissance, reprit la Reine, a commencé de me loger au
lieu où ie suis , & la bonté du Roy
mon pere en a auancé la possession.
Madame , dit le Cheualier, c'est la
plus raisonnable action qu'il ait
faite en sa vie, que d'auoir voulu

goûter le plaifir de voir établir à la
fucceſſion de ſa Couronne, vn empire plus abſolu ſur les eſprits que
ſur les corps. I'eſpere l'effet que
vous me promettez, repartit la Reine, en gardant le droit vſage du
monde à mes ſujets. Tous autres
ſoins ſeroient ſuperflus, répondit
Ferdinand. Que voſtre Majeſté ſe
faſſe voir ſeulement, & qu'elle s'aſſeure que perſonne ne luy pourra
refuſer le cœur. Ie ſouhaitterois,
dit la Reine, qu'il y eut autant de
verité que de flaterie en vos paroles : car j'aymerois beaucoup mieux
eſtre aymée que crainte de mon
peuple. Vne excellente Beauté,
Madame, adjoûta le Cheualier, ne
ſepare point ces deux effets. Si vous
dites vray, ſuiuit-elle, mes Gardes
ſeroient inutiles. Ie n'en doute
point, reprit-il; car vos puiſſances

ſe

ſe font autant reſpecter que ſentir:
Le Bal finit là deſſus , & châcun ſe
retira.

Le lendemain matin le Roy s'en-
ferma dans le Monaſtere de ſaint
Baſile , comme auoient fait pluſieurs autres Roys ſes predeceſ-
ſeurs , pour vn meſme motif. La
nouuelle Reine l'y accompagna,
& prit congé de luy , ce qui ne fut
pas ſans larmes. Il luy permit de le
venir voir tous les matins , pour
conferer vne heure auec luy , affin
de l'inſtruire ſur l'ordre qu'elle deuoit tenir en la conduite de l'Empire. Le jour ſuiuant, tous les Seigneurs aſſemblez luy demande-
rent audience, pour prendre congé d'elle, ce qu'elle leur accorda, &
les fit aſſembler au meſme lieu du
jour precedent.

Elle n'y fut pas ſi-toſt entrée, que

Mirande luy amena vn homme de
bonne mine , âgé de quelques
vingt-huit ans , qui difoit auoir à
luy communiquer vne chofe d'importance. La Reine auant que de
l'entendre, luy demanda d'où il venoit; il dit, que c'eftoit des Ifles fortunées. A ce mot, la Reine ayant
prié l'affemblée d'affifter à cette
audience , s'affit dans vne chaire,
& luy commanda de parler:ce qu'il
fit ainfi.

Madame , ie faifois pefcher mes
feruiteurs fur le bord de la Mer ,
lors que le Prince Arimandre y arriua. Il paroiffoit fi effrayé, & fi impatient , qu'à peine donnoit-il
loifir à ceux qui le fuiuoient d'entrer dans des barques de nos pef-
cheurs , pour les mener aux vaiffeaux qui les attendoient. Deux ou
trois heures apres luy , il arriua vn

vieil Cheualier, qui ne pouuoit aller si viste, lequel fut fort surpris
d'apprendre qu'il estoit party sans
luy ; Et pource qu'il me jugea le
plus raisonnable de ceux qui
estoient là, il me demanda si j'aurois assez de charité, pour luy donner moyen d'aller aux Isles fortunées. Ie luy dis que ie le ferois
volontiers, & que j'auois vn petit
vaisseau qui l'y conduiroit aysémét.
M'apperçeuant alors qu'il estoit
fort las, ie le menay en ma maison,
où ie luy fis la meilleure chere qu'il
me fut possible; mais il estoit si me-
lancholique, qu'il ne pouuoit parler. Il me toucha de pitié, & me fit
resoudre à la conduire moy-mesme jusques en son pays : il reçeut
mon offre, & me témoigna d'en
estre fort aise. Nous passâmes la
mer fort heureusement ; & com-

me nous fûmes au Port, il me pria
d'aller auec luy jufques à la Cour,
où il auroit , difoit-il , plus de
moyen de recognoiftre la faueur
que ie luy auois faite. I'en fus infiniment aife, non pas pour l'atten-
te de ce bien promis, en ayant affez pour eftre contant; mais pour
découurir quel effet auroit produit
vn retour fi inopiné que celuy du
Prince Arimádre. La premiere nouuelle qu'aprit ce Seigneur, qu'on
appelle Cephas , fut que le Prince
ne le vouloit point voir: & en effet,
fi le Roy n'euft eu plus de juftice
que luy, il eftoit perdu. Il fe retira
en fa maifon, où ie l'accompagnay,
& mefme j'y demeuray plufieurs
jours par neceffité, car j'y fus extremément malade. Comme ie com-
mençois à reprendre mes forces,&
à refoudre mon retour , vn Gentil-

homme de la Cour le vint vifiter,
pour luy dire qu'Arimandre auoit
gaigné fon pere, & qu'il luy donnoit cinquante mille hómes, auec
tous les vaiffeaux de fes Ifles, pour
venir attaquer la noftre, & fe vanger de l'injure qu'il pretendoit luy
auoir efté faite. A pres que ce Gentilhomme s'en fut retourné ; Mon
amy, me dit Cephas, ie fuis bien
fâché de ce que ie voy ; Que s'il eft
vray, comme l'on dit, que lors que
la colere châtie l'offence, c'eft vn
vice qui corrige l'autre ; ie crains
que nos fuccez ne foient malheureux. Toutesfois ce qui me confo-
le, c'eft de n'y auoir nulle part ; &
d'autát que j'en aurois à voftre malheur, fi ie vous retenois dauantage icy, ie vous confeille de vous en
aller le plus diligemment qu'il
vous fera poffible : car vous n'y

pouuez eſtre connu , ſans courir
fortune. Ie l'en remerciay bien
humblement , & de tous les bien
qu'il m'auoit faits; & à l'heure meſme ie pris congé de luy , qui me fit
conduire par ſes gens juſques au
Port, où ie treuuay la mer déja couuerte de vaiſſeaux. Cela m'étonna
bien fort , & me fit demander à
ceux qui eſtoient auecque moy , ſi
ſon armée pouuoit eſtre ſi-toſt preſte ? Ils me dirent qu'ouy , & que le
Roy auoit fait reuenir celle qu'il
tenoit dás la terre ferme, qui eſtoit
grande, & fort aguerrie. Sur quoy,
ſans m'informer dauantage, ie ſuis
venu en toute diligence en aduertir voſtre Majeſté.

　La Reine loüa ſa fidelité, & l'aſ-
ſeura qu'elle luy donneroit des
preuues de l'eſtime qu'elle en faiſoit: Elle ſe leua en meſme temps,

& dit à ceux de l'assemblée, que l'affaire estoit si importante, qu'il ne seroit pas juste de rien entrepré-dre sans l'auis du Roy, les priant pour cét effet de se rendre le lendemain au mesme lieu, & à l'instant châcun se retira. Le bon Toreste affin d'obliger Ferdinand, l'auoit laissé à sa place, feignant d'auoir quelque affaire, pour conduire la Reine lors qu'elle sortiroit; ce qu'il fit fort agréablement. Elle fut étonnée de ce changement, & demanda Toreste: Il luy fit ses excuses, & apres luy dit; L'affaire qu'a mon amy, m'a donné tant d'auantage, qu'encore qu'elle luy soit importante, ie ne suis pas fâché qu'elle luy soit arriuée. Ne pensez-vous point, reprit la Reine, que la peine y passera l'honneur; & luy en souriant luy répondit. Madame, vn

D d iiij

employ ſi glorieux ne peut eſtre
que tres-agréable. Cette parole vn
peu libre luy eſtant échappée, le fit
rougir ; ſi bien que changeant de
diſcours ; Madame, luy dit-il, j'ay
vn extrême regret d'auoir eſté ſi
veritable Prophete touchant les
deſſeins du Prince Arimadre ; d'autant que le repos de voſtre Majeſté, & de ſes ſujets, en ſera troublé.
Ce qui me touche, dit-elle, m'eſt
en peu de conſideration ; mais j'a-
uouë que j'ay bien de la peine à
ſouffrir vne penſée qui m'accuſe
d'eſtre cauſe de tous les malheurs
que ie preuoy deuoir arriuer ; Et à
vray dire, quel autre que vous euſt
ſoupçonné ce Prince d'eſtre aſſez
hardy pour nous attaquer ? Ie vous
auouë que mes craintes n'ot point
auancé les heures du déplaiſir que
ie reçois. Les ſages en font ainſi,

Madame, répondit le Cheualier; &
toutesfois ie ne voy pas que ce soit
icy vn sujet qui vous doiue beaucoup fâcher:Car l'éuenement vous
apprendra sans doute,que c'est vn
presomptueux qui se viendra te-
merairement perdre à vos pieds.Ie
ne luy souhaitte point de mal,dit la
Reine; mais de quelque maniere
que ce soit,ie seray fort aise de ne le
voir jamais. Ie serois bien marry de
tomber en ce malheur , répondit
Ferdinand; & la pensée que j'ay de
le voir bien tost l'épée à la main,
me rauit d'vne secrette joye.Ie vous
plains,luy dit-elle,de vous voir porter sa malice auec autant de colere,
comme il a eu d'enuie à souffrir vostre vertu.

Des paroles si aduantageuses,&
dites par vne si belle Reine , trans-
porterent tellement l'esprit du

Cheualier, qu'il ne sçeut plus ce
qu'il faisoit, & mit son bon-heur
au dessus de toutes les felicitez
mortelles. Il se treuua cependant
à la chambre de la Reine, & se retira en la sienne, dans cette pensée;
Que les Destins estoiét ses amis, &
que l'occasion luy alloit ouurir vn
glorieux chemin à sa fortune.

Le lendemain, la Reine enuoya
querir le Prince Calessandre, & les
principaux Seigneurs de la Cour,
pour les mener au Monastere, où le
Roy s'estoit enfermé, Là elle luy fit
vn fidele rapport de ce que l'Insu-
laire luy auoit dit ; & apres que le
Roy y eust bien pensé, il luy répondit ; Dieu nous a donné l'entendement & la volonté, pour agir, &
pour suiure la sienne. Il luy plaist
de nous enuoyer cette affliction;
c'est à nous à cette heure de nous

feruir de ces diuines lumieres à sa
gloire, & à noftre honneur : mais
il faut fur tout nous empefcher que
la colere ny la hayne n'ayent aucune part dans nos confeils. Deffen-
dons-nous genereufement du mal
dont nous fommes menacez , fans
defirer d'en faire à perfonne ; & ne
doutez pas que Dieu , qui juge des
intentions les plus fecrettes , ne re-
double nos forces , & qu'il ne mette en confufion nos ennemis. Apres
ces paroles, il fut refolu qu'il falloit
promptement leuer vne püiffante
armée , fous la charge du Prince
Caleffandre ; & cependant, qu'il feroit tiré des garnifons de toutes les
Villes, où il y auoit des Ports , vn
nombre de Soldats, pour fortifier
celle où l'on deuoit croire qu'Arimandre feroit fa defcente.

L'aprefdinée, la Reine en fit le

rapport à tous ceux de l'assemblée,
qui contribüerét de bon cœur à ce
qui auoit esté resolu. Elle les en remercia fort courtoisement; & en
mesme temps elle fit distribuer les
commssions aux Capitaines & aux
Seigneurs, selon l'ordre que le Roy
en auoit écrit de sa propre main. Il
parût en cette occasion, quelle est
la force de la Vertu dans les ames
vrayement genereuses : Car toute
cette Noblesse, qui metoit son plus
cher interest à suiure le bien, & à se
deffendre du mal, eust en peu de
jours leué des Trouppes, qui furent conduites au rendez-vous general. La Reine par l'auis de son
pere, s'y treuua dans le mesme
temps, accompagnée de plusieurs
Dames, qu'elle auoit choisies ; entre lesquelles estoit la Princesse
Nimphale, extremément triste de

la perte qu'elle auoit faite n'aguere , & de la nouuelle crainte qu'elle
auoit , qu'en cette occafion la mort
ne luy fit vn fecond rauiffement de
fon pere.

Le lendemain que Lindamire
fut arriuée à la Ville , proche d'vn
quart de lieuë de l'Armée , elle
monta fur vn beau cheual blanc,
accompagnée de fes Dames , & fe
rendit dans la plaine.   Vn efprit
moins judicieux que le fien , fe fut
eftimé glorieux , de voir tant de
milliers d'homm̃es fi également
vnis en la volonté de perdre la vie
pour fon contentement , & pour fa
grandeur. Mais elle dont les defirs eftoient raifonnables ; d'vne
penfée plus genereu ſe que celle de
Xerces , verfa des larmes en abondance , les voyant tous fi proches
d'auancer leur mort pour l'amour

d'elle. Le Prince Caleſſandre les fit
mettre en bataille, par l'auis de
Ferdinand, qui eſtoit plus ſçauant
qu'eux en ce meſtier ; & d'autant
que l'enuie n'auoit point de part à
leur reſolution, la Lieutenance ge-
nerale de l'Armée luy fut donnée
par le conſeil de ce Prince. Le genereux Don Diego euſt le commandement d'vn eſcadron de gens
de cheual, & Don Laurens d'vne
partie de l'Infanterie. Comme la
Princeſſe fut pres d'eux, elle pouſſa ſon cheual, auec vne action capable de commander aux plus
grandes ames : puis elle paſſa de
bande en bande ; & auec des paroles flateuſes, ſoûtenuës d'vne Majeſté grauement douce, elle les ex-
horta tous enſemble à témoigner
leur valeur dans cette occaſion. Le
valeureux Ferdinand, qui n'auoit

pas encore treuué vn lieu fi fauorable que celuy-là pourparoiftre dás
fon luftre, y réuffit fi heureufemét,
que la Reine fut contrainte d'a-
uoüer, que fa bonne mine effaçoit
celle de tous les autres.

Il arriua en mefme temps vn
Gentil-homme, qui venoit en diligence donner auis à la Reine, qu'A-
rimandre auoit fait fa defcente, &
pris la Ville & le Port; Que les gens
qu'on auoit leuez pour y aller
eftoient venus trop tard : Que le
Gouuerneur s'eftoit treuué foible
contre vn fi grand nombre d'ennemis; Que luy & fes foldats en
grand nombre, y auoient laiffé la
vie, & que déja mefme l'armée
commençoit de s'auancer pour venir à eux. A cette nouuelle, la Reine affembla fon Confeil, où il fut
auifé qu'on les enuoyeroit reco-

gnoiſtre. Ferdinand en demanda
la commiſſion, & l'obtint. Il s'y en
alla donc auecque ſon Eſcuyer, &
celuy qui en eſtoit venu donner
l'auis. D'abord il découurit les ennemis, qui marchoient en fort bon
ordre, & monta ſur vne petite colline, qui eſtoit à main droite du
chemin, pour en juger plus aſſeurément : il y recónut enuiron tren-
te mille hommes de pied, & vingt
mille cheuaux. Comme il deſcendoit de la colline, il fit rencontre
de ſix Cheualiers, qui s'eſtoient de-
bandez, pour voir s'ils ne pourroient point apprédre de nos nouuelles. Ferdinand les voyant venir,
les attendit à l'entrée d'vn petit
bois ; & les ayant joints, les chargea ſi rudement qu'il en tua deux
d'abord, bleſſa trois de leurs compagnons, & prit le dernier, qu'il
                              amena

amena prisonnier à la Reine par
des chemins écartez. Elle estoit encore en campagne auec les principaux de l'armée, lors qu'il y arriua.
Il fit son rapport, & conclud qu'il
les falloit attendre où ils estoient,
n'y ayant point de lieu plus aduan-
tageux que celuy-là. Là dessus, il
presenta son prisonnier à la Reine,
qui l'ayant consideré, le jugea homme d'esprit, & luy demanda quel
motif pouuoit auoir eu le Prince
Arimandre, de venir troubler vn
Estat, où il auoit esté si bien receu?
Madame, luy répódist-il modeste-
ment, vous sçauez ce que peut le
mépris sur les grandes ames, puis
qu'il a causé souuent la ruïne des
Empires les plus fleurissans : c'est
pourquoy, on ne sçauroit justemét
blâmer le sentiment où il est de vostre refus, ny moins encore l'am-

E e

bition qu'il peut auoir, en vous témoignant ce qu'il vaut , de vous
laiſſer dans le regret de l'auoir perdu. Ie croy , luy dit la Princeſſe,
que Dieu en decidera demain le
different , & apres elle ſe retira à la
Ville , & laiſſa le priſonnier en la
diſpoſition de Ferdinand.

Cependant , les ennemis qui
auoiét marché juſques à la minuir,
eſtoiétvenus camper à demy lieuë
de nous. Au poinct du jour ils firent ſonner la Diane, & les noſtres
les ayant entendus, leur apprirent
par vn meſme ſon qu'ils n'eſtoient
pas endormis. Soudain les vns &
les autres furent en campagne , &
on ne demeura gueres ſans apperceuoir vn nombre de Caualerie,
qui venoit découurir l'aſſiete où
eſtoient les noſtres , qu'ils virent
en eſtat de ſe bien deffendre. Com-

me nous les apperçeufmes, noftre auantgarde s'auança, & les chargea vigoureufement. Le combat fut opiniâtré; & les noftres emportez par le nombre, reculerent jufques au premier rang de la bataille où eftoit le Prince Caleffandre. Il fut abbattu de fon chèual, & fait prifonnier : mais comme on l'emmenoit, Don Diego qui l'apperçeut, les chargea fi hardiment auecque fa trouppe, qu'il les deffit, & ramena fon General, qui ne fe treuua pas beaucoup bleffé.

Durant tout cecy, Ferdinand enflammé de colere d'auoir veu reculer nos gens, r'allia ceux qui fe retiroient; & donna dans vn gros auec telle fureur, qu'il les éclaircit bien-toft, & châcun à fon exemple combatit auec tant de valeur, qu'en moins de deux heures la bataille

fut gaignée. Arimandre fut le premier à se sauuer, auec beaucoup
d'autres, que les nostres ne voulu-
rent point suiure, se contentant
d'auoir deffendu leur patrie, sans
qu'il y eust du costé des leurs beaucoup de sang répandu. La nouuelle de cette victoire fut aussi-tost
portée à la Reine ; qui cependant
estoit en prieres dans vne Eglise
auecque ses Dames. Elle en remercia Dieu les larmes aux yeux, sça-
chant bien qu'elle coûtoit la vie à
plusieurs personnes : car sa Charité
passoit la juste haine qu'elle auoit
contre Arimandre, de s'estre ainsi
pris à elle, pource qu'elle auoit eu
autant de jugement, que luy de
mauuaises qualitez à se faire hayr.
Mais son émotion fut bien plus forte, lors qu'en sortant de l'Eglise, elle rencótra le valeureux Ferdinand,

qu'on apportoit demy mort. Alors
s'approchant de luy, sans pouuoir
retenir ses pleurs; Asseurément,
luy dit-elle, la victoire que j'ay gaignée m'est bien chere, puis qu'elle
vous a mis en l'estat où ie vous voy.
A cette voix, Ferdinand ouurit les
yeux à demy, & auec vne parole
mourante; Madame, luy répondit-il, n'ayez point de regret à ma
mort, puis qu'elle me surprend
dans la joye de mourir pour vous.
Les Chirurgiens ne permirent pas
qu'il parlast dauantage, & l'emporterent à son logis, où il fut pansé
auec soin; mais ses blessures furent
jugées tres-dangereuses. La Reine
pressée de ce déplaisir s'en retourna en son logis, où le Prince Calessandre la vint treuuer, affin de luy
rendre conte de l'ordre qu'il auoit
mis à faire enterrer les morts, & pa-

reillement pour luy amener les pri-
fonniers de guerre, dont il y en
auoit bon nombre, & entr'autres
quelques Cheualiers de marque.
Elle les reçeut fort courtoifement;
puis il luy fit vn ample recit de ce
qui s'eftoit paffé à la bataille, où il
n'oublia pas la gloire deüe aux
Cheualiers eftrangers. Car il auoüa
que Don Diego auoit fauué fa vie,
ou du moins fa liberté, & que Ferdinand auoit renuerfé des efcadrós
tous entiers, & fait fuir le Prince
Arimandre; Surquoy il conclud,
qu'il craignoit bien que la joye de
leur victoire, ne fut moderée par la
perte de l'vn & de l'autre de ces
Cheualiers, parce que tous deux
eftoient fort bleffez. La Reine luy
répódift, qu'elle auoit déja rencontré Ferdinand en piteux eftat; mais
qu'elle ne fçauoit pas encore la

bleſſeure de Don Diego ; & le ſupplia de prédre ſoin de tous les deux;
elle s'informa en ſuitte, ſi les ennemis n'emmenoient point 'de
priſonniers. Caleſſandre ayant répondu que non ; Ie veux donc, dit-
Elle, que l'on renuoye les leurs ; il
me ſuffit d'eſtre hors du danger
dont ils nous menaçoiét ; vn Chreſtien ne doit point profiter du malheur de ſon ſemblable ; & apres
auoir ordonné des choſes les plus
preſſées, elle commanda à Mirande de prendre des Trouppes , &
d'aller apres Arimandre, non pour
luy faire plus de mal qu'il n'é auoit
receu ; mais pour reprendre le Port
dont il s'étoit ſaiſi à l'abord. Par
meſme moyen, elle fit ſçauoir à ſon
pere l'heureux ſuccez de cette bataille ; puis elle ſe retira en ſa chambre, où elle fit appeller Toreſte &

Oriſtile; & en verſant vn ruiſſeau
de larmes; Vous ſouuient-il, leur
dit-elle,ma chere Oriſtile de la prophetie que ie fis à l'arriuée d'Arimandre? Voyez maintenant ſi elle
n'eſt pas veritable. Il eſt certain,ré-
pôdiſt Oriſtile,que dans les apprehenſions où ie vous vis apres ſa venüe, lors que vous ſembliez eſtre
fâchée de ce qu'il auoit ſi heureuſement abordé nos Iſles , ie fus en
doute touchant le jugemĕt que j'en
deuois faire. Mais apres auoir conſideré ſes humeurs , ie conclus que
les ames qui ayment Dieu parfaitement,ont dés lumieres qui auan-
cent les biens ou les maux qui leur
doiuent arriuer; & dés-lors ie commençay à les apprehender. Ie ne
me ſuis pas trompée , reprit la Reine, & ie vous auoüe qu'il ne me
pouuoit arriuer vn malheur plus

senfible, que celuy d'auoir veu au premier jour de mon Regne les campagnes couuertes de morts, & arrousées du sang de tant de bons & fideles sujets. Mais ce qui m'est encore plus insupportable, c'est l'infortune du Cheualier que j'ay rencontré, lequel est venu d'vne terre si éloignée sacrifier sa vie à ma deffence.

Ce disant, elle regarda Toreste, & luy commanda d'aller s'enque-rir de l'estat de sa santé; puis repre-nant son discours; Ma chere Oristi-le, dit-elle, qu'auons-nous fait à Dieu, qu'il vueille ainsi changer en amertume la douceur de nostre vie? car il est certain que si ce Che-ualier meurt, la pensée d'en estre la cause me sera vn tourment perpe-tuel. Oristile apres auoir versé beaucoup de larmes, luy répondit,

Il seroit difficile, Madame, de treuuer à dire à vne douleur si raisonnable que celle que vous auez ; & ie
ne puis m'imaginer que Dieu ait
conduit icy vn Cheualier si accom-
ply, pour le faire mourir à vos
pieds ; aussi veux-ie croire qu'il est
reserué pour vn meilleur destin. La
Reine la regarda, & dit; Pleust à
Dieu que vous fussiez veritable! Si
vostre Majesté, reprit-elle, treuue
bon que ie luy fasse sçauoir les inquietudes où vous estes de son
mal, elle se peut asseurer que ce
sera le plus vtile remede qui luy
pourra estre appliqué. Si l'imagination estoit blessée, dit la Reine,
vous auriez raison ; mais c'est le
corps qui a besoin d'autre remede.
I'appuye mon opinion, suiuit Oristile ; sur cette maxime ; Que les
contentemens de l'esprit donnent

de bonnes qualitez aux humeurs, & rendent facile la guerison de nos maux. D'ailleurs, ie sçay qu'il vous ayme si ardamment, que la moindre de ces faueurs le pourroit mesme faire sortir du tombeau. Comment estes-vous si bien auertie de ses sentimens, luy dit la Reine? Madame, répondit Oristile, les mesmes actiós qui me l'ont appris, empeschent vostre Majesté de l'ignorer. Rompons là-dessus, dit la Reine, & attendons ce que l'on doit esperer de sa vie, pour y répondre.

Vn peu apres Toreste reuint, & luy dit, qu'il estoit fort mal; que ceux qui le pansoient en auoient peu d'esperance; & que neátmoins il ne paroissoit rien de mortel, ny dans ses yeux, ny en son visage. Elle se souuint apres de Don Diego, & luy fit encore commandement de

le voir: ce qu'il executa à l'heure
mesme, & ne luy en fit pas vn meilleur rapport; mais il la supplia tres-
humblement de sa part, d'enuoyer
querir le bon Hermite, comme le
plus salutaire medecin dont il eust
besoin. La Reine luy demanda s'il
ne leur manquoit rien, il l'asseura
que non: & que le Prince Calessandre auoit le mesme soin de Don
Diego, qu'il eust pû auoir de son
Fils. Si Dieu luy fait la grace de guerir, dit Oristile, il faut qu'il luy donne sa fille, pour recompense de luy
auoir sauué la vie. Et que reseruez-
vous a Ferdinand? luy dit la Reine,
oubliez-vous que c'est le plus grád
party qui soit dans nos Isles? Ie le
sçay bien, Madame, reprit Oristile: sa valeur & les soins que voftre
Majesté monstre en auoir, luy pro-
mettent mieux.

La Reine ne luy répondit point,
mais commanda à Toreste de la venir treuuer sur le soir, pource qu'elle les vouloit aller visiter tous deux,
comme elle fit aussi, commençant
par Ferdinand : elle treuua Don
Laurens à l'entrée de sa chambre,
qui la venoit receuoir. La tristesse
de son visage, & les larmes qui cou-
loient de ses yeux, luy firent juger
de l'extremité de son mal. D'abord
luy ayant demandé s'il estoit empiré, depuis le premier appareil
qu'on y auoit mis ; Madame, répondit-il, les Medecins n'y ont plus
d'esperance: mais Dieu, qui est par-
dessus leur art, en ordonnera tout
autrement, s'il luy plaist. Ie l'espere ainsi, suiuit-elle ; & ce disant, elle
s'en alla droit au lict du blessé, qui
la receut auec vn visage mourant.
Elle luy témoigna le déplaisir

qu'elle auoit de le voir en tel eſtat,
pour l'amour d'elle ; mais luy d'vn
eſprit hardy , & qui croyoit eſtre
déja déueloppé des ſens , & déga-
gé de tous vains reſpects , luy répondit ; Il y a long-temps, Madame , que j'ay regardé la mort, comme vn effet infaillible à la Nature,
& que j'ay ſçeu que la ſource de nos
plus genereuſes actions , ſe treuue
dans le mépris que l'on fait d'elle ;
C'eſt pourquoy j'ay toûjours deſiré qu'elle me prit comme elle fait,
ſoûtenât vne cauſe ſi juſte & ſi glo-
rieuſe. I'eſpere , reprit la Reine,
que la bonté de Dieu , ſi accoûtu-
mée à nous aſſiſter , vous fera la
grace de guerir. Ces paroles qui
ſortoient purement du cœur, luy
firent ſentir vne telle joye, qu'il reprit ſes forces, & l'audace de luy dire ; C'eſt vn effet de voſtre juſtice,

Madame, de ne vouloir pas la perte d'vne personne, qui a reçeu de si
puissantes impressions de toutes
vos beautez, que nul autre apres
moy ne peut plus estre capable de
les adorer.

La pitié dont elle estoit touchée,
luy faisant juger de ce qu'elle n'a-
uoit pas encore connu, elle luy répondit auec vne douce modestie;
Prenez soin de vous guerir, & ne
doutez point que ie ne prise bien
fort vostre valeur, & les seruices
que j'en ay reçeus. Les Medecins
s'approcherent de luy; & treuuant
son poux fort émeu, supplierent la
Reine de se retirer, comme elle fit;
ce qui depleut si fort au Cheualier,
qu'il dit à la belle Oristile. Ces
ignorans pensant me sauuer la vie,
me donnent la mort; mais attendez vn peu; il faut que ie vous die,

belle Oriftile, que j'ay efté affez
refolu, pour ne mourir pas fans decouurir ma paffion à cette belle
Reine, qui a eu affez de bonté, pour
n'en châtier pas l'audace. Oriftile,
qui faifoit grande eftime de fa vertu & de fon amitié, luy dit ; Ie preuoy que le mal que vous endurez
à cette heure, vous éleuera dans
vne éminente fortune ; ne penfez
donc plus qu'à vous guerir, ie vous
prie; Elle le laiffa dans ces efperances, & fuiuit la Reine, qui s'en alla
voir Don Diego. Elle y treuua le
Prince Caleffandre, & la Princeffe fa
fille, & jugea en le voyant, qu'il y
auoit moins de peril en fon mal,
qu'en celuy de Ferdinand, d'autant
qu'il n'eftoit pas fi émeu. Mais elle
ne fçauoit pas que la belle Nimphale luy auoit conté pour le diuertir, toute la crainte que fa Majefté
auoit

auoit euë sur la mort de Ferdinand, & qu'elle auoit passé si legerement sur ce qui le touchoit, que ce déplaisir luy geloit le cœur. S'étant donc approchée de son lict ; Il faut aduoüer, dit-elle, que la victoire que j'ay gaignée me doit estre bien chere, non seulemét pour les bons seruiteurs que j'y ay perdus ; mais par l'apprehésion où ie suis de voir deux si genereux Cheualiers en manifeste danger, pour l'amour de moy. Ces paroles eussent esté flateuses à Don Diego, si la jalousie n'eust déja blessé ses sens, & fait croire qu'il n'auoit part à ses loüanges, que pour fauoriser son compagnon. Aussi luy répondist-il froidement ; Madame, ie ne merite pas d'estre plaint, puis que ie finis ma vie en vne si glorieuse occasion; & suis rauy de penser que la mort éga,

F f

lera bien-toſt mes cendres auec celuy qui a couru la meſme fortune
que moy, mais beaucoup plus heureuſement. Elle qui eſtoit fort diſcrette, luy répondit; Ie me promets
que Dieu , qui n'éloigne jamais
ceux qu'il afflige, accordera à mes
prieres l'heureuſe guerison de voſtre mal; & puis en feignant que ſi
on le faiſoit parler dauantage on
ne redoublaſt ſa fiéure , elle ſe retira.

Il ſe paſſa trois jours tous entiers,
pendant leſquels nos bleſſez demeurerent en meſme eſtat. Le quatriéme, le Roy arriua, menant auec
luy le bon Hermite , & deux Religieux de ſon Conuent, hommes de
ſainte vie, & d'éminente doctrine.
A l'abord de la Reine & de luy, on
leur vid répandre des larmes en
abondance , quand ils vindrent à

confiderer cóbien de vaillans guer-
riers s'étoiét perdus, pour foûtenir
leur Empire. Le Prince Caleſſandre, qui auoit accompagné la Reine, luy fit la reuerence, & luy rendit conte de ce qui s'étoit paſſé, depuis qu'il auoit pris le commandement de ſes armées. Mais comme
il eſtoit Prince veritable & fort juſte, il confeſſa deuoir ſa liberté à
Don Diego, & que Ferdinand
auoit gaigné la bataille, & fait fuir
Arimandre. Ce diſcours redoubla
le déplaiſir du Roy, par l'apprehenſion qu'il euſt de leur perte. Il les
viſita auec ſoin, & les treuua plus
mal qu'il ne les auoit creus. Don
Diego ſupplia le bon Hermite de
ne l'abandonner plus, qu'il ne luy
euſt fermé les yeux ; mais Ferdinand, que ſes bleſſeures n'exemp-
toient point de celles d'amour, ne

fe pouuoit perfuader que la mort
fut affez hardie pour le prendre,
quelques exhortations que luy fit
pour l'y refoudre le bon Religieux,
qui ne bougeoit d'aupres de luy.

Cependant la Reine ne pouuoit
cacher fes inquietudes à la belle
Oriftile, qui de fon cofté prifoit fon
bon naturel, & l'enflammoit autãt
qu'elle pouuoit, à reffentir les obli-
gatiõs qu'elle auoit à Ferdinand. Il
auint au cinquiéme jour fur le matin, que fon mal empira de telle
forte, que les Chirurgiens en perdirent toute efperance. A fon ré-
ueil elle les enuoya vifiter tous
deux par Torefte, qui luy dit à fon
retour, que Don Diego eftoit fort
amendé, & que lon ne doutoit
plus de fa vie. Mais le voyant taire,
& pâlir, elle apprehenda que l'autre ne fut mort, & en changea de

couleur, ne luy ofant demander ce
qui en eftoit. Oriftile s'en apper-
ceut , & luy dit; Voftre mine m'é-
tonne : ie vous prie parlez hardiment , luy eft-il empiré? Bien fort,
reprit-il,& ie croy que maintenant
il a plus befoin de bonnes prieres,
que de remedes. A ces mots , la
Reine fans rien dire entra dans
vn cabinet auec Oriftile, & y fut
quelque temps affife dans fa chaire,fa tefte appuyée fur fa main,fort
penfiue, & les yeux baiffez;Apres,
en les releuant tous moüillez de
larmes, elle luy dit. Quelle Eftoille
maligne eft venuë conduire Arimandre en nos Ports, & troubler
les douces influences des noftres?
Ha qu'infortuné fut le iour auquel
ie le vis jamais! Confiderez,ie vous
prie, ma chere Oriftile , combien
fa bizarrerie a fait perdre d'honne-

Ff iij

stes gens. Ie vous auoüe que celle
de l'incomparable Ferdinand m'est
amere, & que ie ne puis souffrir la
pensée des joyes qu'il aura de sa
mort. Quand elle auiendroit, répondist Oristile, la honte de sa fuite a dequoy la luy faire passer. Estimez-vous, dit la Reine, qu'il la
connoisse ? Ceux qui luy ressem-
blét ne sont sensibles qu'aux mauuaises choses, & sont ignorans aux
actions d'honneur.

Oristile desirant sonder ses plus
secrettes inclinations, changea le
discours, & luy dit ; Encore faut-il
loüer Dieu, de ce que Don Diego
se sauue. Ie sçay bien, reprit la Reine, qu'il y a beaucoup d'égalité en
leur personne, soit en valeur, soit
dans les seruices qu'ils m'ont rendus ; Mais j'auoüe que dans mon
estime, Ferdinand y est fauorisé.
Il est juste, dit Oristile, de pri-

fer ce qui nous ayme beaucoup.
Comme ils en estoient en ces termes, le Roy son pere frappa à la
porte, & luy amena Don Laurens,
qui luy annonça qu'on n'auoit plus
d'esperance qu'il passast le jour. La
Reine, pour adoucir l'amertume de
cette nouuelle, fut assez long-téps
à loüer toutes ses rares qualitez ; &
apres le Roy regardant Don Laurens ; Ie ne puis douter, luy dit-il,
par toutes les actions que j'ay re-
marquées en ce Cheualier, qu'il ne
soit de tyge Royale : Ie vous supplie de nous dire au vray de quelle
maison il est issu. Seigneur, répondist Don Laurens, en s'inclinant
fort bas, vostre presence m'est si
sacrée, que ie n'oserois luy mentir;
Ce que ie crains, est que ma pro-
fession m'ayant rendu plus sçauant
aux armes qu'en l'histoire, ie ne la

rapporte pas aſſez bien. Il eſt vray
pourtant qu'il y a pluſieurs années,
qu'il regna au Royaume de Caſtille vn Roy qui ſe nommoit Pierre,
& qui fut ſurnommé le Cruel, par
la tyrannie de ſes déportemens. Il
auoit vn frere bâtard, plus legitime par ſes vertus deuant Dieu que
luy, lequel auoit ſéjourné en France, & acquis l'amitié de cette belli-
queuſe Nation. Eſtant depuis de
retour en ſon pays, ce cruel Tyran
conſpira contre ſa vie ; & Dieu qui
châtie les mauuais Princes, permit
vn jour que ſon frere bâtard le
tuât, & que par le ſecours des François, il ſe fit maiſtre de ſon Eſtat. Ce
Pierre le Cruel n'euſt que des filles,
dont l'aiſnée fut mariée au Roy
d'Angleterre ; Elle euſt pluſieurs
enfans ; & vn des Cadets, homme
aguerry, reuint en Caſtille, où il

fut bien receu de l'heritier du bâtard. Il fit de fi grands exploits contre les Mores, qu'il en acquiſt vn
grand honneur, & l'amour des
peuples. Le Roy le maria richemét;
mais il coupoit de temps en tépsles
aiſles à ſa Fortune, & l'empeſchoit
d'éleuer ſes deſſeins trop haut. Il
fut tué en vn cóbat, & laiſſa vn ſuc-
ceſſeur ſi peu digne de la memoire
des hommes, qu'il fut oublié dans
l'Hiſtoire, & ſuiuy des autres auec
le meſme malheur juſques à Ferdinand ; dont la naiſſance fut jugée
ſi heureuſe, de ceux qui ſe meſlent
de chercher dans le Ciel ce qui doit
arriuer aux hommes ſur la terre,
que tous luy promirent de nouuelles Couronnes, ou du moins qu'il
recouureroit vn jour celle de ſes
peres. Comme il fut en vn âge plus
auancé, ſa mere l'enuoya à la Cour

de l'Empereur, où il fit fon entrée
de fi bonne grace, qu'il donna d'a-
bord dans veuë du Prince : Mais
comme le Soleil n'a point d'om-
bres à fon Midy, de mefme les éminentes vertus de ce Cheualier, ne
donnerent aucun ombrage à l'efprit de l'Empereur. Il le reçeut, il
l'ayma, & le prefera à tous ceux de
fa Cour. Il n'y demeura guere, fans
eftre employé à la guerre contre
les Mores, où ie luy ay veu faire des
exploits fi glorieux; qu'il eft certain, que s'il fut né au temps des
Idolâtres, ils luy euffent dreffé plus
de Temples & d'Autels, qu'ils n'en
drefferent jamais à leur Mars. En ce
mefme temps, eftant deuenu éper-
duëment amoureux de la plus belle
fille d'Efpagne; il tua vn grand Seigneur Portuguais pour l'amour
d'elle. Il la fiança depuis, au grand

regret de ſes amis , qui le plai-
gnoiét de le voir de ſi bonne heure
mettre des bornes à ſa fortune. A
quelque temps de là elle mourut,
& ſa perte le mit en vn ſi grand deſeſpoir , qu'il entrepriſt le voyage
des Indes , pour ne pouuoir plus
ſouffrir la demeure de ſon pays. Ie
fus ſi heureux, que mon vaiſſeau fut
le premier qu'il rencontra propre
à l'y porter; Mais Dieu en auoit ordonné autrement, & permit qu'vn
heureux naufrage nous jettaſt en
ce Port de ſalut.

La Reine euſt pris plaiſir à écouter ce diſcours , ſi la crainte de la
perte de ce Cheualier luy en euſt
laiſſé la liberté: Mais comme il euſt
acheué, elle luy dit. Sa perſonne &
ſes actions m'auoient auancé la
créance des veritez que vous nous
dites; & ie vous aſſeure que ie ne

puis aſſez plaindre le malheur, qui
m'a choiſie pour eſtre la cauſe de ſa
perte. Le Roy ne diſoit mot, & ſon
eſprit balançoit entre la crainte &
l'eſperance; lors qu'il arriua vn Religieux, qui venoit de la part de
Ferdinand, ſupplier la Reine qu'elle luy fit l'honneur de le voir auant
que mourir. Elle le dit au Roy ſon
pere, qui l'y voulut mener; & comme elle fut aſſez proche de ſon lict,
elle ſentit vn ſecret mouuement
dans l'ame, qui luy preſageoit qu'il
ne mourroit pas; ce qui la fit plus
hardiment approcher, & luy dire;
Ie vous aurois veu plus ſouuent, ſi
vos Medecins ne m'euſſent aſſeurée, que les frequentes viſites vous
faiſoient mal; & ne doutez pas que
ie ne ſois intereſſée à voſtre gueriſon. Il leua les yeux ſur ſon beau viſage, & luy reſpondit; Madame, j'ay

creu que voſtre bonté ne condáne-
roit pas la preſóption que j'ay priſe, de vous oſer ſupplier de vouloir
écouter les dernieres paroles d'vn
homme mourant. On dit qu'entre
les Loix de la Nature, elle en garde
vne fort juſte ; c'eſt qu'elle égale
tout le monde à la mort : & comme
ie la ſens proche de mes léures, j'ay
creu me pouuoir diſpenſer d'auancer ce temps , & de vous dire , Madame, que du premier jour que les
Deſtins me conduiſirent en voſtre
preſence, mes yeux furent remplis
de lumiere, & mon ame ſi enflam-
mée d'amour, que par le conſente-
ment de toutes ſes puiſſances, elle
vous a toûjours depuis religieuſe-
ment adorée. A cette heure, la mort
me vient rauir de vos mains; & ſi ie
ne me puis plaindre d'elle, puis que
dans l'occaſion où elle me tuë, elle

donne la vie à voftre repos ; d'autant que la victoire d'Arimandre
luy auroit efté vne viue fource de
malheurs.

La Reine demeura furprife d'vn
fi libre difcours ; & fut quelque
temps fans répondre , balançant
en elle-mefme la bien-féance auecque l'obligation. Mais enfin la raifon inclinant à la pitié, luy fit craindre qu'vne refponce trop feuere
n'auançaft fes jours ; c'eft pourquoy elle luy dit en fe fouriant. Ie
paffe fur vos premieres penfées,
que noftre vfage me fait ignorer;
mais ie vous auoüe, que voftre valeur m'a fait vn prefent que ie prife
plus que la Monarchie du monde :
car poffeder tout, & eftre poffedée
d'Arimandre , ce feroit eftre pauure au milieu de l'abondance , &
miferable dans le triomphe. Le

Cheualier animé de ces paroles, re-
priti; Eſtimez-vous, Madame, que
le Ciel qui vous créa ſi belle, euſt
permis que vous fuſſiez tombée
ſous la tyrannie d'vn ſujet ſi imparfait? Les Anges fuſſent deſcendus
du Ciel pour vous en deffendre, ſi
vous euſſiez manqué d'hommes
ſur la terre. Puis que Dieu vous a
choiſi, ſuiuit-elle, pour m'en déliurer, il veut que ie ne ſois point ingrate de ce bien-fait; & ne pouuant
mieux à l'heure preſente, ie vous
ſupplie de vous tirer de toutes les
inquietudes qui peuuent alterer
voſtre ſang, & empeſcher que les
remedes qui vous ſont appliquez
faſſent leur effet: car ie vous prote-
ſte, que le plus agréable ſeruice que
vous me puiſſiez rendre, ce ſera de
prendre ſoin de vous guerir.

Le Roy s'approchant d'elle, in-

terrompit leur difcours. Mais comme il euft regardé Ferdinand, il en
prit vne meilleure opinion; & fans
côfiderer que lavigueur qu'il auoit,
& la rougeur de fon vifage, par-
toient du cœur nouuellement enflammé de l'objet prefent, il appella les Medecins, & leur dit;
Qu'il le treuuoit fort amandé, depuis le matin qu'il l'auoit veu. Mais
eux ayant plufieurs fois obferué au
mouuement de fon poux, fes fentimens à la veuë de la Reine, luy dirent; Seigneur, apres que nous
l'aurons panfé, nous en jugerons
plus certainement. Leurs Majeftez
fe retirerent incontinent, plus con-
tentes qu'elles n'eftoient arriuées.

La Reine eftant de retour en fa
chambre, tira Oriftile à part, & luy
conta la hardieffe du Cheualier; ce
qu'il luy auoit dit, & combien elle
en

en eſtoit étonnée. Surquoy elle
répondit ; Il me ſemble , Madame , que vous blâmez vn effet naturel & fort juſte ; on vous vient
d'apprendre qu'il eſt iſſu de deux
grands Rois; & moins pouuez-vous
ignorer le peril où il eſt pour vous
auoir ſeruie ; & vous treuuez à dire
qu'il ſe plaigne du mal que vous
luy faites ſentir , eſtant meſme au
dernier poinct de ſa vie? Souuenez-
vous , reprit la Reine , qu'il en eſt
bien éloigné; que ſes deſſeins ſont
d'vn homme fort viuant , & hardy.
Mirande y arriua, qui les interrompit , & apres luy le Prince Caleſſandre & le bon Hermite, & tous deux
la vindrent aſſeurer de la gueriſon
de Don Diego , dont elle fut bien
aiſe. Cependant le Roy ſe retira en
ſa chambre juſques au ſoir , qu'il
retourna treuuer la Reine ſa fille;

Il n'y auoit guere demeuré, lors
que les Medecins luy rapporterent
que Ferdinand se portoit mieux
depuis la visite de leurs Majestez;
que ses playes estoient belles, &
qu'il auoit peu de fiéure. Cette
nouuelle leur fut extremément
agréable, & à la mesme heure ils
dépescherent Toreste, pour s'en
réjouyr auec luy.

Le lendemain, si-tost que le
Roy fut éueillé, il enuoya Mirande
sçauoir s'il continüoit en ce bon
estat: Il reuint aussi-tost, & l'asseura qu'il auoit assez bien dormy, &
qu'il amandoit à veüe d'œil. I'en
loüe Dieu, dit le Roy; & puis continüant son discours sur ce sujet, il
luy raconta ce qu'il auoit appris de
Don Laurens. Ie croy qu'il dit vray,
reprit Mirande : car depuis que ie
l'ay connu, ie ne me suis point ap-

perçeu, que l'abaissemét de sa fortune ait produit vn mauuais effet
sur son courage:& puis dire àvostre
Majesté,que ie l'ay veu les armes à
la main commander en Roy,& sortir de la broüillerie qu'il eust auec
Arimandre en compagnon. Il est
certain, dit le Roy ; ie n'ay jamais
treuué de vertu pareille à la sienne,
ny vne démarche plus hardie à soûtenir la rigueur du sort. Ie croy, reprit Mirande, que le secret mouuement de son cœur, ne desment
pas la gloire de ses actions : car ie
me suis apperçeu depuis quelque
temps,ou ie suis bien trompé,qu'il
est fort amoureux de la Reine. Seroit-il possible, dit le Roy ; il paroist en cela estre poussé d'vn grád
Genie, ou que la diuine Prouidence veut par des chemins qui nous
sont inconnus , le releuer à ladi-

gnité de ſes Peres.

Mirande qui aymoit Ferdinand,
creut deuoir ſuiure ce diſcours ; ce
qui l'obligea à luy dire ; La penſée
de voſtre Majeſté me fait conſiderer par la ſuitte des choſes qui ſe
ſont paſſées depuis qu'il eſt icy,
que Dieu ne l'a point conduit dans
vos Eſtats vainement ; Que s'il
échappe , comme ie croy , voſtre
Majeſté ne peut choiſir vn mary à
la Reine, en qui toutes les qualitez
ſe treuuent ſi conformes aux ſiennes, comme celles de Ferdinand.
La perſonne en eſt fort belle , le
cœur genereux , l'ame excellente
en toutes ſes parties , les humeurs
reglées, & ſon origine Royale, qui
luy eſt neceſſaire pour garder la
loy du pays. Le Roy ſonge a vn peu;
& puis il luy dit; S'il eſt auſſi agréable à ma fille comme à moy , il ſera

bien-toſt voſtre Roy. Mirande ne
reſpondit point ; mais ſi-toſt qu'il
fut ſorty , il auertit Toreſte de tout
ce diſcours , affin que la Reine ne
pût ignorer les intétions du Roy
ſon pere. Il le treuua, comme il luy
alloit dire la nouuelle que Ferdinand ſe portoit aſſez bien , veu le
mal qu'il auoit. Apres l'auoir entendu , il entra en ſa chambre , où
l'ayant veüe ſeule auecque ſa femme , il luy dit ce qu'il auoit appris
de Mirande. A ce diſcours la Reine
rougit bien fort , & répondit, Ie ne
m'étonne pas des ſentimens que
peut auoir le Roy en faueur de ce
Cheualier, pource que ſon eſprit
détaché de toutes les paſſions qui
font tomber les hommes dans de
faux jugemens , ſçait eſtimer &
connoiſtre les choſes ſelon leur valeur ; & perſonne ſans malice , ou

fans ignorance, ne peut defauoüer
que toutes les qualitez neceffaires
ou defirées en vn Roy ne foient en
Ferdinand, fi bien qu'il eft affez
jufte pour y vouloir ajoûter le
Royaume qui luy deffaut. Mais tel
eft bon Roy qui n'eft pas bon mary; il feroit plus malaifé à mon aduis de partager fon Eftat, que de fe
donner foy-mefme; La refolution
en eft difficile, & l'euenement encore plus douteux; & neantmoins
ïe fuis d'auis de remettre ce difcours à vne autre fois.

Cependant Don Diego amen-
doit toûjours; auffi le baume qu'on
appliquoit à fes playes eftoit fi excellent, qu'il faifoit fon effet en
moins d'vne heure: Mais celles de
l'efprit au contraire alloient toûjours en empirant; & le bon Hermite, qui entreprenoit de les gue-

rir, n'y épargnoit ny le fer, ny le
feu. Il ne luy celoit point les faueurs
que Ferdinand receuoit de la Reine, & les moindres il les luy faisoit
paroiſtre fort grandes ; puis il luy
remonſtroit doucemét le tort qu'il
auoit de ſe trauailler du bon-heur
de ſon amy, eſtant aſſez raiſonnable, pour ſçauoir que l'Autheur de
la Grace la depart où il luy plaiſt: Et
toutesfois il eſt à croire, que ſi les
frequentes viſites de la belle Nimphale n'euſſent donné force à ce
raiſonnement, il euſt eſté aſſez inutile. Mais tout ainſi que le ſon harmonieux d'vne Muſique bien con-
certée, peut appaiſer les plus violens mouuemens de l'ame; de meſme ie croy qu'vne excellente beauté n'eſt pas moins puiſſante, pour
adoucir les eſprits, & les rendre capables de juger des veritez qu'on

leur repreſente; ce qui me fait conclurre, que ce Cheualier fut auſſi
obligé de ſa gueriſon à la beauté
de Nimphale, qu'aux ſoins chari-
tables du bon Hermite, qui ne demeura gueres à s'en apperçeuoir.
Mais auparauant que de luy vouloir témoigner ce qu'il en auoit
connu, il ſe reſolut de preſenter les
intentions du Prince Caleſſandre
en faueur de Don Diego ; ce qu'il
fit adroitement, & les treuua ſi ad-
uantageuſes pour luy, qu'il en demeura ſatisfait. Apres il conſidera meurement les actions de cette
Princeſſe en le viſitant, & connut
qu'elle obeyſſoit auec plaiſir au
commandement que luy en faiſoit
ſon pere: mais en gardant toûjours
vne telle modeſtie, qu'il ne paroiſſoit pas qu'elle y fut portée par autre motif, que celuy qui eſt ordi-

naire aux affligez, de se plaire à l'entretien des plus malheureux; Neátmoins, comme les ames qui communiquent souuent auec Dieu, reçoiuent de secrettes lumieres, qui leur donnent la cognoissance des choses futures, il tira vn bon Augure de ces dispositions; mais aussi il n'ignoroit pas qu'il faut que châcun trauaille de son côté à l'establissement de sa fortune. Alors il ne manqua pas de communiquer cette pensée à Don Diego, & à le solliciter de se seruir de l'occasion, luy promettant de l'assister de tout son possible. Pour cét effet, il voyoit souuent le pere de la Princesse; & pource que la valeur & la personne de Don Diego luy estoiét connuës, il estima necessaire de luy faire sçauoir qu'il estoit d'illustre naissance; Ce qu'il fit auec adresse,

au grand contentement de Caleffandre, qui traitta depuis auecque
Don Diego, comme auec vn Prince iffu du fang d'Aragon.

Si-toft que Don Diego fut en
eftat de fortir, il fut rendre fes premiers deuoirs au Roy, dans le Monaftere où il s'eftoit retiré, & le remercia tres-humblement des honneurs & des foins qu'il luy auoit
rendus. Le Roy luy témoigna fort
courtoifement, qu'il ne pouuoit
s'acquitter de ce qu'il luy deuoit,
ayant pris le mal pour la conferua-
tion de fes Eftats. Sur le foir il fut
chez la Reine, accompagné du bon
Hermite, & la treuua auec la belle
Nimphale, affife fur des carreaux.
Elles fe leuerent pour le gratifier;
& la Reine le treuuant fort pâle,
luy dit; En vous voyant fans couleur, vous me faites rougir, fça-

chant que j'en suis la cause, & que
ie ne puis me reuancher de cette
obligation. Madame, répondit le
Cheualier, la gloire que j'ay de feruir vne si grande Reine, passe de
bien loin tout ce que ie puis auoir
fait: Elle se remit en sa place, com-
mandant qu'on luy apportast vn
siege, où elle le fit assoir : il estoit
si foible qu'il obeït; Et en mesme
temps Toreste, qui reuenoit de
chez Ferdinand, les vint asseurer
qu'il estoit tellement amendé,
qu'on s'en promettoit vne prom-
pte guerison. Ie loüe Dieu, dit la
Reine, que nos craintes se soient si
heureusement dissipées: vous nous
auez tous deux fait grãd peur. Ferdinand, reprit Don Diego, a esté
plus mal que moy. Il est vray, dit
la Reine; car depuis hier seulement
on nous asseure de sa vie. Il la pou-

uoir perdre difficilement , répondit Don Diego , puis que les vœux
de voſtre Majeſté , & les ſoins
qu'elle a eus de luy, eſtoient capables de le tirer du tombeau. Elle,
qui auoit toûjours eſté auertie par
l'Hermite de ſes jalouſies, & de ſa
nouuelle paſſion , luy répondit;
Cette belle Princeſſe & moy, auons
trauaillé auec vn meſme bon-heur,
puis que vous eſtes tous deux gue-
ris. La raiſon , dit l'Hermite , vous
y doit auoir également intereſſées:
car l'vn a ſauué la vie au Prince Caleſſandre , & l'autre a mis en fuitte
voſtre ennemy.

Le Roy arriua , qui rompit leur
diſcours ; & pource qu'il aymoit
bien-fort Ferdinand , il voulut que
tous enſemble allaſſent le voir. La
Reine s'en fut excuſée, ſi elle euſt
oſé , parce que depuis la liberté

qu'il auoit prife de luy découurir fa
paſſion, elle creut n'eſtre pas honneſte de le viſiter ſe portant bien.
Il ne fut pas ſurpris de leur venüe:
car Mirande l'auoit déja auerty du
deſſein qu'auoit fait le Roy : auſſi
le treuua-t'on fort proprement ac-
commodé. Ils s'aſſirent tous aupres
de ſon lict : Et comme il auoit déja
ſçeu par l'Hermite la nouuelle inclination de ſon compagnon, il
voulut juger luy-meſme s'il ne s'e-
ſtoit point trompé, doutant bien
fort qu'il fut poſſible de ſe pouuoir
ſeparer de la premiere paſſion qu'il
luy auoit veüe : Mais comme il eut
connu à ſes yeux, & en toutes ſes
actions qu'il diſoit vray, il s'en ré-
jouït infiniment; auſſi eſtoit-ce vn
moyen certain pour reſtablir leur
confiance, & vnir plus étroitement
leur amitié. La Reine par vne

adroite fuite, empefcha le moyen à
Ferdinand de luy pouuoir parler.
Il s'en apperçeut , & dans le moment fes inquietudes furent fi for-
tes, que la fiéure luy en redoubla.
Tout auffi-toft que leurs Majeftez
furent retirées, il enuoya prier Torefte de le venir voir : Le meffage
luy fut fait en prefence de la Reine, qui luy commanda de luy rapporter ce qu'il luy auroit dit. Il y
arriua comme on le panfoit : & les
Chirurgiens eftoient fi étonnez de
voir fes playes fi enflammées, qu'ils
eftoient en peine de fçauoir quel
excez il pouuoit auoir fait , qui euft
apporté vn fi prompt changemét:
Ils s'en informerent de fon Efcuïer:
mais cóme il les eut affeurez qu'il
n'y en auoit point , ils recommen-
cerent à douter de fa vie, & en auertirent Torefte , auparauant qu'il

parlaſt à luy. Comme il fut aupres
de ſon lict, il ſe ſouleua ſur ſes oreil-
lers, pour auoir vne plus libre reſ-
piration, & luy dit : Ie ne ſçay ſi ie
me dois plaindre de mon malheur,
ou de la mort, ou ſi l'vn & l'autre
me portant enuie ſe ſont aſſociez,
affin d'accroiſtre mes peines, & de
ternir ma gloire ; car il eſt vray que
ie ne deuois point échapper du
combat, & moins encore guerir
de mes bleſſeures ; & cependant la
mort ne m'a daigné prendre, &
m'a rauy l'honneur de mourir dans
le ſeruice de la Reine, pour m'a-
bandonner à la tyrannie de mes
déplaiſirs.

Toreſte, qui ne deuinoit point
la cauſe de ce nouueau mal, luy témoigna vne grande impatience de
le ſçauoir ; & luy, qui en auoit bien
autant de le luy dire, reprit ; Mon

amy, il vous doit fouuenir du jour
que les Medecins perdirent l'efperance de ma guerifon, & qu'à voftre priere la Reine me vifita; Alors
m'eftimant proche de paroiftre deuant la premiere Verité, ie creus
que fans l'offenfer ie luy en pouuois découurir vne fort pure, & luy
dis dans la naïfueté d'vne bouche
mouráte, l'impreffion que fa beauté auoit faite fur mon ame, & que
ie l'auois toûjours adorée comme
vne Diuinité, auec filéce & refpect;
Mais que ie ne pouuois eftre affez
lafche, pour en emporter le fecret
auec ma vie; & comme vous la co-
gnoiffez égale en toutes fes vertus,
elle voulut eftre auffi bonne que
jufte; & craignant à mon aduis d'a-
uancer ma mort, me refpondit fauorablement, fans me donner aucune apparence que ie luy euffe
dépleu.

Ie ne vous dis point les joyes que ie
reçeus de mille flateuses penſées,
que l'eſperance me fiſt auoir, pource que vous l'auez appris déja par
l'amandement de mon mal. Depuis, elle m'a continüé le meſme
ſoin qu'elle auoit de me faire viſiter, juſques aujourd'huy que Dieu
m'a voulu détróper, & punir l'audace de mes premieres penſées: car
tout le temps qu'elle a eſté icy, elle
ne m'a regardé que dédaigneuſe-
ment; mais ce qui m'a touché le
plus, ç'a eſté de luy auoir veu fuïr
l'occaſion que ie pûſſe parler à elle.
Apres cela dois-je douter que ma
liberté ne luy ayt dépleu, & n'ay-
je pas ſujet de me plaindre de la
Mort, d'auoir enuié à mon tombeau l'honneur qu'il deuoit attendre en cette occaſion d'eſtre arrou-
ſé de ſes larmes?

Ce n'est pas sans raison , reprit
Toreste, que le Sage nous conseil-
le de nous deffendre de nos vaines
apprehensions ; pource qu'elles
nous trauaillent de plusieurs maux
qui ne sont point, comme ie m'apperçois par le danger où ie vous
voy , touchant l'imagination que
vous auez euë. Vous sçauez que ie
suis vostre amy , & qu'en ce lieu la
parole ne déguise jamais la verité ;
c'est pourquoy ie déplore vostre
malheur , de vous estre seruy des
subtiles pensées de vostre esprit,
pour enchanter vos yeux , & vous
représenter ce qui n'est pas : car il
n'est pas possible que la Reine s'of-
1 nse de ce que vous luy auez dit,
parlant, comme elle fait, si fort à
vostre aduantage. Ayant donc à
vous détromper entierement, puis
que c'est chose qui importe à vo-

ſtre vie, ie vous fieray vn ſecret dõt
vous profiterez tout ſeul, s'il vous
plaiſt, ſans le communiquer à perſonne. Alors il luy fit le diſcours de
ce qui s'eſtoit paſſé entre le Roy &
Mirande, le rapport qu'il luy en
auoit fait ; & comme ſuiuant ſon
aduis, Oriſtile & luy l'auoient conté à la Reine, affin d'eſſayer par ſa
parole, d'aperceuoir le mouuemét
de ſon cœur ; Ce que nous auons
fait, ſuiuit-il ; & ie vous puis aſſeurer qu'elle en a eſté tres-contente.
Là deſſus il luy raconta mot à mot
les loüanges qu'elle en auoit dites.
Mais d'autant qu'il eſtoit auiſé, &
qu'il auoit apperçeu que ſon eſprit
ſe portoit plûtoſt à la crainte du
mal, qu'à l'eſperance du bien, il
luy en cacha la concluſion.

Le genereux Ferdinand écouta
ce diſcours auec tãt de plaiſir, qu'il

en oublia ſes peines paſſées, ſi bien
que l'eſperance agiſſant imperieu-
ſement ſur ſes ſens , luy redonna
de nouuelles forces. Il paſſe tout à
coup de la triſteſſe à la joye ; & ce
tranſport eſt ſi grand, qu'il ne peut
s'imaginer ſi c'eſt vn enchantemét,
ou vn ſonge, que ce qu'il a ouy.
Toreſte s'en aperçeuát ſe mit à rire,
& luy dit ; Où eſt allé ce genereux
Ferdinand, qui auoit accoûtumé de
marcher d'vn pas ſi égal dans les ex-
trêmitez de la Fortune? ie ne le vois
plus. A ces paroles, il reuint à ſoy, &
luy répondit ; Quand il vous plaira
de vous ſouuenir que ie ſuis vn
Cheualier inconnu en ce lieu , &
ſeulement ſoûtenu par la force de
ma naiſſance, vous ne ſerez pas ſurpris de voir que ie le ſuis bien fort:
car difficilement pourroit-on treuuer des eſprits d'aſſez bonne trem-

pe, pour supporter sans étonnement deux effets si contraires, &
si sensibles, comme j'ay fait en si
peu de temps. Mais puis qu'il m'est
impossible de vous expliquer mes
sentimens, apprenez-les par mon
silence; Il demande beaucoup à vostre charité, puis qu'il vous témoi-
gne l'estat où ie suis.

Toreste le laissa, auec asseurance que Mirande & luy le seruiroiét
vtilement, & le pria d'auoir soin
de sa guerison. Là dessus il s'en alla
chez la Reine, qu'il treuua fort en
peine du rapport que les Medecins
auoient fait au Roy son pere, que
Ferdinand estoit retombé en vn
plus grand danger que n'estoit le
premier, dont il estoit sorty, il luy
dit qu'il estoit vray, & le sujet qui
en estoit la cause, sans oublier pas
vne parole de toutes celles que le

H h iij

Cheualier luy auoit dites ; les ani-
mant si adroitemét, qu'il la mit en
peine. Serois-ie bien assez malheureuse, reprit-elle, de l'auoir mis
deux fois à la Mort? Toreste ne répondit point, mais la laissa, pour
chercher Miräde, affin de l'auertir
de la cause du nouueau mal de Ferdinand. Il le rencontra aupres de la
Cellule du Roy: Il luy en fit le discours, dont il fut tellement touché,
que de ce pas il entra où estoit le
Roy, pour l'en auertir. Il le treuua
seul auec le Prince Calessandre, &
leur dit ce qu'il venoit d'apprendre
de Toreste; L'vn & l'autre auoient
en telle estime les vertus de Ferdinand, que la nouuelle leur en fut
dure. Mais comme le Roy y eust vn
peu pensé, il dit à Calessandre; Le
mal de ce Cheualier a du remede;
& puis auec vn ton plus serieux, en

le regardant il pourſuiuit; Eſtimez-
vous que la premiere Prouidence,
qui ne trauaille jamais vainement,
n'ait conduit par vne voye extraordinaire, ces deux Cheualiers en ce
lieu , que pour le bien que nous
en auós receu ? Ie croy que par vne
penſée plus raiſonnable, nous deuons tenir pour certain , que tout
ainſi qu'elle a choiſi leur valeur,
pour ſauuer cét Eſtat,& voſtre perſonne d'vn peril ſi éminent , elle
demáde auſſi de noſtre Iuſtice vne
recognoiſſance qui ſurpaſſe, ou du
moins qui égale leur bien-fait ; &
nous en auons le moyen, où il ne
faut pas défaillir, affin de ne tomber pas dans le malheur des autres
hommes ingrats. Vous auez vne
fille, & j'en ay vne autre: ie ſuis d'a-
uis de les donner à ces deux Cheualiers. L'excellence de leurs eſ-

prits, & de leur valeur, & la beauté de leur perſonne, m'empeſchent
de douter que les partis ne leur
ſoient agréables. Seigneur, reprit
le Prince, la raiſon & vos volontez,
qui ſont mes loix , me feront aiſément accorder la propoſition qu'il
vous plaiſt faire : il eſt vray que ie
dois apres Dieu ma vie au Seigneur
Don Diego ; & ſi ma fille me croit,
elle n'appellera point de cette élection. Ils ſont tous deux ſi ayma-
bles, dit le Roy , & elles ſi auiſées,
que ie croy aſſeurément qu'elles
s'accorderont à nos auis.

Mirande rapporta cette bonne
nouuelle à Toreſte, & luy ne faillit pas d'aller chez Ferdinand, auſſi-
toſt qu'il fut éueillé ; En y entrant,
il aprit des Chirurgiés qu'il ſe portoit beaucoup mieux ; Et s'approchant de ſon lict ; Cheualier , luy

dit-il en foûriant, efloignez de
vous toutes ces triftes penfées ; Ie
vous apporte des nouuelles qui
font capables de vous tirer du tombeau. Gueriffez-vous : fçachez que
les Deftins vous referuét vne Couronne, & la poffeffion de la plus
belle perfonne du monde. Alors il
luy cóta les refolutions que le Roy
& le Prince Caleffandre auoient
prifes en fa faueur, & en celle de
fon compagnon. L'excez de joye
qu'il receut de ce difcours, fit vn
tel effet fur fes fens déja affoiblis de
fon mal, qu'il s'éuanoüit. Torefte
court au remede : il reuient ; &
apres auoir repris vn peu de force,
il luy dit ; Ce n'eft ny par lafcheté,
ny par faute de cœur, que ie fuis
tombé dans l'inconuenient que
vous auez veu. Mais ie paffe ma
vie auec tant d'amertume, & trou-

ue les roſes que ie cueille juſques à
ce jour, ſi pleines d'eſpines, que ce
n'eſt pas vn effet nouueau, ſi mon
eſprit s'eſt égaré à la veuë & à l'o-
deur des belles fleurs que vous me
preſentez. Toreſte ſe mocque de
luy, & luy reproche, que ſi le bien
meſme luy fait mal, il le faut abandonner, comme vn homme per-
du, & qui neglige de ſe ſeruir des
puiſſance de ſon ame, qu'il poſſe-
de en vn degré ſi éminent. Ferdinand ſe deffend, & auoüe qu'il faut
que tout raiſonnement cede à la
force de ſa paſſion; que la cauſe en
eſt ſi belle, que les ſentimens n'en
peuuent eſtre mediocres, quelque
differéce, ou quelque nature quelle puiſſe auoir.

    Il y demeura fort peu, pour le
laiſſer jouyr ſeul de ſes nouuelles
eſperances, & alla rendre reſponce

à la Reine. D'abord il l'asseura de
sa santé ; & apres il n'oublia pas à
luy conter l'accident où il estoit
tombé, lors qu'il luy auoit fait sçauoir l'honneur que le Roy luy vouloit faire. La Princesse regardant
Oristile, luy dit; Est-il possible que
l'amour puisse produire des effets
si violents sur des esprits raisonnables? Il en sera, répódist Oristile, vn
premier exemple dans ce climat, lequel à mon auis ne vous peut déplaire. Vostre jugement est temeraire, reprit la Reine, en riant. Cependant le Roy, qui n'auoit passé la
nuict que dans l'apprehension de
perdre Ferdinand , enuoya querir
ses Chirurgiens, aussi-tost qu'il fut
éueillé ; s'informa de sa santé , &
fut fort aise d'apprendre qu'elle
estoit meilleure que le soir precedent. Don Diego auoit eu la mes-

me alarme des autres ; c'eſt pourquoy il ne faillit pas de l'aller voir
au ſortir de ſon logis ; & d'autant
qu'vn meſme intereſt en diuers ſujets, les auoit reünis d'amitié, il entra chez luy, dans l'apprehenſion
d'en apprendre de mauuaiſes nouuelles, comme Toreſte en venoit
de ſortir. Il luy treuua le viſage ſi
bon & ſi gay, qu'il creut qu'on s'é-
toit mocqué de luy; Auſſi ne luy en
cela-t'il point la penſée; & Ferdinand de ſon coſté luy fit vn fidele
rapport de ce qui s'eſtoit paſſé, ſans
y oublier les bónes reſolutiós que
le Roy & le Prince Caleſſandre
auoient priſes pour eux. Don Diego luy dit, qu'il auoit vn amy aupres de la Princeſſe Nimphale, qui
l'en auoit déja auerty ; Ferdinand
s'informa comme il eſtoit aupres
d'elle; Aſſez bien, reſpondiſt-il, car
le bon Hermite, par la main du-

quel Dieu m'a fait conduire à la
voye de falut, a eu affez de credit
auec elle , pour m'auoir depuis
quelques jours écouté plus fauorablement qu'elle n'auoit fait ; & de
plus, il me femble , fi mes yeux ne
me trompent, que mes feux com-
mencent à fondre fes glaces.

Ils pafferent tous deux vne partie du jour en ce difcours; car comme ils gardoient vn mefme regi-
me , ils difnerent enfemble. Le
Roy à l'heure ordinaire fortit de
fon Monaftere feul auec le Prince
Caleffandre, & alla au logis de la
Reine , qui fe joüoit auec la belle
Nimphale ; & fans leur donner aucune cognoiffance de fon deffein,
il les emmena toutes deux chez
Ferdinand , à qui le Roy fit mille
careffes. La Reine l'ayant regardé,
luy dit ; Si le Roy vous vifite com-

me malade, il a tort: car ie ne vous
vis jamais ſi bon viſage. Il n'y a
point de maux, Madame, reprit-il,
qui oſent paroiſtre où ſont vos lumieres, & j'auoüe que j'ay receu de
voſtre Majeſté des faueurs capables de me tirer du tombeau. Vous
deuez à la Iuſtice, & non à la Grace, luy dit la Reine, le bien-fait qui
vous contente: car ie ne pouuois,
ſans eſtre ingrate, le refuſer à la
genereuſe reſolution que vous
auez priſe, eſtant né libre, de hazarder voſtre vie, comme le moindre de mes ſujets, pour la deffenſe
de mon repos & de ma liberté.
L'hóneur, ſuiuit-il, que j'ay acquis
en vous ſeruant, vous rend quitte
de cette debte; Mais il me ſemble,
Madame, que la difference que
vous faites de mon deuoir auec celuy de vos ſujets, eſt fort juſte. La

fujetion de la naiffance ne peut entrer en comparaifon auéc celle
qu'vne extrême beauté impofe à
nos fens, pource que toutes les
puiffances de l'ame y cedent; C'eft
pourquoy eftát moins librequ'eux,
ce font de pures graces que j'ay
receües de fa bonté, lors qu'elle a
daigné prendre foin de ma vie. Ie
ne fuis pas d'auis, dit la Reine, de
contredire voftre opinion, puis
qu'elle vous plaift, n'ayant point
d'intention que de vous bien faire.

Le Roy s'eftoit vn peu efloigné,
affin de juger par l'action de ces
Dames, parlant à ces Cheualiers,
quel pouuoit eftre le fentiment de
leur cœur. Il en demeura fort fatisfait; & comme il fut de retour
chez la Reine, il la fit entrer dans
vn cabinet, appella Caleffandre &
Nimphale; & la porte eftant fer-

mée, il commença son discours par
les loüanges des deux Cheualiers :
& puis admirant les soins que Dieu
auoit eu d'eux , il conclud qu'il deuoit croire qu'il n'auoit pas conduits inutilement en leur terre par
vn effet miraculeux, deux hommes
si excellens. Alors regardant sa fille, il luy dit ; Vostre Estat & mon
repos vous coüient à vous marier,
puis que l'effet en est necessaire, &
que ie treuue en la personne de
Ferdinand toutes les qualitez qui
vous doiuent estre agréables : ie
vous supplie donc de vous resoudre à l'espouser. Elle luy fit la reuerence; & auec vn teint plus vermeil
que ne l'ont les roses, elle luy dit; Ie
sçay , Seigneur, que mes volontez
doiuent ceder aux vostres ; & que
celuy que vous me proposez a toutes les vertus d'vn grand Roy; mais
les

les humeurs m'en font si peu connües, que ie ne puis, sans apprehension, m'y resoudre si promptement. Puis que la vertu, reprit le
Roy, corrige les mœurs, & que
vous auoüez les siennes éminétes,
que pouuez vous craindre, & quel
besoin auez-vous du temps? I'en ay
si peu à perdre, que ie vous con-
jure de ne m'en differer point le
contentement. Elle ceda à cette
douce force, & promit au Roy de
luy obeyr: La Princesse Nimphale
à son exemple donna la mesme af-
feurance à son pere, & au Roy, en
faueur de Don Diego; apres, le
Roy se retira.

Le lendemain, si-tost qu'il fut
leué, il enuoya Mirande au genereux Ferdinand, luy annôcer cette
nouuelle. Il le receut auec des joyes
qui ne se peuuent explicquer, &

Ii

luy rendit toutes les graces , qui
peuuent partir d'vne ame judicieu-
se , & sensible aux obligations. Surquoy il le laissa , pour donner le
mesme auis à Don Diego. Cependant la Reine estoit diuersement
combattüe : sa raison ne pouuoit
souffrir qu'elle partageast sa personne & son Royaume à vn Cheualier inconnu ; ses inclinations
d'autre part luy persuadoient qu'il
estoit fort aymable, & le plus ac-
comply de son siecle ; & que Dieu
l'auoit conduit par des voyes extraordinaires. Elle en parla à Oristile, qui appuya sa derniere pensée , & luy dit en riant ; Ne consi-
derez-vous pas, Madame , que la
Nature ne vous a point faite, pour
suiure la coûtume des mariages de
vos semblables ? Amour, la Fortune, & vostre Beauté, ont pris la con-

duite du voftre, & le finiront heureufement.

Torefte entra, qui les interom-
pit, pour dire à la Reine, qu'il venoit de chez Ferdinand, comme
Mirande en fortoit, & qu'il l'auoit
laiffé fi rauy de joye, qu'il croyoit
déja auoir paffé le troifiéme Ciel.
Il ne fçait plus que c'eft que de
mal : il fe mocque des Chirurgiens
qui penfent fes playes, & leur dit,
qu'il a receu vn remede plus fouuerain que les leurs. Paffons fur fon
opinion, reprit la Reine ; mais en
effet en quel eftat eft-il? Si bó, Madame, fuiuit-il, que vous le verrez
icy fur le foir. Vous voyez, Madame, reprit Oriftile, vn effet de vos
puiffances, & la force de l'imagination ; la fienne veut qu'il foit
guery, & il l'eft. Mais Don Diego,
qui auoit receu vn pareil office de

Mirande, ne sentoit pas vn contentement si parfait. Il feignoit auoir soupçon que la premiere flamme de sa maistresse ne fut pas toute éteinte, & que le regret de la Couronne qu'elle auoit perdüe, n'en nourrît la chaleur; mais en effet, l'enuie du bon-heur de Ferdinand donnoit de viues atteintes à sa resolution. Elle estoit déja bien ébranlée, lors que le bon Hermite entra en sa chambre, lequel étonné de ne le treuuer pas aussi content qu'il le deuoit estre, luy dit. Declarez-moy, ie vous prie, le sujet qui vous trouble, car ie ne le deuine pas. Il est fort raisonnable pourtant, suiuit-il, vous sçauez comme moy, le déplaisir qu'a senty la belle Nimphale de la mort d'Adimante, & celuy qu'elle reçeura, lors qu'elle verra au jour de ses

nopces la Couronne qu'elle a perduë, sur la teste d'vne autre; N'ay-ie
donc pas raison de croire, que j'ay-
meray beaucoup, & qu'elle me pri-
sera peu? Mon fils, redit l'Hermite, vous déguisez vostre mal; Ce
n'est pas ce qui vous blesse que ce
que vous dites: ie juge que Dieu
ne preside point en vos affections:
elles sont trop impures; car asseurément vous ne pouuez supporter
la grandeur de Ferdinand : c'est là
ce qui vous afflige. La trempe de
l'esprit de Nimphale est meilleure
que celle du vostre ; elle ne s'égare
point de sa droite voye , & borne
ses desirs dans les choses possibles;
Ce n'est pas à nous à reprendre le
Potier de ce qu'il fait de son argi-
le; vsons bien des dons que ce grād
Maistre met dans nos mains, sans
enuier ce qui peut estre en celles

d'autruy. Vous auez assez de lumiere, pour reprimer ces insatiables
desirs, qui rendent l'homme malheureux. Loüez Dieu des graces
qu'il vous a faites de vous auoir tiré de vostre pays, & empesché que
la fureur du glaiue entrant dans
vostre maison, ne rendit vostre
memoire infame.

Don Diego surpris d'vne si se-
uere remonstrance, luy répondist;
l'auoüe, mon pere, que vous auez
mis la main sur ma playe; ie ne sçay
si c'est l'Amour ou l'Ambition qui
m'a rendu insupportable la Fortune de Ferdinand; mais depuis que
ie l'ay apprise, j'ay senty réueiller
mes premieres passions, & amor-
tir les plus legitimes. Soyez plus
raisonnable, mon fils, redit l'Hermite: prisez le bien que vous deuez posseder, & considerez que de

malheureux Cheualier que vous
eftiez, vous deuenez grand Prince,
& époufez vne des plus belles &
plus vertueufes perfonnes du monde, fans vous arrefter à le mefurer
à celuy de voftre compagnon.

Don Diego reprit fes efprits, reconnut fa faute; & luy demandant
pardon, luy dit, que l'enuie auoit
encore tiré ce boüillon de fon fang,
& qu'il le tépereroit mieux à l'auenir. Ie m'en réjouys, répódit l'Hermite; mais allons tout à cette heure voir Ferdinand:& puis qu'il doit
eftre voftre Roy, commençez à
faire par raifon, ce que vous ferez
dans peu de jours par deuoir. Il s'y
accorda,& ils le treuuent leué, dans
vne chaire, parlant à Torefte, fort
paré, & auec deffein de voir la Reine fur le foir. Toutes les playes qu'il
auoit dans le corps eftoient gue-

ries, mais les deux coups de fleche,
dont l'vn luy perçoit le bras droit,
& l'autre la cuisse, ne l'estoient pas
si bien, & l'empeschoient de se tenir debout. Alors ces deux Cheualiers s'embrasserent fort étroittement, & se promirent vne inuiolable amitié ; & la foy qui en fut le
lien, fut sincerement donnée par
l'vn & l'autre dans les mains du
bon Hermite, & en la presence de
Toreste ; qui tout aussi-tost le fit
sçauoir à la Reine, & y ajoûta, qu'ils
viendroient tous deux passer le soir
auec elle. La Reine luy demanda si
les Chirurgiens permettoient à
Ferdinand de sortir. Il dit qu'ouy,
si sa Majesté luy accordoit deux
graces, l'vne de le faire assoir, &
l'autre de luy donner vne écharpe
pour soûtenir son bras. Vostre demande, dit la Reine, me semble si

raisonnable, qu'elle se doit accorder ; ie suis cause de son mal, il est
juste que j'en prenne le soin.

Alors elle se fit apporter vne
écharpe ouurée de jaune & d'argent, la dantelle faite de grosses
perles, le bouton de mesme, & le
tout excellemment beau. Elle la
bailla à Toreste, qui la porta à
l'heure mesme. Il treuua les deux
Cheualiers auec Don Laurens, &
leurs Escuyers, admirant tous ensemble le bon-heur où Dieu les
auoit esleus. Il fit son present, qui
fut reçeu auecque la joye que nous
témoignós auoir d'vn bié, lors qu'il
nous surprend : & comme Ferdinand n'estoit pas moins ciuil qu'a-
moureux, il luy rendit mille graces
de ce dernier office qu'il tenoit de
sa courtoisie. Il le pria d'asseurer
la Reine d'vn sentiment qu'il ne

luy pouuoit explicquer , & qu'elle
pouuoit mieux lire en son cœur,
obligé par tant de suittes d'hon-
neurque sa bonté luy faisoit.

Toreste en se retirant leur pro-
mist de les reuenir querir sur le
soir : à quoy il ne faillit pas ; Mais
d'autant qu'il faut bien souuent
que l'amour cede au deuoir , le dis-
cret Cheualier ayant jugé que Ferdinand deuoit rendre sa premiere
visite au Roy , luy fit amener vne
chaire pour le porter, où il se mit,
& eux le suiuirent doucement à
pied. Le Roy & le Prince Calessandre estoient ensemble ; Ils s'auan-
cerent au deuant d'eux : D'abord
le Roy embrassa Ferdinand, qu'il
receut comme son fils : luy en s'inclinant fort bas, luy baisa la main,
& luy fit hommage de sujet. Apres,
le Prince Calessandre luy presenta

Don Diego, pour luy rendre le
mefme deuoir, comme fon fils, &
fon heritier. Ils y furent fort peu:
car ces Princes, qui auoient de
meilleures penfées que celles du
monde, les enuoyerent chez les
Dames, dont ils ne furent pas
marris.

La Reine les reçeut dans vne
grande allée d'Orangers, qu'il y
auoit en fon Iardin, où elle auoit
fait porter des fieges. Comme ils
entrerent, elle refuoit, profondé-
ment affife en fa chaire, ne pouuant
comprendre la merueille de l'a-
uanture de ces deux Cheualiers,
qui eftoient venus de fi loin jouyr
d'vne fi haute fortune, & moins
encore le confentement qu'elle
auoit donné fi librement de l'ef-
poufer; & dans ce raifonnement
interieur elle auoüoit, que le Prin-

cipe de toutes chofes, les conduit
comme il luy plaift.

Au bruit de leur arriuée, elle s'é-
ueilla, comme d'vn profond fom-
meil : puis voyant Ferdinand, elle
rougit, & s'auança deux pas au deuant de luy. Il s'inclina deuant elle,
& luy dit; Madame, vous voyez cóme voftre beauté eft plus puiffante
que la mort ; Elle m'a deffendu
contre fon trait. Ie me réjoüis, reprit-elle, que cette victoire me dé-
gage de celle que vous m'auez gaignée : mais pour ne la pas rendre
douteufe, craignant vn nouuel accident, ie vous prie de vous affoir.
Il s'en deffend, & dit que la penfée de manquer de refpect en fa
prefence, en rendroit l'inconueniét
plus certain; mais enfin il obeït. Elle
fit le mefme commandement à
Don Diego, qui fe mit aupres de la

Princesse Nimphale; Apres, la Reine parlant la premiere, en regardant Ferdinand; Ne croyez-vous
pas, luy dit-elle, que si vn enchan-
teur faisoit voir au miserable Arimandre l'estat où vous estes, il
n'y treuuast vn ample sujet pour
entretenir sa melancolie? car vous
estes à mon auis le plus fort objet
de sa haine. La pensée de vostre
Majesté, suiuit le Cheualier, est
tres-vraye; mais sans se souuenir
de moy il a grande matiere de se fâcher, d'auoir si mal soûtenu la
hauteur de ses esperances, ou du
moins les promesses qu'il fit à son
pere, lors qu'il s'embarqua, pour
venir icy. Qui vous en a si bien
auerty, reprit la Reine: Ie l'ay sçeu,
répondist Ferdinand, du prisonnier
que j'amenay n'aguere à vostre
Majesté, quand ie le fus recon-

noiſtre. Il n'euſt pas mauuaiſe grace, lors que m'eſtant informé de
luy, du motif qui auoit incité ſon
Prince à vous faire la guerre, il me
dit d'vn ton orgueilleux; Il vient
châtier le pere & la fille, qui l'ont
refuſé. Eſt-il aſſez vaillant pour en
auoir eu la penſée? luy répondis-ie.
Alors d'vn ton plus audacieux, il
me repartit; Doutez-vous encore
qu'il ne ſoit le plus hardy de tous
les hommes? Il a promis à ſon pere,
qu'il feroit marcher ſon cheual ſur
le corps de voſtre Roy, & ſur ceux
de ſon Conſeil ; que pour Lindamire, il pardonneroit à ſa vie; mais
qu'elle ſeroit raſée, & miſe dans vn
Conuent. A voſtre auis, repartis-ie,
pourra-t'il faire ce qu'il a dit? Fort
aiſément, ſuiuit-il : car ſi-toſt que
les plus braues de voſtre armée le
verront venir l'épée à la main, ils ſe

joindront à luy; & abandonneront
la femme & le vieillard , comme
personnes inutiles. Alors il me prit
soupçon qu'il eust quelque intel-
ligence dans vostre Cour , ce qui
fit que ie luy répondis; Auez-vous
quelque lumiere qui vous puisse
raisonnablement donner vne si
haute esperance? Vous me pressez
trop, ajoûta-il : deuant que la se-
maine passe,vous en serez asseuré.
Au moins , repris-je , dites-moy
quels sont les Cheualiers dont il
fait estime dans nostre Cour ? Il se
mit à rire, & me dit; Vous m'em-
peschez encore plus : car il loue
peu, & méprise bien fort : mais ce
que ie vous puis dire de certain, est
qu'il y a vn Cheualier nommé Ferdinand dont il se mocque incessamment.

Tous ceux qui estoient auecque

moy se prirent à rire , dont il s'é-
tonna, jugeant que ie deuois estre
celuy dont il parloit; depuis, il ne
voulut plus dire mot. Son pere le
doit bien châtier , dit la Reine, d'a-
uoir si lâchement manqué de pro-
messe. Pour vn homme si vaillant,
répondist Don Diego , il est allé
bien viste en sa retraitte. Si mon
cheual, reprit Ferdinand, eust eu
le pied aussi leger que le sien, ie
l'eusse bien empesché de luy en
porter la nouuelle. Laissons-le là,
dit la Reine, nous serons trop heureux , qu'il aille loin, & ne reuienne jamais : il doit estre contant de
m'auoir doné beaucoup d'inquietudes , & de vous auoir mis dans le
peril où vous estes. Sa hóte me donne tant de gloire, luy dit Ferdinand,
que ie veux loüer le mal que j'ay
reçeu ; & puis, s'en peut-on souuenir

nir & confiderer l'honneur qu'il
m'a procuré par la belle écharpe
que voftre Majefté m'a enuoyée, &
s'en pouuoir plaindre ; & lors en
s'inclinant fort bas , il l'en remercia tres-humblement. Si fon effet
fuit mon intention, dit la Reine,
elle vous aydera à porter plus doucement voftre mal.

En mefme temps Torefte s'approcha d'eux , & auertit la Reine
de fe retirer ; d'autant que les Chirurgiens craignoient que Ferdinád
ne fe treuuaft mal, d'eftre fi long-
temps dehors; ce qu'elle fit de fort
bonne grace. Ils fejournerent encore quinze jours où ils eftoient,
en attendant la parfaite guerifon
de Ferdinand ; & apres ils retournerent à leur fejour ordinaire ; &
là , du confentement de ceux des
Eftats, qui n'en auoient bougé par

le commandement de la Reine, son
contract de mariage fut passé auec
Ferdinand, & ils furent fiançez en
la presence du Roy, & de toute
l'Assemblée.

　Le lendemain, Don Diego fiança la belle Nimphale, & les Nopces en furent remises à trois jours
de là. Le soir auparauant que Ferdinand deust épouser, il aduint
qu'ayát passé vne partie de la nuict
dans le promenoir, il se retira vn
peu las, pource qu'il n'auoir pas
encore recouuré toutes ses forces,
& s'alla coucher. Mais comme il
commençoit à sommeiller, il fut
éueillé par vn vent furieux, qui ren-
uersa tout ce qui estoit à la chambre. A l'instant ses rideaux furent
leuez sur le ciel de son lict; & comme le vent fut appaisé, il vid paroistre vne gráde clarté dans sa cham-

bre. Il regardoit par tout d'vn efprit ferme, & fans peur, lors qu'il
apperçeut Bellize à la ruelle de fon
lict, qui luy dit auec vn vifage feuere. Eft-ce donc l'effet des promeffes que vous me fîtes à ma
mort, que vous garderiez la foy
inuiolable à mes cendres? O infi-
dele Ferdinand, que l'innocéce de
vos actions m'a bien abufée autrefois, quand elle m'a fait accroire,
qu'il n'y auoit rien de mortel en
vos affections! & cependant auffi-
toft que vous auez changé de terre, cette paffion que vous témoi-
gniez fi viue & fi forte, a difparu à la
premiere apparition d'vne nouuelle beauté. Ie n'ay point ignoré que
les efprits les plus purs ne fe fouïl-
lent dans la matiere & le fang; mais
je n'euffe jamais eftimé, que celuy
de Ferdinand fut tombé dans vn

oubly si ingrat. Ie ne vous fais pas
ces reproches, pour diminüer vos
contentemens : ceux qui jouyssent
de la gloire, possedent pleinement
la charité. Ie vous les souhaitte
longs & entiers ; mais ie vous con-
seille de vous deffier desormais de
vous mesme : c'est , dit-on , vn
moyen pour deuenir sage , & pour
ne faillir plus à sa foy.

Ces reproches, ou la beauté de
Bellize , toute rayonnante de lumiere , surprirent de telle sorte l'esprit de Ferdinand, qu'il demeura
quelque temps sans mouuement;
Mais comme il reprit la force de
luy respondre, la vision luy dispa-
rut , & le laissa si troublé , qu'il ne
se souuenoit plus, ny de Couronne,
ny de Lindamire , & à peine pouuoit il croire estre viuant. Il demeura en cet estat iusques à l'arriuée du

bon Hermite, qui fut étonné de le
trouuer dans vne si profonde me-
lancholie; c'est pourquoy il luy dit;
Quel inconuenient est il arriué depuis hier au soir, que vous estes si
insensible à l'honneur que vous
deuez reçeuoir aujourd'huy ? Mes
cruelles destinées, suiuit-il, me persecutent, & ne souffrent pas que
ie jouysse d'vn bien si glorieux, sans
y mesler de l'amertume ; & alors il
luy conta ce qui luy estoit arriué,
auec le mesme sentimét qu'il auoit,
lors que la chose luy estoit presente. Il fit pitié à l'Hermite, qui luy
dit ; Mon fils, n'accusez point l'ordre qui a la conduite de nos vies ;
mais tenez pour certain que le Demon qui veille toûjours à nostre
ruine, s'est seruy de ce moyen, pour
vous precipiter dans quelque nouueau malheur. Pourriez-vous bien

presumer, que Bellize dans la gloire où elle est, fust touchée de ces
vaines passions qui agitét nos sens,
& pût treuuer à redire au bó-heur
où vous estes arriué? Ie croy que
vous n'ignorez pas que de toutes
les vertus dont nous auons l'vsage
en la vie, la seule Charité nous suit
dans le Ciel; c'est elle aussi qui en-
flamme l'esprit des Bien-heureux,
& qui fait qu'ils nous aydent par
leurs prieres, à obtenir les graces
qui nous sont necessaires à sur-
monter nos infirmitez. Cela estant,
ne doutez plus que vous ne deuiez à Bellize le bon-heur qui vous
est arriué depuis sa mort. Toutes
illusions doiuent disparoistre deuát
des veritez si asseurées. Leuez-
vous, & ne souffrez plus qu'vn malicieux Demon vous rauisse le juste
contentemét que vous deuez auoir

d'estre éleué par la main de Dieu
à vne si éminente dignité ; & em-
peschez que la pasleur de vostre
visage ne donne de justes soupçons à celle à qui vous estes
obligé de plaire. Il se teut, &
alors Ferdinand reuenu de son
étonnement, embrasse le bon Pere, & confesse qu'il luy doit son salut & sa vie ; loüant Dieu d'auoir si
heureusment rappellé sa raison par
ses remonstrances. Il se leue en
mesme temps, & n'a plus d'autre
pensée que de se rendre agréable à
cette belle Reine, qu'il épousa
bien-tost apres, & auéc qui il ves-
cut depuis, dans le comble de tous
les contentemens imaginables.

F I N.

PAGE 17. d'estre issuë, *lis.* d'estre issu. p. 32. Corsaire, *lis.* Corsaire. p. 55. fenestes, *lis.* fenestres. p. 56. feneste, *lis.* fenestre. pag. 71. n'en lons plus, *lis.* n'en parlons plus. pag. 73. m'offroit, *lis.* m'offrit. pag. 81. le soit, *lis.* le soir. pag. 85. m'interrompit, *lis.* l'interrompit. pag. 97. à la taire, *lis.* à le taire. pag. 104. fauorissant, *lis.* fauorisassent. pag. 125. trempez, *lis.* trompez. pag. 134. sainte Basile, *lis.* saint Basile. pag. 138. separées, *lis.* separez. pag. 139. le no, *lis.* le nom. pag. 155. ayant veu exprés la folie, *lis.* ayant veu la folie. pag. 273. representa, *lis.* presenta. pag. 289. susprendre, *lis.* suspendre. pag. 396. le l'Hermite, *lis.* l'Hermite. pag. 472. presenter, *lis.* presentir. pag. 272. & de, *lis.* à la.

www.ingramcontent.com/pod-product-compliance
Lightning Source LLC
Chambersburg PA
CBHW061023030726
47504CB00002B/231